T0167147

AuthorHouse™ UK Ltd.
500 Avebury Boulevard
Central Milton Keynes, MK9 2BE
www.authorhouse.co.uk
Phone: 08001974150

First published by AuthorHouse 11/9/2010

ISBN: 978-1-4520-8886-0 (sc)
ISBN: 978-1-4520-8887-7 (e)

Library of Congress Number: 201091489

This book is printed on acid-free paper.

FA'ASINO TUSI (CONTENTS)

UPU TOMUA

Mua ia mea i le Atua, o le amataga lea o mea uma. O le Atua o le Foafoaga, na ia mamanu le matagofie o mea uma. O le Tufuga galue māe'a, O Ia foi o le Puna ma le Faimea lima lelei. O le Sili'aga o mea uma, ao Ia foi o le tali o mea uma. E silimea le seuga, ma siliofe le Aiga Tautai, ae tatala pea e le Atua le na'a auā lupe o le foaga. Ma faufau e le Atua le Ofe ma le Tuau auā tautai o le tai fāna'e mo Samoa. Viia le Atua o le Foafoaga o le Faatonu folau mo folauga, ao se Fetu Ao mo i latou e sopo i le ala, ao se Faia'oga mo tagata uma. I le malae o mafaufauga, ma le taga'i a le Tusitala i lea tafāilagi ma lea tafāilagi. Ua osofia ai Moegaluaga ma tutupu ni lagona e fia siva, e fia pese, e fia tautala. Se'i o ta talanoa. Samoa e, e moni lava e le atoa tupe i le Fafao e popole foi i le pa nei fausala. Ao le toe sasa'a o le fafao ma toe sasa'a le sa'aga, e tu fala ai le lafoga ma liuloa ai le faatautaiga. Ua fitusefulu ma le lima tausaga o le soifua o le Tusitala, ae lē uma le fia 'ai'aiuli, e lē uma le fia talanoa e tau molimoli ni alofa'aga mo tupulaga o Samoa. O tafatafa o le Tusitala, e luma fale i le Taitafola ae tua i le vao ola. O To'alafanau ia o la ta gagana ma la ta aganuu. E fanauina a ta taumafa, na afua ai faiva 'ese'ese o le gataifale ma faiva tuavao.

Na amata mea i galuega fai na fatufatu ai upu o la ta gagana, ma tau faufau ai la ta aganuu. E iai foi a ta ta'aloga faapitoa. O Tapalega o le gataifale ma Togialugaga i fanua, o le isi lea puna o 'oa o le gagana. Ao le vaisū lea a le Tusitala, o le vao ma le gataifale. E manumanu i la'au o le vao. E pele ia te ia manu felelei ma manu vae fa. E tofa i fanua ae moemiti i ala o i'a o le gataifale. Ua sa'i ina ua matua. "E! toe fia vaai e, i le fafati o galu o le a'au, ma lona piapia o lo'o ufitia ai ta'aga o le tai taeao". O ia o le faifa'ato'aga o ia foi o le tautai. Ua loa tausaga o ia vaaia le Ofisa o Faatoaga o Amerika Samoa. Na ia amatalia ma vaaia le Ofisa O Fanua ma Atina'e i le Kolisi Tuufaatasi o Amerika Samoa. E ui ina malolo (retired) ae o loo avea ma Taitaifono ma sui Taitaifono o le Komiti Faatonu o le Kolisi e tasi o Amerika Samoa. Ua a'e le gataifale ua ifo foi tuavao ina ua vaaia le tauafiafi, ao le faalepo ma mo'omo'oga o le Tusitala e le uma. I le faitau i le tusi nei o le faasoa Tuafoe lea a le Tautai mo tupulaga fai a'e o Samoa. O alofa'aga moli tino ia o le Tusitala mo a ta fanau. Ae maise i latou o ē ua lē mafai ona silasila, i o ta faiva, fauina o maota ma laoa, galuega taulima, faiga o taumafa atoa foi ma taaloga. O lea ua tiu ma afīfī le tautai se taimi ona tatala lea ma iloa ai a ta Measina o le ta Tofi na toina mai le Atua.

Musu e i vaai, musu e i faalogo, ua masofa le fa ma solo le falute, ua lilo Nu'umau ina ua manunu le to'au, ae ā le ta gagana ma le ta aganuu. I le malae o tausigiona o gagana ma aganuu, ua vaai ai ma le alofa i fanau a Samoa. O le tele o a ta measina sa fai ma falea'oga o le gagana ma le aganuu, ua na ona taulagi ma talanoa i ai ae ua tafea pulu i vai. O le ala lea o le tatala o le 'au'afamau, o le taui talagatā ma ua faaiti'itia tino o Pili ona o le alofa ia Sina. O loo nanā i vailaina o lenei tusi mo'omo'oga o le Tusitala, ina ia avea lenei faamoemoe e fai ma fa'alagata ao se fagufagu mo i latou uma o iai le tomai i le gagana ma le aganuu, ina ia tusi se tusi ma fai se tala auā lupe o le foaga. O la'u faafetai faapitoa i le Tusitala, le susuga a Tauiliili Leiataua Pemerika ona o le avanoa faaauro ua afea ai lo'u tagata. Ou te la'aina se uluai la'a o lenei galuega matagofie. Tautai a'e ! Malō le foe. Malō le sisi. Malō le faatali maua. Malō le to i'u. Malō le tautai. Ua lalaoa ai fua ma le liu o lo'u va'a ona o lau to i'u, ma faitauina ai a'u e le 'au taliuta ona o lau faasoa. Upu moni ua ou seuseu ma le fata ona o lau Faatauta'iga.

Soifua ma ia manuia.

Oianatai Matale
(O le Susuga Oianata'i Matale Tuivanu
o le Faifeau o le Ekalesia Metotisi i Samoa)

MAFUA'AGA NA TUSIA AI LENEI TUSI

O le gagana ma le aganuu e faaopoopo ma toese ona vaega e le tumau i se mea e tasi. O le televave foi o suiga ona o le gagana ma le aganuu sa tuu gutu ma tuu taliga, ae le'i

tusitusia. Ua a'e faa-galu fafati le oo mai o isi gagana ma isi aganuu ese'ese, ua faafefiloi ai le gagana ma le aganuu masani. Afai e lē a'oa'o ma tusitusia le gagana ma tala'aga o le aganuu e aga'i ina mou malie atu e pei o le maui atu o le tai masa ona pe malie atu. Tau ina ia fai se sao o lenei tusitusiga e fesoasoani ai i tupulaga lalovaoa o le atunuu e tau taofiofi mai ai lo tatou tofi na aumai i o tatou tuua ua tofāfā mai i tiasā. O le gagana ma le aganuu o lo tatou tofi e tatau i tagata Samoa uma ona mitamita ai. O se mea manaia ma logolelei i le faalogo atu i tama ta'a'alo o le Manu Samoa o tautatala i le gagana i taimi o ta'aloga. Afai e lē mana'o e malamalama i si tagata, o le aogā tonu lenā o le gagana Samoa. Ua nanu uma le tele o tagata, ae ao ona mitamita le tagata Samoa e i ai lava si ana gagana ma si ana aganuu na soifua mai ma ia, e le'i faamalosia ae na a'oa'o ao faalogo atu i matua, o le 'auaiga atoa o tautatala mai ai. Ia avea foi lenei tusi o se lu'itau i le aufaitofa o loo agavaa e tusitusi, e latou te tusia ai tusi o le gagana ma le aganuu a Samoa. Ua iai nisi tusitusiga o loo tusia ai solo, o lauga 'ese'ese, o gafa o aiga o Samoa ma e avatu le faamalō ia i latou o ē na mua i malae i le faiva o le tusitusi.

Tusi Muamua o loo faamatala ai le aganuu i le talimalo o le atunuu. O le tali malo i le talilumafale, failaulau, o le laulautasi, o le aliitaeao, o le poula, o le amoulu, ma le taalolo. O loo faamatala ai foi faiva o tautua eseese, atoa ma la'ei masani o le atunuu.

Tusi e Lua ua manatu le Tusitala e faamatala gāoioiga o le gagana ma le aganunu i lona faatinoina. E oo lava i le faatinoga ma le gaosiga o taumafa o loo faamatala ai le aogā o la'au taitasi. O le faavaiga o meaituaolo, ma le moa tunu piilima. O upu ma alagaupu na mafua mai i taumafa 'ese'ese. O faatautaiga i le gataifale, atoa ma faiva i le vaomatua i luga o tiaseu ma isi ta'aloga 'ese'ese. Le sao o manu o le vateatea i le gagana ma le aganuu e lē fia faagaloina. Afai e te fia malamalama i nei mea uma faitau i ai e te malamalama ai.

FAAFETAI I Ē NA LAGOLAGOINA LENEI FAAMOEMOE

Ou te faafetai ma faamalo i le Tofa a Lavea Tupuola Lemalu Malifa i le faamalosi 'au. Faafetai i upu faalaei 'au ua matagofie ai lenei galuega. Faafetai foi ma faamalo i le Susuga i le Faafeagaiga Oianata'i Matale ua le gata i le faitau ma aumai ai ni fautuaga lelei, ae o le faasoa mai i talanoaga i le tele o taimi. Faafetai foi i le Tofa Lofipo Repeka Tofilau mo le faitauina ma fautuaga lelei. Faafetai tele i le Tofa Auimatagi Ioane Faasuamaleaui mo le faasoa mai ua tamaoaiga ai lenei galuega. Faafetai i le susuga a Leiataua Pili mo le faitauina ma fautuaga lelei. Faafetai i le susuga a Talamoa Maafi mo le faitauina ma fautuaga lelei. Faafetai faafetai tele.

ALOFA'AGA MA FA'AFETAI

Faafetai i le afafine o Ruta Tauiliili-Mahuka mo le faatulagaina o vaega o le tusi, ae le gata foi i lea o le atalii o Tavita Togia i le taleni o le pu'eata ua teuteu faamatagofie ai lenei tusi. Le susuga a James Kneubuhl ma Mr. Paul Brown o isi pu'e ata faafetai i lo oulua sao tāua. Faafetai foi i le susuga a Fepulea'i Micah Van Der Ryn mo lona foi sao, faapea foi le tamaita'i ia Tamari Mulitalo-Cheung mo isi ata. Faafetai i le tamaita'i ia Satu Peleti mo le faaleleia atili o ata i masini kopiuta ma isi fesoasoani tāua. Faafetai tele mo outou sao tāua ua atoatoa ma matagofie ai lenei tusi. Ia faamanuia atu le Atua.

ALOFAAGA I MATUA

Faifeau o Pemerika

E fia avea lenei tusi ou te aualofa ai i 'ou matua le alii Faifeau o Pemerika Tauiliili ma le Faletua o Malia Leiataua oi la'ua na fanaua a'u, ae na la faagalo le tiga ma naunauga faamatua ae tuuina atu le la'ua ulua'i fanau i lo la aiga e tausia e le Tuafafine matua o lo'u tamā o Siilima Fuaesi ma le Tofa a Fusia Uesile. Ona o le la naunauta'iga ia ou ola aogā mo Aiga, mo Nuu le Malo ae maise o le Talalelei. Sa oulua manana'o ia avea a'u ma faifeau e suitulaga ia te oulua. Ae ina ua ou fo'i mai i Amerika ma galue i le Malo i Tutuila, avea ma Failauga, Komiti Tumau ma matai sa e fai mai: "Masalo e le'i finagalo le Atua e avea 'oe ma faifeau, auā e lē mafai e le tofi faifeau galuega ia e te faia". Talosia e le'i vale tuulima lo oulua faatuatuaga, ae ia faamagalo mai foi se sesē o le atalii. Ou te aualofa foi i lo'u Tinā Pele o Siilima i lana tausiga ma ana a'oa'oga e tele auā o ia o lo'u uluai faia'oga. O le tele o mea lelei i lo'u olaga na faavae mai i a'oa'oga na ia tuuina mai i aso o le ma mafutaga, e ui ina puupuu, ae o se faavae na lelei ona fausia, faafetai, faafetai tele. Faafetai fo'i i lo'u tamā o Fusia ona lana puipuiga ma lana tausiga ia te a'u, o lana ta'ita'iga na ou iloa ai le tele o tulaga i totonu o le nuu.

O NAI SA'AFI'AFIGA

Maimau pe ana ia te a'u le poto ma le iloa o le loloto ma le lautele o le gagana ma le aganuu, se manū ua ou tusia ni tusi se tele ae o maua le ola ma le malosi mai le Atua. Se manū ua fai ni o'u apa'au ma ou taamilo i itu e fia o le lalolagi ma faatosina mai alo ma fanau a Samoa o loo galala i le fia iloa, fia faalogo fia tagotago e tautala ma faatino le ganana ma le aganuu e pele ma mamaē i soo se mea o soifua ai tagata Samoa. E tusi lenei vaega o le tusi ma maligi loimata i le alofa i alo ma fanau i nuu mamao o loo fia tofu i le vai o le tama ae ua faigata nofoaga vava mamao. Ae ui i lea talosia ia i ai se aso e maua ai sou avanoa e te faata'ita'i ni vaega itiiti o le ta aganuu o loo o'u taumafai e faaailoa atu i laupepa. Ia manuia outou alo ma fanau uma o le atunuu o lalovaoa o le a oo atu i ai lenei sa'afi'afiga.

O LE UIGA O LE UPU ANOAFALE

O le upu Anoafale e mafua mai le upu anoa. Ua manatu nisi o le sa'o o le anofale e mafua mai le upu aano. O le anoa ma le aano e faatatau uma i totonu o le fale poo totonu o soo se mea. O le aano ua na o le ogatotonu, ae o le anoa e lē gata o le ogatotonu, ae o foliga o totonu pe lelei pe faalelelei foi. E manatu la le Tusitala o le anoafale le upu masani ae lē o le aanofale, poo anofale.

O le upu anofale ua taumafai e faafaigofie le ta'uga ona paū pe ua tia'i le "a" ona anofale ai lea ae ua lē anoafale. Ua tatau ai la ona faaaogā le upu masani o le "anoafale". Ua faaigoa le tusi lenei o le Anoafale e faatatau i le anoafale o le gagana ma le aganuu. O le gagana ma le aganuu i le manatu o le Tusitala o fale poo maota ma laoa, ae o le anoafale e faatatau i foliga, faamatalaga, auiliiliga, fesoota'iga poo uiga loloto o le gagana ma le aganuu, ma ua lē talafeagai ai le upu anofale poo le aanofale, ae fetaui lelei le "anoafale".

O se faatofala'iga a le matai e faapotopoto ai le aiga e fia faia se maota poo se laoa o le aiga. Afai e mae'a ma umusa le maota ona faapea lea o le upu: Faauta ua mae'a ma manaia le fale ae toe o le anoafale. O le faatofala'iga e faia se fale o le anoafale lea. O le tofa e tausi ai le aiga e puipuia ai foi mea e tutupu i totonu o le fale. A tula'i mai le fale ua māe'a ona faapea lea o saunoaga ma fetalaiga. Faauta i le fale ua mae'a ma lelei, ae tasi le mea o totoe o le anoafale. O maota ma laoa e ta'ui ai le tofa ma le faautaga, ma o le maota foi ma le laoa e saili i ai le tofa loloto ma le faautaga poto ae le gata i lea e fili tagaga ai foi upu fai o se nuu ma se afio'aga, ma o le anoafale lena. Afai e lelei le anoafale, e fiafia foi tagata e ulufale ma auai i ni sauniga poo ni mea e fai i totonu o lenā fale. O le mea lea e manatu ai le Tusitala e tāua atu le upu anoa i lo le aano. O le upu anoa poo le anoafale e faatatau foi i se saunoaga poo se fetalaiga ua matagofie i le faafofoga. Afai e lelei se saunoaga poo le fetalaiga ona faapea lea o tagata ua matuā anoa le saunoaga poo le fetalaiga. E mafai foi ona faapea ua anoāsaunoaga pe ua anoāfetalaiga.

O loo faaaogā foi i faai'uga a le Ofisa o Faamasinoga lenei lava upu "anoa". I se faai'uga o le faamasinoga sa auai le Tusitala o loo fapea mai: "AOTELEGA O MAU UA FAAMAUTUINA: Ona ua fa'amalieina le Faamasinoga i vaega tāua ma mau anoa ua faamautuina ua faia ai le faaiuga e faitauina e faapea:" Taga'i i le upu "anoa" o loo faaaogā i le faamasinoga e faatatau i mau ua lelei ma atoatoa. E mafai foi ona faapea ua anoa mau ma molimau ua tuuina mai i le Faamasinoga. E lē fetaui le upu aano poo le ano e faamatala ai mau, ae ua feauga lelei le upu anoa. O le isi foi uiga o le "anoa" ona o mau ua faamaoni ma sa'o.

Pule oe pe e te talia lenei faamalamalamaga pe leai auā e taofi 'ese'ese le atunuu. O le a taumafai le Tusitala e faamatala ma faafesoota'i nei vaega tetele ua ta'u o le Gagana ma le Aganuu ma le uiga tino mai e faaalia lea i le Anoafale o le Gagana ma le Aganuu.

O le Va'a La'upasese o le "Queen Mary" e malaga so'o mai i Amerika Samoa

O le Taulaga o Pago Pago

MATAUPU MUAMUA

ANOAFALE E FAAPOGAI MAI I MEASINA A LE ATUNUU

O loo faamatala i le mataupu lenei le tāua o measina a le atunuu. O le measina o se mea e tele ni ona aogā i le aganuu. E tele aogā o le ‘ava, faapena foi le ‘ietoga, o siapo ma falalili’i o le mea lena ua avea ai o measina a Samoa. E amata mai i le tāua o le ‘ava poo le aano a tamali’i. O le ‘avafaatupu, o le aliitaeao ma le usufaaaloalo e tulaga’ese ai le aganuu a Samoa i lo aganuu a isi atunuu i le Pasefika. O le ‘ietoga poo le maniti a tamali’i le isi measina sili ona tāua a Samoa. E leai ni tupe a Samoa ae o le ‘ietoga o le measina lea e faatusa i ai le tamaoaiga o lea matai ma lea matai poo aiga ma tagata taitoatasi. O le falalili’i poo fala tofa e fai ai tofaga poo ulumoega o tamali’i ma taupou poo augafaapae. O falalau’ie ma tapito o isi vaega o ulumoega. O le vala foi poo le siapo le ulua’i la’ei o le atunuu. Talu ona taunuu mai o lavalava mai fafo, ua tauāu e mou atu lenei measina sa lavalava ai ma a’afu ai. O le ‘iesina o le ‘ie e tofa ai augafaapae i o latou tofaga. O faaaloaloga faa Samoa e i ai le faatamali’i o measina a Samoa. O le fue ma le tootoo o measina e tausi ai le mamalu auā o i ai le tofa ma le faautaga. O isi measina e iai le tuiga poo le lauao, o le nifo ‘oti, o le ‘ulanifo o teuga uma a tamali’i o nuu ma itumalo pe a saasaa i taalolo pe taualuga foi se faafiafiaga tele. O le siva Samoa e ‘ese ai lava taga e fai i le onomea o le tagata. O le siva faataupou ma aiaiuli faataupati a le sogaimiti. O teuga a le taupou, o le malu, ao le malofie poo le pe’a teuga a le tama tane. O le siva nifo’oti poo ailao sa leai se afi, ae ina ua faaopoopo i ai le afi ua avea ma siva afi. O la’au sa fai ai taua o le pouvai o le tafa tolu po le talavalu ma le tafa ono o loo fai ma anavaotaua a aiga ona o auupega na saili ai malo o le atunuu. O fa’aagatama i le tai ua i ai va’aalo auā le fagotaina o le atu atoa ma ona totoga o le ‘ofe loa ma le matila. O tulula ma fautasi ua fai ma taualuga o aso tetele o le atunuu e fai ai tuugava’a a nuu ua mafai ona ‘auai. O alia poo soātau sa fai ma vaa o taua, e mafai ai ona siitaua ai le isi itumalo poo nuu foi i le isi. O maota ma laoa o i si measina a Samoa. O logo ma lali sa logo ai le atunuu i alalafaga taitasi pe a iai ni faalavelave e tutupu. O le tanoa palu’ava o le isi measina a Samoa. E i ai foi tanoa a Toga ma Fiti ae ‘ese ai lava laulau palu’ava a Samoa. O le taulafoga o le taaloga a tamali’i e mafua mai ai le tele o alagaupu a le atunuu. O le a faaamatala ta’itasi nei measina o latou tala’aga ma mafua’aga.

O le ‘ava o le measina a Samoa

Tofa Lefotu Fiasili

E lasi faamatalaga a le atunuu e fai i le ‘ava. O le ‘ava a Tagaloa ma Pava na fasioti ai e Tagaloa le atalii o Pava ina ua lē mafaufau ma soli le agatonu. Na toe faaola le tama, ma mafua ai ona sa’asa’a sua ‘ava pe a faamanuia, ona o le talosaga a Pava ia ola le tama. O le faapogai foi lea ua sa taputapu ai ona soli e se tasi le agatonu a tamalii. Talu mai lena aso ua saasaa ‘ava a tamalii i luma ma faapea: o le ava lea le Atua, ia e faamanuia lenei faatasiga i le amataga sei oo i le i’uga. Na mafua mai i le talosaga a Pava ia ola lona atalii, ae ua tauave mai pea i nei aso ina ua oo mai le Talalelei i Samoa. Ua saga faamamaluina ai le taimi o le agatonu ona ua faapaia aga’i i le Atua Soifua. O le ala foi lea ua fai ai agai o ‘ava faapea foi le leoleoga a aumaga ona o le sauniga e paū ma paia. E faatusa foi le agatonu o le lotu poo se tapua’iga, auā ua feiloa’i ai e na vavamamao, ua faataunuu ai foi ni faamoemoega sa lavasia. E toatasi le tagata e solia le alofi na o le tautu ‘ava ona pau ai lea. O le uiga lea o le vala’au a le tufa ‘ava. “E ua usi le ava faasoa tula’i se tasi e soli tamalii ma faleupolu”.

O le Totōina o Pu’e ‘Ava

Tusitala ma ana ‘ava

E tele ituaiga ‘ava i Samoa ae o ituaiga iloga o le ‘avale’a ma le avala’au. O le ‘avale’a e tupu laititi toe laiti lona ‘io ae ‘a’ava lona sua. O le ‘avalaau e telē lona tupu, telē le ‘io ae faalē ‘a’ava lona sua. O auvae mauga e lelei e totō ai ‘ava, ae maise o palapala pipii. E lelei foi fanua laugatasi, e lē maveve lona palapala, toe lē matagia. Ia lua pona i le fasi ‘ava totō, ia tipi tonu i lalo ifo o le pona pito i lalo. E ‘ese’ese tagata ma le totōoga o ‘ava: O isi e fai muamua pu’e ona sunu’i lea i ai o ‘ava totō. O nisi foi e faamalū le palapala ona tanu faataatitia ai lea o fasi ‘ava. Ae ole totō ‘ava a le Tusitala e tutu’i le ‘oso faasasa, ona le suā lea ae oomi i ai le ‘ava totō ia pa’i le pito i lalo i le ta’ele o le pu. Ia tolu ni fasi ‘ava e totō faafesaga’i i le mea e tasi, ae a uma loa ona solisoli lea ia tau lelei fasi ‘ava ma le palapala. O le va o pu’e ‘ava pe tusa o le sefulu futu. A ola loa ‘ava ma ua tupu tetele ona amata loa lea ona la’u i ai palapala e tapu’e ai, o le taimi foi lena e fa’i ese ai lala laiti ma ni lala mama’i. O le fili malosi o le ‘ava o le loi, ma o le loi foi e avatua isi faama’i ma lē ola lelei ai ‘ava. Fesili i le Ofisa o Faatoaga mo se togafiti o le loi. O le lelei o ‘ava o le umi ona tuu, ae amata ona lelei i le lima i le fitu tausaga.

E tāua foi le 'Avaati. O le 'ava ati e sua atoa mai le pupu'ava faatasi ma lau. E folafola foi 'avaati e pei o 'ava o le nofo. O le tele o 'avaati i se faanofonofo e faailoa mai ai le tāua ma le tamaoaiga o le nofo poo le faanofonofo. A faasoa 'avaati e tutū i le agaese poo se mele'i ona sii atoa lea o ni vaega i ituaiga tetele o le faanofonofo.

Tugase o le faanofonofo. O le isi foi lea vaega o sii maualuluga i se saoimatau ma se faanofonofo, afai e le o 'ava ati o ni fusi tugase tetele e ta'u o 'ava o le faanofonofo. E sauni foi le aiga o le faanofonofo e tapena ni 'ava o le nofo.

O le Tala i Avaati i Nuuli. A'o faanofo matua o le Tusitala i Nuuli i le Ekalesia Metotisi sa su'e 'ava i ai le faafotu o le vaaulu i le tofa Maluia Nuu o se tasi o le toafa. Ona tapena lea o palapala malo o paelo ma pusa apa e momoli ai ia **'ava ati** e lua. Sa faate'ia o'u matua ma matou ina ua mae'a le saofa'i ae o mai le aiga o sā Maluiā ma toga o lalaga ma 'ie lelei e maua le sefulu, ma le tofa o le 'ie tele lava. O aso na sa le maua tele ai toga e pei o nei aso, ma o se aganuu maualuga foi lea aganuu.

O le taule'ale'a Fagaloa mai le si'i faaaloalo a le Vaa o Fonoti i le saoimatau ma le faanofonofo a le Faatui o le Motu, le Afioga a Tuitele Toni o Leone.

O isi aganuu o le fefaasoaa'i. Ua mafua ona ta'ua o lenei aganuu maualuga a le aiga o sā Maluiā ina ia faamatala ai isi aganuu na masani ai o le fevailia'i, o le fefaasoaa'i, o le totoma, o le asamo, o le avatu ni lo ae aumai ni lo, ma le aisi.

Fevailia'i. O le aganuu e maualuga atu i lo le totoma ma le aisi i le va faamatai faatamalii. Afai ua vave se faalavelave maualuga o se matai ae ua le tagolima, ona saili lea se fesoasoani mai le isi matai, poo le tulafale ua saili mai i se tamalii, ae seāseā se tamalii ona saili mea mai i se faleupolu. O le aganuu lenei e mafua mai ai le isi alagaupu: **O le 'ato fevailia'i**. E lē mafai foi ona faagalo i lē na olega le alofa o lē na talia mai ina ua mae'a lona faalavelave, e pei o le tala i le avaati mo le tofa a Maluia.

Fesailia'i. Ua tai uiga tutusa le fevailia'i ma le fesailia'i, ae ona o le upu saili ua tau 'ese mai ai i lo le fevailia'i. O le saili atu o le isi i le isi ina ua leai se mea o ia te ia. O se upu e māmā i lo le vaili. O se masani e faia e tagata e aiga pe tuaoi foi. Saili atu se suka se masima.

Fefaasoaa'i. E 'ese foi lea aganuu o le fefaasoaa'i. Afai ua tamaoaiga se tamalii poo se faleupolu poo soo se aiga ona faasoa atu lea o le tamaoaiga i ē tuaoi, pe aiga pe leai fo'i. O loo faamatala i le taimi o le palolo le faasoa atu a tagata mai le itu i Safata i aiga i Apia, faasoa mai foi e aiga i Apia nisi tamaoaiga e maua gatā e aiga mamao mai le taulaga. E faapea foi i nuu o Tutuila e a'e ai le atule, e faasoa atu i o latou aiga i isi afioaga.

O le Totoma. O le aganuu e masani ona aafia ai 'ietoga poo le maniti a tamalii. Afai ua vave se faalavelave ae ua leai se 'ietoga lelei, pe ua mana'omia foi le tele o ni 'ietoga ona totoma lea i soo se tagata ae maise o ē masalomia o loo lava a latou 'au'afa, poo moegālafo. O nisi foi taimi ua lē mā le mativa ae ua totoma i faafeagaiga. E tatau foi ona toe manatua le agalelei pe a mae'a le faalavelave. O le upu e ave i le totoma o le **toma'aga**, ae o le veape le upu totoma.

Nonō. O le isi lea upu e uiga i tagata e saili mea mai i isi tagata. O le mea e nonō o se mea e toe faafoi i lē na nonō mai ai. Ia avatu foi o atoatoa lelei e pei o le taimi na nonō mai ai, pe sili atu foi e pei o le 'o'e ia toe faafoi ua ma'ai ma lelei, ae le o le avatu ua gau le 'au pe ta'eta'ei le mata.

Asamo. O le aganuu lea e masani ai pe afai ua paū le laumeavale i se aiga, pe ua leai fo'i ni mea mata, pe ua leaga se maumaga ma se faato'aga a se aiga. E masani ona faafaigaluega e le faifaato'aga le 'au asamo e totogi ai mea mata o lana faato'aga. O lona uiga e lē toe faamoemoe le faifaato'aga i se taui mulimuli ane auā o lea ua uma ona totogi i le galuega na fai. E ui ina faapea ua mua'i totogi ae o le mea sili o le talia, e fesoasoani foi le galuega ua fai e toe maua ai nisi mea mata pe a toe asamo mulimuli ane. O le nauna o le asamo o le **asamoga**.

Avatu ni lo ae toe aumai ni lo. O le upu e mafua mai le motu o Manono. Afai e oo i le taimi e a'e ai le pinelo, poo i'a laiti lea e tutupu mai le i'a o le lo, ona tata'i mai lea i le apitagalu se 'au pinelo. E masani ona sisi'o i se 'ie'afu pa'epa'e ma maua ai. Ona tufa solo lea i isi aiga, ae tufa mai foi e na aiga a latou foi lo. Ona mafua mai lea o le upu lea ua fai ma muagagana: "E pei o le upu e fai i Manono e avatu ni lo ae toe aumai ni lo". Faatoā fetaui lenei upu pe afai e avatu le mea lava e tasi ae toe faafoi mai le ituaiga mea lava lea e tasi. E pei o faitoga e masi'i atu i lalaga ma toga ae toe faaloalo mai foi i isi 'ietoga.

Aisi. O se aganuu maulalo e masani ai tupulaga ma tamaiti laiti. A a'i se lole ase tamaititi ae lae foi e aisi iai le isi. E seāseā se tagata matua ona faia lea amio, ae afai foi na te faia ona faapea lea o isi. "Se ua e matua ae e te aisi.

Faasisila. O le tilotilo lea ma le momoo i mea 'ai a le isi tagata. A taumamafa foi se aiga a'o i ai ni tamaiti o isi aiga, ona ta'u lea o le faasisila. O le mana'o lava lea i le mea a le isi tagata.

E tele vaega o le aganuu e faapogai mai le 'ava

O lenei laau e ta'u o le 'ava o loo maua foi i le tele o atunuu o le Pasefika. Peita'i ua 'ese ai lava le aganuu a Samoa i le faaaogaina o le 'ava. O atu motu o Mikolenisia e latou te faaaogā le 'ava a'o mata, e mama foi i o latou fofoga le 'ava ona palu lea i le fau mata ma e matuā toto'o lava. O le atu Melenisia e 'ese foi a latou aganuu, e tele i le taumafa le 'ava o se vai inu i mea e faatasitasi ma fiafia ai. Ua faapena foi isi motu o Polenisia e pei o Toga e fai a latou "Tau'ava" o se mea e potopoto faatasi ma fiafia ai. Ua saili ai foi ni tupe mo atina'e e pei o Falesa ma maota o le galuega. Pau le mea ua tutusa uma ai atoa foi ma Samoa o le lē aafia ai o le itupa o tamaita'i i le taumafaina o le 'ava ae ua faapitoa lava i le itupa o alii. Pau le vaega e a'afia ai tama'ita'i o le palu'ava, faapena foi tau'va a Toga e onomea le i ai o le tama'ita'i e nofo i le laulau ma tauasu le 'ava. O le molimau foi a tua'a ua mavae e faapea sa mama foi e taupou 'ava a Samoa ae talu ona oo mai o le Faafoma'i ma le Tumamā ua taofi ai loa lea faiga. Peita'i ua tulaga ese ai lava Samoa, ona ua faapitoa lava le 'ava e tali faaaloalo ai i malo. O se sauniga foi e matuā faamamaluina ma paū. Na o Samoa foi e aumai tugase ae o isi atunuu e aumai fasi 'ava poo 'ava ua uma ona tu'i malū. O le mea e iloa le paū ma mamalu o 'ava a Samoa. E matuā sa lava ona toe soli e se tasi le fale poo le nofoga e fai ai le agatonu. Ua tofu foi tagata ma tofiga faapitoa i totonu o le maota. O le sufi'ava e pau lava lana galuega o le aoina o 'ava. O le folafola 'ava e faafetaia le faaaloalo maualuga o 'ava. O le lauga usu e faafitifti 'ava, o le tufa'ava e alagaina le agatonu ua usi ma faasoa ipu ma 'ava. O le galuega foi a le tautu 'ava o le tauasu o le 'ava.

O le Aliitaeao ma le Usufaaaloalo

O le faaaloalo maualuga lea a se afio'aga e tali ai ni malo pe afai ua malotia fanua. O loo faamatala i le Tusi Muamua le faasologa o talimalo a le atunuu, o le a faamatala tau o le Aliitaeao ma le Usufaa'aloalo. O le aliitaeao e faatatatau i tamalii ae o le usufaa'aloalo e fatatau i tulafale. O le tele o usu a le atunuu sa faataunuu lava i le taeao, ai fo'i o le ala lea ua ta'u ai o le aliitaeao. Ae tele nisi aliitaeao ua lē faia i le taeao ae o le afiafi. O le mafuaaga o lea tulaga ona o aso nei ua toatele ina mau galuega le atunuu ae maise o afio'aga e latalata i le taulaga. Po o le a lava le taimi o le aso, ua iai fo'i le faaupuga faapea: O le taeao liugalua. O lea faaupuga ua faigofie ai ona talia soo se taimi o le aso. Afai ua nofoia e le malaga le maota po'o se laoa, ua nofoia pou o le tala e tamali'i, o le ali'i sili o le malaga i le pou ogatotonu o le tasi tala, ae o isi alii ua alala faasolosolo i le itu i luma o le alii sili,poo le itu i tua e faatatau lava i tulaga e masani ai i totonu o le latou nuu. O tulafale o le malaga ua alala foi i pou o le atualuma o le maota amata mai i pou o lauga i le itu i luma ona faasolosolo atu ai lea se'i oo i alii o le malaga. Ua oo mai nei le solo a matai o le nuu ma e tofu le matai ma le 'ava ua muai faatalofa ma le malaga ma ua faapena fo'i ona nofoia le itu a le nuu i le afio o le ali'i sili o le nuu i le isi pou ogatotonu o le isi tala poo le pou o le matuatala, ae o isi tamali'i ua alala faasolosolo i tafatafa o le ali'i sili i lona itu i luma ma lona itu i tua e faatatau i o latou nofoaga i totonu o le nuu. O tulafale foi o le nuu ua alala i isi pou o lauga i le atualuma o le fale ma faasolo atu ai agai i tamalii o le nuu. E fa pou o lauga pe afai o se fale tele, ae afai o se afolau o pou e fa o le atualuma o pou na e ta'u o pou o lauga, ma e vaelua i tulafale sili o le malaga ma tulafale sili o le nuu. E faapea ona gasolo mai se nuu e usu i malo poo se faanofonofo. E mamalu foi ma matagofie ae toatele nisi e aua'i i se aliitaeao.

Ua faavasega fo'i i le aganuu le itu o le maota e alala ai le malaga ma le itu a le nuu. O le itu agavale o le fale pe a faasaga mai le itu i tua o le itu lea e alala ai le malaga, ae o le itu taumatau o le itu a le nuu. O le itu a le nuu e i ai le sui'ava ma le tufa'ava, ae o le itu a malo e i ai agai o le tanoa. E tele na'uā tusitusiga ua uma ona tusia ai le faiga o usu, poo aliitaeao. E lasi fo'i mafua'aga o saofa'iga ma mea e mafua ai ona fai se aliitaeao. Ua tele foi tusitusiga ua tusia ai lauga faafeiloai poo le lauga tali a se malaga.

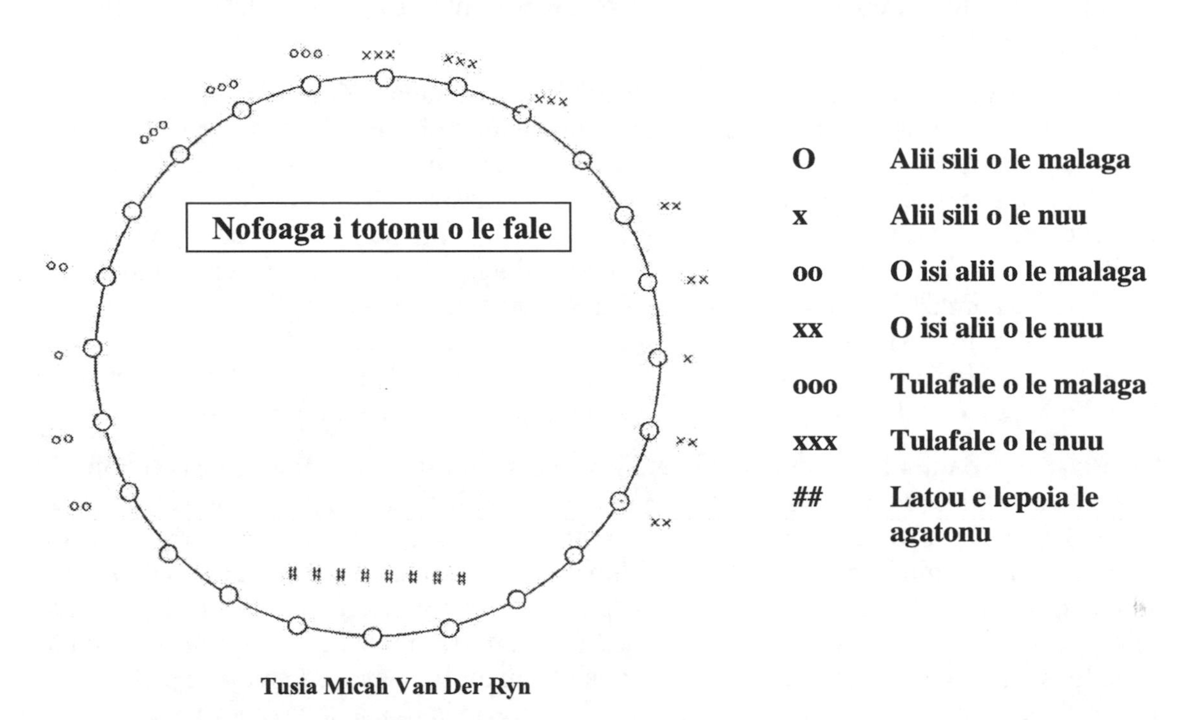

Tusia Micah Van Der Ryn

Ae o le a amata mai le faamatalaga i le aoina o 'ava, sei'a oo i le moto o le agatonu. E mua'i fetalai lava le tulafale o le nuu, o ia lea e sufia 'ava. E mua'i faatulou lava i le taeao usu ma le mamalu o le malaga i ona upu faalupea. Ona faai'u lea faapea ana upu: "Ia 'e'e maia i o outou se'etaga malū, ae se'i ou liliu ane e saili se 'ava mu'a auā le tatou fesilafaiga". Avea le nuu o Sale'aula ma faataitaiga: Ona liliu lea i le itu o le nu'u ma faapea atu, "o le afio o Alii e lua, o Maopu, sa Peseta ma Usoalii, Saleaula ma lau faatufugaga sasao maia so tatou 'ava faatali auā se agatonu o le tatou taeao fesilasilafa'i". E 'ese'ese faiga a nu'u, o nisi nu'u e mua'i sao 'ava o tulafale ona faatoā aami ai lea o 'ava o ipu a tamalii, a'o nisi nu'u e muamua 'ava a tamali'i. E sili i lo'u taofi ona mulimuli ona aami 'ava o ipu a tamali'i ina ia faati'eti'e i luga o tugase. E vave fo'i ona tau i ai le folafola 'ava, i lo le laga mai le ta'ele. O le tele o nuu i Savaii ma Upolu e uma loa ona sao o 'ava sii sa'o loa i malō, a'o Tutuila e muamua fai upu faamālūlū a le sufi'ava ona faatoā si'i ai lea o le fala 'ava i malō. E lē talafeagai foi lea tulaga ona o lenei: O le galuega a le sufi'ava lava ia na o le aoina o 'ava ae a toe fai nisi upu o lona uiga ua ia faia le galuega o le faafiti 'ava ae o le galuega lenā a le tagata lauga. A toso le fala'ava i luma o malo o le tulafale ua sauni e folafola 'ava na te po le fala e faailoa ai o ia lea e faia le galuega. Na te liliu le fala ina ia ū si'usi'u o 'ava i le malaga, a leai e faaū si'usi'u i le ogatotonu o le fale. E muai tatala foi lona ofu, ma afai fo'i o fai sana faasolo ia to'ese muamua lena. O nisi afioaga i Manua e sao mai i tua 'ava ona faatoā aumai ai lea i luma o malo, o nisi taimi e sao lava i tua ma folafola ma faasoa mai ai i tua 'ava o le usu. E ala ona folafola ma faasoa mai i tua pe afai e leai se tulafale o le malaga e faia lea galuega.

O le Tala i le Failautusi na sesē le Nofoaga. Sa auai le Tusitala a'o avea ma faatonu o Faatoaga i Amerika Samoa i le malaga asiasi a le Afioga a le Kovana Uifaatali Kolumane i le motu o Manua ma sa amata mai i le afio'aga o Olosega. Sa maoa'e le nofofaatali a le Afioga i le Tuiolosega ma lana malelega, ma fetalaiga i Tootoo. Sa na o le tulafale o Atofau Kelemete o Leone ma le Tusitala matai o le malaga, ae toatele lava i alii ma tamaita'i failautusi a le Kovana.

O le tofa a Atofau o le tulafale sa valaau faapitoa e le Afioga a Kolumane mo le malaga ma sa alala i le nofoaga masani i le atualuma, ona manatu lea o le Tusitala, e ui ina o a'u o le alii, ae sa ou sauniuni ou te folafolā 'ava. Peitai ane, ua 'ese foi le aganuu a Olosega ua sasao ane i tua 'ava o le aliitaeao, ma folafola ma faasoa mai ai lava i le itu i tua. Sa le afaina lea tulaga auā ua ese foi le aganuu a lea afio'aga, ma ua lē faia ai sa'u galuega ae na o le tofa a Atofau na fetalai e tali fuaitau i le fetalaiga a le tootoo. I le taeao na tuaoi na usu ai le faigamalaga i le motu o Ofu ma sa aliitaeao le Afioga ia Misaalafua ma Tamafa'alagia ma usufaaaloalo le fetalaiga i Tootoo ma upu ia te i lau'a le Ofu. Sa ou manatu o le a faapei o le aliitaeao i Olosega le folafola mai i le itu i tua o 'ava o le usu, o lea sa ou lē nofo ai i le nofoaga o lauga ae sa ou faase'ese'e latalata i le matuātala.

Peitai o se tasi o failautusi tamaloa a le alii kovana ua nofoia nei le nofoaga sa ou nofo ai i le aliitaeao i Olosega. Ou te lagona e le'i malamalama le failautusi i le uiga o le nofoaga lea ua alala ai. Ua sao nei le 'ava ma ua lē folafola maia i tua e pei o Olosega ae ua toso mai le fala 'ava i luma ma tuu tonu lava i luma o le alii failautusi. Ua matuā pula le alii failautusi ma ua le iloa poo le a lea mea ua tupu, ae o matou faatasi ma le alii Kovana ua le iloa pe matou te toē pe leai ae ua o'omi le 'ata ma manatu o le tagata ia. Ona ou faatoā se'ese'e ai lea ma folafola le faaaloalo ua opea i le malu. Ina ua na o le malaga na faatonu ai e le alii Kovana ana failautusi e 'aua le soona nofo, ae ia iloa le tāua o nofoaga i totonu o maota ma laoa o le atunuu.

Ua ou faamatala lenei tala e faailoa ai le tāua o le silafia e tagata nofoaga i totonu o maota ma laoa. O se fautuaga foi mo nisi e lē silafia, o maota ma laoa o Samoa ua uma ona tofi ona vaega ma nofoaga e nofo ai le alii ma le tulafale ma le lautele o tagata. Afai e te lē malamalama nofo i se nofoaga sili ona fa'atauva'a. E lelei le toe faasino atu mulimuli se isi nofoaga e fetaui ma 'oe i lo le tulaga na i ai le alii failautusi. Ua iloa pou o matuātala e afifio ai tamalii ma pou o le talāluma e alala ai faleupolu. E ao ina iloa muamua ia oe poo se tulafale poo se alii ona e lē nofo lea i se nofoaga e le feauga ma oe.

Ae se'i toe fo'i mai le tatou tala i le gaosiga o le aliitaeao masani. E pule lava le folafola 'ava i ana upu e fai ma le umi o lana folasaga. E sa fo'i ona faalavelave se tasi i le folafola 'ava. O le mea fo'i lea ua manatu ai nisi o le aumalaga ia lelei le tagata e folafolā 'ava, auā a taofi ma lē sao le latou lauga, ae ua uma ona fai e le folafola 'ava le lauga. A uma loa lana folasaga ona faasilasila loa lea o 'ava. Ua i ai le latasi, lua lupesina ua i ai, ua i ai le matimati mai vasa, ua i ai fo'i 'ava tugase, (ia faaete'ete e 'aua le ta'ua le upu o tugase felafoa'i auā na o taimi o le vevesi e i ai tugase felafoa'i). Afai e i ai ni fasi 'ava ona faapea lea ua i ai fo'i ma una o le 'ia sa, ae afai o i ai ma uso, ua i ai foi ma fetaia'i ma uso, a ao le malō ua lava ma totoe. O lea o le a fai i ai la'u pule. Ona faasoa loa lea o 'ava i malō, ae muamua lava te'a se tugase laititi ae 'anoa lelei i aumaga e tu'i ma palu e le taupou auā le agatonu o le aso. Ona filifili lea o se 'ava sili ona telē. O le latasi lenei o le a te'a o le 'ava o le ipu a le ali'i sili o le malaga. Ona faasoa solo lava lea i nisi tamali'i o le malaga. Afai fo'i e lava le faasoa ona te'a fo'i lea o se isi 'ava feololo mo le ali'i o le nuu o 'ava o totoe o le a manoa i inei e leoleo ai lo tatou aso, pe faapea foi: leaga e umi taualumaga o lo tatou taeao fesilafa'i.

O le fautuaga i taulele'a e ailaoa ava o ipu ia u i luga ulu o 'ava, ae lē o le 'au. Ona fai loa lea o le faatau a tulafale o le nu'u. E matuā finau tulafale i le lauga, ae maise lava pe afai o malō o se paolo, auā e telē lona lafo e maua. E seāseā ona i ai se tulafale i le usu ma se fue i aso nei, ae o tu masani lea a faleupolu tāua o se nuu ona e tatau ona i ai sona fue auā o le talitonuga o le fue o le lauga lava lea. Afai o le tulafale e i ai le fue lea o le a lauga, ona muai see lea i luma, o ia fo'i e leai sona ofu, e to ese foi sana faasolo. Ona ta lea o le fala i le fue ia faatolu ma fesuia'i tau'au e lafo i ai le fue ae muamua le taumatau. E faatolu ona ta le fala, ae o le ta mulimuli e taatia ai le fue ona aapa atu lea o le lima agavale i le ao mai i'u ma faataatia tonu i ona luma, ona alo loa lea i le lauga.

E Ono Vaega o le Lauga. 1. Faatulou i paia o le aso, ae maise o le malae o loo fai ai le faatasiga, faatasi ai ma paia o le malaga ma paia o le afioaga. O loo faaigoa e nisi o le Folasaga ma Faalupega. 2. Faafetai ona o 'ava ma le usu faaaloalo. 3. O le faafetai ma le viiga o le Atua ona o lana pule faa soifua ua fesilafa'i ai i le lagi e mamā ma le soifua matagofie. 4. O taeao. O taeao o le atunuu faaonapo o pogisa Samoa, ma taeao o le Talalelei. 5. O le tala i faiā ma le 'autū poo le mafua'aga o le faatasiga. 6. Faamatafi o lagi, ma faamavae.

A oo i le taimi e tali mai ai le malaga i le lauga ona faapea lea o le matai o le malaga lea e laga faatau: "Ua mapu i sasaga le utugā taufa" Pe ua mapu i sasaga le fetalaiga poo le saunoaga. Ua tali tutusa lava foi ma le faapea: "Ua faaifo nei le tuamafa fili malae i le fetalaiga i lau tofa a le taitai malaga" Mapu ane ia i seetaga malū ae se'i ou liliu ane e saili se ositaulaga e faaleagatonua le fetalaiga ua paū i le taimi ua sola. Ona fai foi lea o le faatau a le malaga i sē e tali fuaitau ma ua i'u o le a lauga le taitai malaga, ona faapea lea o ana upu. "Sa fetuuna'i nei muniao i le siva loa ma le faatau paia, ma ua tasi le faafitiga o aleaga o au o le a faalēagatonuina le fetalaiga maualuga ua taoto i lo tatou malu, pe ua taoto i le maota.

O le Taimi e Seu ai Lauga. O le seuga o lauga le isi vaega tāua o le aganuu. O nisi e manatu o taeao e tatau ona seu ai le lauga, ae maise lava pe afai e ta'u ai ni tulaga e afaina ai pe maasiasi ai le isi itu. O isi ua manatu o faiā e tatau ona seu ai lauga auā o le a tala ai gafa o le nuu poo le aiga. Atonu e tuu pea e nisi le lauga pe a oo i taeao, ae lē mafai ona tuufau le lauga e tala le faiā poo gafa o le nuu poo se aiga auā o mea paia e gata lava i tagata e tautala i ō latou lava gafa.

O le isi vaega e lē mafai ona tuufau e failauga se lauga pe a tautala i toga auā o mea e paia. A ta'u loa toga ua tatau loa ona seu le lauga auā ina ne'i faailoa tulaga paia o le isi itu. Ae maise foi afai e lē mafai lava ona taofi le lauga ae tala au'ili'ili toga o le isi itu, ua tatau loa ona lafoia le tulafale lea e lauga. O le isi vaega e seu ai se lauga ona ua ta'ua ni faaaloaloga na faia e le isi itu. O nisi e fia faalogologo o fai e le lauga ni o latou viiviiga ona o le tele o faaaloaloga na latou faia. Ae o le mea moni o le a faaalia lo latou fia logo vii, ae o le uiga lea o le faafitifiti o le gagana ma le aganuu. Poo le a le tele o ni oloa ma ni faaaloaloga e lē tatau ona toe ta'ua ae na o ni faafetai ma se faamanuiaga. E ui ina e lē o ni vaega ia o le lauga o le agatonu ae ao ina faaalia vaega e masani ma tatau ai ona seu se lauga.

Nofoaga o ē Lipoia le 'Ava

Ua faavasega i le aganuu nofoaga o ē e lipoi'ia le agatonu: O le palu'ava o se taupou, ae le o se fafine ua nofotane. O se aloalii fo'i poo se alo teine o le alii o le nuu. O le taupou poo le palu ava e saofa'i i tua o le tanoa. Ia muamua liliu le tanoa ia ū le vaega o le tanoa o i ai le tautaulaga ia te ia. Ia saofa'i faataupou ae 'aua le faano'uno'u pe faagāpelupelu le tino. Ia mata fiafia, ae lē o le 'ata'ata, e lē faia se taulima, se uati, se mama, se ula pe lamu pulu fo'i. E tu'u ona lima i augutu o le tanoa, ae lē o le faalagolago ai ae ia faasasa'o lelei lima ma tilotilo sa'o i luma.

O la'ei foi o le taupou na o se la'ei faataupou o le 'ie pā'auli, se palefuiono, poo se sei ae le faia se tuiga. O le manatu o tamā na ou vaai ma faalogo i ai, ia 'aua ne'i i ai se mea e faalavelave pe afaina ai le paluga o le 'ava. O le tuiga e ono paū pe sisina ifo foi le afu, pe lelea ifo foi se fulumoa i le tanoa. O le tuiga e faatoā fai pe a taualuga se faafiafiaga pe mo'emoe' foi i se ta'alolo.

Ae o le mea mamafa i le paluga o le agatonu o le la'ei māmā ma matagofie foliga o le taupou i le vaai. O le itu taumatau o le palu'ava e nofo ai le asu vai poo le sui'ava, ae o ona luma se pakete vai poo se tauluavai. O aso anamua sa asu vai i tauluavai. O niu vai sa faapala e pei o le faiga o le samilolo, ona vili lea o isi mata ma tui ai se afa e fai ma ta'ita'i. Sa masani ona nonoa faatasi vai e lua, o le ala lea e ta'u ai o le tauluavai. E nofo i le itu taumatau o le asu vai le tufa'ava. O se tofiga tāua tele le tufa'ava, e lē soona tu'u i ai se isi vagana o se tagata e lelei le leo, e poto le gutu i tautala, ia iloa ni solo'ava, na te iloa le faasologa o ipu ma vā i 'ava.

E tatau fo'i ona malamalama i igoa ipu a tamalii. O isi mea e tatau ona iloa. O le faasologa o ipu ma 'ava. O ipu e faasino i alii ae o 'ava o tulafale. E muamua le ali'i o le malaga ona soo'ula lea ma le ipu a le ali'i o le nuu. A uma ona soo'ula le alii o le malaga ma le alii o le nuu ona soso'o lea ma tulafale, o tulafale ia sa lauga, ae muamua fo'i le tulafale o le malaga.

O le ao'ava e le soona oso mai i totonu, ae ui i le va o le sui'ava ma le tufa'ava. Ona pau lena o le auala e sau ai se isi mai tua i totonu o le maota. O le auala fo'i lenā e ui mai ai e tautū le 'ava. O le itu agavale o le taupou e nonofo ai ni taulele'a e ta'u latou o agai o le 'ava. A to'atele lava taulele'a o le nuu, e soo se aofa'i lava o agai o le 'ava, ae matagā fo'i le so'ona to'atele ae lava lava i le to'atolu. O le tagata e tāina le fau, ao'ava o le usu, ma tautū 'ava e mafai lava ona fai e le tagata e to'atasi, ae a to'atele ona ese'ese lea o tagata e faia ia tofiga.

O le ta fau e nofo tonu i tua o le palu'ava, ae o le ao'ava ma o le tautū 'ava foi lea o tua o le tufa'ava e tapua'i mai ai sei oo i le taimi e ao ai 'ava ma tautū le agatonu. O aga a i latou e gaosia le agatonu: e sa le talanoa pe pisa, e sa fo'i le faitatala i ni mea o lo'o tutupu i totonu o le maota. O lona uiga 'aua le taliē pe a fai ni tala malie, tau lava o le pupula sa'o i luma ma nofo faasasa'o. Ia la'ei mamā, ma faasausau tama.

Sui o le malaga i le agatonu. E masani ona i ai i tua o le tufa'ava se taule'ale'a o le malaga e tuualalo atu i le tufa'ava suafa o le malaga, ae maise o igoa ipu. O loo taofi nisi o le taule'ale'a o le malaga o le isi agai'ava, ma e nofo i le itu taumatau o le tufa'ava. E manatu le Tusitala e lē auai le taule'ale'a o le malaga i nofoaga o ē lipoia le agatonu. Atonu e 'ese'ese afio'aga ma a latou agaifanua.

Faatoā gaoioi le paluga o le 'ava pe a uma le faatau a le nu'u ma amata loa le lauga. E mua'i fafano lima o le palu'ava. Na ona faaseuapa lava i tua ae saasa'a atu e le sui'ava se ipu vai se tasi. Ao sauni le taupou mo le paluga o le 'ava ia muamua asu ni vai i le laulau poo le tanoa. Ona sasa'a atu lea i ai penu o le 'ava tu'i i luga o le fau a'o u'u faatalitali mai e le taupou i luga o le tanoa. Ona afifī lea ma tu'u i le tanoa ma palu loa e le taupou le 'ava.

E u'u e le lima agavale le fau ae palu e le lima taumatau le 'ava, ia faasasa'o lima, ma vaai sa'o i luma ae 'aua le punou i le tanoa. A iloa loa ua lelei le paluga ma ua sauni e tatau, ona u'u faatasi lea i lima e lua le fau ma togi i luga ae sapo limalua, ma tatau loa. A tatau le fau ua lava le lua pe tolu miloga o le fau ma togi loa i tua e aunoa ma le pupula i ai. Ia tatau faasasa'o lima, na ona sina me'i mai lava i tua ma toe mimilo sa'o i luma.

A togi le fau ia togi faamauluga ina ia maua lelei e le ta fau. Ia mataala lelei le ta fau 'aua ne'i paū le fau. Auā a lē sala e matuā tigaina i upu mamafa a matai. O le palu'ava ia fua lelei le mae'a o le paluga i le umi po'o le pupu'u o lauga. E faatoā solo augutu o le tanoa ina ua mamā le 'ava. Ua lava tāuga e lua mulimuli e faatoā solo ai augutu o le tanoa. O tāuga fo'i ia mulimuli e lē toe togia ai i tua le fau ae talatala lemū ma lulū i 'autafa o le palu'ava ma popo i lima e lua ona u'u lea i le lima taumatau ma lulū ia faaalu ni penu 'ava o pipii i le fau ae faaeteete 'aua ne'i pa'i pito o le fau i le fola. A solo augutu o le tanoa ia solo muamua aga'i i le agavale toe solo i le taumatau ona solo ai lea o luma o le tau'ava i ni solo faatopetope se lua. A uma loa ona solo augutu o le tanoa i le tauga mulimuli u'u loa i le lima taumatau, ma faatalitali i le taimi e tufa ai le 'ava.

Taimi e alaga ai le tufaga o le 'ava. O le tufa'ava ia mataala lelei i le taimi e tatau ai ona alaga. E fua i le lauga mulimuli pe a faapea ana upu faai'u "Tatou alo 'ava ua māi vai ae ua suamalie 'ava i le alofa o le Silisiliese" Ia faaeteete le tufa'ava 'aua le vave faaosoa le patiga o le agatonu ae le'i uma ana upu ma ana faalagina.

Afai loa ua uma ana solo ma tā'ua le mafua'aga o le aso ma le usu, ona faapea loa lea. Ae o lo outou agatonu lenei ua matou faatito i ai le vai se'i mavaevae le efu ma le malasina o le fau ma tanoa o au o le a faasoasoa: Ē ua usi le 'ava faasoa tula'i se soli le alofi, poo le: tula'i sē tautū, poo le tula'i sē soli tamali'i ma faleupolu". O le taimi lena faatoā tapati ai le maota. A tula'i loa le tautū 'ava: ia mua'i asu ni ipu vai e sui ai le 'ava, ona ū lea o lona itu taumatau aga'i i luma ae asuasu le 'ava. E asu a'e e le alo o le lima ona tū sa'o lea ma faasisina i lalo i le tualima. O lona uiga ia faailoa i tulafale pe ua toto'o ae toe sui. A tautū le 'ava, ia faaeteete ne'i masua solo i le fale. O ipu a tamali'i e ta'i i le alofilima a'o 'ava a tulafale e ū i ai le tuālima.

A vala'au 'ava a tamali'i e vala'au le igoa ipu e pei o lenei "aumaia fetaia'i ma uso", e lē toe ta'ua se suafa. E mafai foi ona vala'au faapea: "fetaia'i ma uso talitali le ipu ua i le solialofi". Afai o se faifeau ona vala'au lea faapea: "aumaia sāvali o le talalelei" poo, "momoli la'au i foga'a, taute le susuga i le faafeagaiga". O isi tamali'i a lē iloa ā latou igoa ipu ona vala'au fua lea. O lau ipu lenei, ona ta'u lea o le suafa o le tamali'i, a lē o lenā ona vala'au lea. taute le afioga ia Mata'utia. O le ipu ma le taute e ave i tamali'i, ae ave le 'ava i tulafale. A vala'au la 'ava a tulafale e valaau faatosotoso ma leo tele faapea: ō lau 'ava le nei Mā tua vao.

A uma loa ona soo'ula tamalii, le alii o le malaga ma le alii o le nuu ona sosoo lea ma tulafale na lauga e muamua le tulafale o le malaga. Afai o i ai se faifeau ona muamua lea o le faifeau sosoo ai ma le alii o le malaga sosoo ma tulafale na lauga, ae moto le 'ava i le alii o le nuu. Ona felafoai lea i tamalii o le malaga ma tamalii o le nuu faapea foi tulafale o le malaga ma tulafale o le nuu.

O tamali'i e fai upu ma saasa'a suā'ava i luma faatoā faamanuia ma taumafa le 'ava, ae lē o tamali'i uma fo'i ae iloga tamali'i e faamanuia faapenā a latou 'ava. O tulafale e inu fua lava e aunoa ma le saasa'a o suā'ava. E lē faaaloalo pe a togi se ipu i totonu o le maota. E mafai ona moto fua 'ava. Ae afai o i ai se isi ua tatau ona moto i ai le 'ava poo se alii o le Malo ona faapea lea o le tufa'ava. 'Ava ma Tutuila, 'ava ma Upolu, ua moto lo outou agatonu ua mativa le fau ua papa'u le laulau, ae faasavali 'alu o le 'ava e taute le sui o le Malo, aumaiā sui o tagata tafafao mai atunuu mamao. A moto fua fo'i ona faapea lea: Ua moto lo outou agatonu, ua mativa le fau ua papa'u le laulau, ae matou faasoaina ma agai o le tanoa ona toe. E ui ina leai ni galuega e faia e agai o le tanoa, ae o tagata o lo'o leoleoina le agatonu. O le mea fo'i lena e sa ai ona soli pe ui mai se isi i le itu o iai agai.

A mae'a loa se usu poo le aliitaeao i le malaga ona sosoo loa lea ma le avatu e le nuu se fono o le ava. O mea atoatoa poo se apa masi ma ni falaoa, pata ma se siamu. Ona liliu fo'i lea o le malaga ua fai lafo o le nuu. Poo lafo tupe poo lafo toga. E faatāua lava e malo le tulafale na lauga, sosoo ai ma lē na fetalai i ava, soso'o ai ma le tufa ava, ma le tautu ava. Ona ave loa lea o se mea e laugatasia ai matai o totoe. E tatau foi ona fai se faaaloalo a le malaga i alii o le nuu ae maise o le alii sili o loo nofo i le pou o le tala.

Ia inu uma tagata o loo alala i le atualuma o le fale. E tatau ona inu uma tagata o loo nonofo i le atualuma o le maota. O le atualuma o le maota e i luma o matuātala e lua. E matuā matagā ma lē faaaloalo o le tufa'ava pe afai e i ai se isi e nofo i le atualuma o le fale ae lē inu i le agatonu. O se tagata e lē inu ae nofo i se vaega o le atualuma e faatusa i ai se tagata e lē taulia pe lē amana'ia. E lē afaina se tagata e nofo i le itu i tua pe a lē inu.

O ē ua agavaa e paluina ‘ava. O ai e palua ‘ava? O se fesili tāua auā e lē agavaa uma le toatele latou te palua le ‘ava o le usu ma le aliitaeao. Ua na o le taupou poo le augafaapae, poo le igoa manaia o le nuu, poo le matai ua ta’ua o aloalii e pei o Muagututi’a latou te palua ‘ava o agatonu i faigamea tetele e pei o ‘ava faatupu, ma taligamalo tāua. O nei aso ua ave le faamuamua i tausala o faalapotopotoga, poo tausala o Samoa, ma ua onomea foi ia tofiga ona latou palua ‘ava o faatasiga tetele.

Soo se tamaita’i ua fanau ma nofo tane e lē faatagaina ona palua se ‘ava. E aliali mai i lea tulaga le mamalu ma le faaeteete gatā o le agatonu a le atunuu. O ‘ava o fono a nuu, ua tatau i se alo tamaita’i o le alii o le nuu, poo le alo taule’ale’a o le alii o le nuu, poo se matai aloalii e pei ona ta’ua i luga. O taligāmalo faa le Ekalesia ua ‘ese foi. O le alo tamaita’i o le faafeagaiga poo le alo tamaita’i o le alii o le nuu, poo se taule’ale’a o le Ekalesia ua onomea mo lea faiva o i latou ia ua onomea e palua ‘ava o faatasiga faa le lotu. O le tautu ‘ava ua tatau lava i se taule’ale’a ua fai sana malofie poo le tatau ona tautū ma soli le alofi a tamalii ma faleupolu. Ua lē onomea i se tama’ita’i ona faia lea faiva.

O le ‘Ava Faatupu. Ua tofu lava itumalo, ma alalafaga ma a latou faiga. E pau le mea tāua o le o atu o matai ma a latou ‘ava tugase. O ‘ava faatupu e lē faia i se fale ae o fafo i se malae. O vai e sui ai le ‘ava e manaia le su’e o taulua vai e pei ona masani ai. E tatau fo’i ona aumai aloa’ia le ‘ava tu’i, ae le tala feagai le aumai o le ‘ava ua uma ona palu.

Nofoaga o ē faia le ‘avafaatupu. O nofoaga o le agai o le tanoa ma le taupou ma lē e suia le ‘ava ma le tufa’ava e tutusa lelei ma nofoaga o le agatonu masani. E faapena foi le tagata e tāina le fau. E lua tautū ‘ava, o le tagata e nofo ma le ipu a le tupu e alu atu le tautū ma le ‘ava e tofo muamua le tula poo le tulafale a le tupu. Ona faatoā asu lea o le ‘ava ma sa’asa’a i le ipu a le tupu faatoā taua’ao ai lea lima lua i le tupu a’o saofa’i lelei i lalo le tautū ‘ava a le tupu. Na o le nuu o loo faia le ‘avafaatupu e fai le faatau mo le lauga, afai e uma loa le lauga a le nuu ona tufa loa lea o le ‘ava. Vagana se tulafale a le tupu e tali mai i le lauga, ona saunoa mulimuli ai lea o le tupu i sona lagona pe leai foi. O aumaga ia tofu ma le tao la’au e leoleo ai le agatonu. O le mamalu lea o le ‘avafaatupu o sao a aumaga faataamilo i tua latou te leoleoa le ‘ava faatupu. E leai se isi e tu na o aumaga e tutu ma tao leoleo, ae nonofo uma i latou o loo faia le ‘ava faatupu.

O upu faaaloalo na maua mai le ‘ava

E tele upu faaaloalo e fai i le ‘ava. O le ‘ava na faapea na totō i tumutumu mauga ae futifuti ona a’a i auvae mauga. O le ‘ava na toto i auvae mauga ae futifuti ona a’a i tumutumu mauga. E i ai le pese e fai i le ‘ava: “O le ‘ava o le mea tāua i le aganuu, a alu o le usu o le matai ma lana e u’u, ae a te’a le inati le aumaga ia faanatinati. Ae o le palu ‘ava ia ‘aua ne’i sasi. O le palu ‘ava ua popoto ai o tamaitai. O le folafola ‘avā ia e manatua, inati o le tanoa ia te’a muamua, o oe o le latasi faapea ma le lupesina o ‘ava o ipu e puipuia e lau fetalaiga”.

E sua le ‘ava ae toto le ‘ata e faatatau i le ‘ava a sua ona ave lea o tugase, a’o ‘ata poo ogalaau e ave toe totō. E faatatau i se mea e faaolaola pea, ia lē uma lona lelei ma le aogā. E fetaui foi ma le muagagana: Ia paū se toa ae tulai se toa.

Aano a tamalii. O le igoa faaloalo e ave i soo se ‘ava. A fetalai le tulafale e folafola’ava e faasilasila ‘ava o le usu ona faapea lea: Silafaga ma ia le paia i aiga faapea le tatou faiga malaga se’i ou tautala e faasilasila le fula ma le mamala o lea ua i o’u luma o aano a tamalii.

O igoa o ‘ava eseese. O le **Latasi.** O le tugase sili ona telē. **Lupesina.** O le isi ‘ava e pito i ai. **Matimati mai Vasa.** O le ‘ava a le malaga. **‘Ava felafo’ai.** O tugase i taimi o le vevesi. **‘Avatugase** igoa lautele e ave i ‘ava laiti. **Una o le ‘ia** o ‘ava ua tipitipi poo fasi ‘ava. **Fetaia’i ma uso** o le igoa o a’a o ‘ava poo uso o ‘ava.

Suaalofi o le ‘ava ua uma ona palu poo le sua ‘ava ina ua uma ona palu.

Efu ma le malasina o le efu o le sua o le ‘ava, ae o le malasina o penu o le ‘ava. Se’i mavaevae le efu ma le malasina, tete’a le fau ma le tanoa o ‘au o le a faasoasoa.

O ‘ava ati o pupu ‘ava mata e sua atoa mai ma a’a ma lau.. O ‘ava faalā poo ‘ava mago e faamamā ese pa’u ma a’a. A i ai se ‘ava faalā o i ai a’a o ‘ava e uigā ma lē faaaloalo.

O isi upu na mafua mai le ‘ava

Tugase igoa o soo se ‘ava. **Pupu‘ava** o le pupu’ava totō. **‘Ata** o le laau o le ‘ava. **‘Avaati** o le pupu’ava ua sua atoa. **‘Avafaatupu** o le ‘ava e fai i se tupu. Aliitaeao o le ‘ava ua i ai tamalii. **Usufaaaloalo** e faasino i tulafale ua i ai i le usu. **Agatonu** o le upu e ave i le ‘ava ua uma on palu e agatonu ai le aofia. **Sui’ava** o le tagata e nofo lata i le tanoa e asu le vai e sui ai le ‘ava. **Palu’ava** o le tagata e paluina le ‘ava. **Tufa’ava/tautu’ava** o le tagata e tautuina le ‘ava. **Agaioletanoa** o tagata e nofo i le itu taumatau e leoina le ‘ava. **Fonoole’ava** o taumafa atoatoa e ave i malo e fono ai le ‘ava. **Mativalefau** upu e faatatau i le leai o se sua’ava mai le fau. **Papa’u le laulau** upu e fai ua laititi le ‘ava o totoe. **Tanoa/laulau** o le mea e palu ai le ‘ava.

O se A’oa’oga. Ia malamalama tupulaga i le la’au tāua lenei a le atunuu, o le laau e tele ona faamatalaga ma e fai foi lona gafa. Ia malamalama i le faiga o le agatonu masani ma le ‘avafaatupu ma isi lava vaega tāua o lenei tu maualuga a le atunuu.

O Fesili. 1. Fai sau lava solo ava, ae lē o se solo mai se isi tagata. 2. O le a le mafuaaga o le tai samasama, ae o fea o i ai? 3. O fea o iai le malae o le niniva? Faamatala le mafuaaga? 4. Fai sau faasologa mai le ava sili ona tāuā sei oo lava i una o le i’a. 5. O le a le faapogai e ala ai ona faatulutulu ‘ava a le saofai’ga i le faatoa taumafa ai. 6. Ole a le tāua o le ‘ava ati ae faapefea ona vaevae? 7. Faapefea ona totō ia ‘ava o ā foi vaega o le ‘ava e totō? 8. O ā ‘ava e ta’u o una o le ‘ia, ae o ā ‘ava e ta’u o fetaia’i ma uso? 9. Faamatala mea nei: Sualofi, efu, malasina, fau, tanoa poo le laulau.

Fesoasoani mo le Faiaoga. Vaelua le vasega ona fai lea o le malo ma le nuu usu. Pule oe poo ai le nuu usu ma le nuu malaga. Saili faalupega o nuu uma e lua, suafa o alii ma igoa ipu, faapea foi suafa o tulafale. Faamalamalama le tulafale sufi ‘ava, folafola ‘ava, le tufa ‘ava ma le tautu ‘ava. Faatonu le vasega e latou te saili mai ni tala o le mafua’aga o le ‘ava pe na faapefea ona oo mai i Samoa.

O le Tāua o le Laufala

O le laufala o le igoa lea ua ave i le ‘auaiga o laufala, laupaogo, lau’ie, lautotolo ma lau’ie’ie. Ae se’i faamatala taitasi le ituaiga ma lona aogā.

O le paogo poo le laupaogo. E aogā le laupaogo e lalaga ai fala papa auā e mafiafia o latou lau. O le paogo e tupu tetele ma uumi ma lautetele ona lau toe talatala itu uma e lua ma le tua o le lau. E tau leai ni ona fete’e poo maga e pei o le laufala ma le lau’ie ae sala auaua’i lava ona lau pe a oo i le taimi e sasala ai. Faatoā taumagamaga le laupaogo pe a maualuga le tupu ona ta’u loa lea o le fasa. O le fua o le fasa lea e su’i ai ulafala a tamalii, ae faaaogā fala mamago e fai ai pulumu e tosi ai laina ma mamanu i le eleiga o siapo. O laupaogo na ona sala lava ave’ese tala i pito ma le tua ona ave lea faala ae le sakaina e pei o laufala ma lau’ie.

O falalili’i o measina a Samoa

O le laufala. O le aogā faapitoa lava o le laufala o le lalaga ai o falalili’i poo fala moe O falalili’i e fai ai ulumoega o tamalii ma augafaapae poo taupou, o le mea lea e tāua ai tele i le aganuu. O le tele o falalili’i i i se faaipoipoga ase taupou pe soo se tama teine o le ta’u leleia foi lea o lona aiga. O fala ia e alu ma ia i matua ma le aiga o lana tane ne’i lē iloa lalaga se fala ona upuia lea e le aiga o lana tane. Sa leai ni vulu sa teuteu ai falamoe, ae ua faavulu i itu e lua ma ua ta’u o le **afeafe**, ae afai ua faavulu uma itu o le fala ona ta’u lea o le **tuulaufala**. E iai foi fala e ta’u o fala tapito ma o fala ia e teuteu i lanu ‘ese’ese ae leai ni vulu. O fala mamanu e teuteu i vulu e lalaga sauatoa i le ‘afa o le lautele o le fala ma fai mamanu poo ni faatagata, poo ata o manu ma tusi ai ni igoa. E pei o lenei: **Ia manuia le aiga fou**.

O le laufala mao’i e leai ni ona tala ma e lalaga ai foi fala papa ma ua ta’u ia fala o papalaufala. O le laufala e tele on fete’e, ma e masani ona faasao ni fete’e se lua pe tolu ae faagata le tatupu ma ave’ese foi ma isi fete’e. E ta’ai ma saka laufala ma faala ia papa’e manaia. E tele galuega e fai i le laufala, e faatali se’i timu pe susu foi i le sau ona lulu lea ma toe faala, ona aumai lea i le fale ua taai faamasina ma tui faatasi ma toe faala. Ona sosoo lea ma le salu ia sasa’o lelei ma ta’ai i ta’aiga, ona teu loa lea se’i o’o i le taimi e lalaga ai papalaufala poo falalili’i.

O le ‘ietoga o le measina a Samoa

O le lau’ie. O le lau’ie e lalaga ai ‘ietoga, auā e vaivai ma malūlū ona lau. E talatala lau o le lau’ie, ae a saka ma faala e papa’e ma vaivai ai lau. O ‘ietoga mao’i e lalaga i lau’ie ua sae ma faasami mo nai vaiaso ona maua loa lea o lau’ie ua malū manaia ma papa’e ma lalaga ai loa toga mao’i. E saka muamua ona sae ai lea, a uma loa ona sae ona noanoa lea o pito i se laau māmā e pei o le ‘ofe ona faaopeopea lea i le sami ae fai sona taula i pito e lua ne’i tafea i se galu. O le o’ona o le sami ma le la e papa’e manaia ai lau’ie. Faafetai i le Sosaiete a Tinā i Samoa ma Amerika Samoa ona ua faamalosia le lalaga o toga mao’i e pei ona sa masani ai i aso ua mavae, ma e talosia ia oo mai se aso e lē toe vaaia ai lālāga malō lea ua taatele i le atunuu.

O le Tāua o Fale Lalaga a Tamaitai. E tāua le galuega a tamaita’i poo faletua ma tausi i o latou fale lalaga e fai i lea nuu ma lea afio’aga. E masani lava ona fai fale lalaga i le fale komiti, poo le laoa o i ai se tinā matua o le nuu. E talatalanoa, usu a latou pese, fai a latou tala mālie poo fagogo fo’i ae fai lenā ma vai aogā e faafiafia ai loto o tinā ma vave ai lava le lalaga. E mua’i filifili le tinā i lana matālalaga. Pe lautetele pe ninii ona tosi lea faatatau i ai laufala poo lau’ie. E faaaogā apa’au o aviivi’i poo manu’ainiu e tosi ai lau’ie auā e ma’ai pito ae molemole e lē masaegofie ai lau’ie. E faatotoe ulu o lau’ie pe a tosi e aogā i le taimi mulimuli pe a mae’a ona lalaga le ‘ietoga. E lalaga ma fusifusi fausa poo matālalaga ina ia lē mātalatalagofie a’o faasolo le galuega. E i ai maa molemole, poo ma’apulu e tatao ai le ‘ie ia mafolafola lelei. E fua le umi male lautele o le ‘ietoga i aga poo le vailima o le lima matua ma le loaloavale. Afai o le ‘ietoga e lusefulu aga e lusefulu foi lima matua i le loaloavale. E faapena foi ona fua o le lautele. Afai loa ua lava le telē o se ‘ietoga ona fili lea o le matālalaga faai’u e taofi ai le matālatala o le ‘ie. E fai le faatāelega o le ‘ie ina ua mae’a ma o le taimi lea e falō ai ma faamāfolafola lelei le ‘ie ma ave i fafo i le la ma taotao i ma’a molemole. O le faatāelega o le ‘ie o se galuega e fai faatasi auā e tofu le tagata ma lana pito o le ‘ie e falō ma faataele.

A'o alo atu tinā i le latou galuega, ae tapena atu e tamā ma le 'auaiga se 'ava o le latou tinā. A tofu loa le tinā ma le toga ua mae'a ona lalaga, ona tu'upō loa lea o se aso e fai ai **faalelegā-pepe** i totonu o le afio'aga, ma o se aso tāua tele mo le itupa o tinā lea aso. E logo matai o le nuu ina ia latou molimauina lea aso fiafia o tinā, ma fai taumafa e tele ma o se aso fiafia mo le nuu atoa. E ta'u foi le tinā e taita'i i le fale lalaga o le **matua u'u**, ao isi tinā e ta'u o le **au se'e papa**. Ona tasi lea o le latou faalagiga: **O le matuau'u ma le au seepapa**. Afai o se fale lalaga o ni 'ietoga, e tofu le tinā ma le laulau, ae maise pe afai o ni toga lea ua ta'u faaonaponei o toga ni'ini'i. O isi toga tetele ae le ni toga ni'ini'i, e lalaga lava i lalo ae maise pe afai e toatele le 'aulalaga pe se'e lua pe se'e tolu i se toga e tasi. Afai foi o se fale lalaga na o papa poo falalili'i, e lalaga lava i lalo.

Faalelegāpepe a le komiti a tinā a Tutuila

O falalaui'e. O fala e lalaga i lau'ie, e papa'e toe vaivai, ae 'ese mai le 'ietoga ona e lautetele le tosi o lau'ie o le falalau'ie. O falalau'ie e fai foi ona teuteu e pei o falamamanu. O isi ia fala tāua i le faitauga o ni oloa, ae maise o ulumoega o se faaipoipoga.

O Toga o le faaipoipoga. E lē na o fala e ave ai le ulumoega ae fai foi toga e ufiufi ai, ma o ia toga o toga o 'ie tāua, ma e leai se tapulaa ae tuu lava i le tamaoiga o le itu o le tamaita'i. A'o tupuputupu a'e se tama teine i se aiga ae maise o se ulumatua, e mafaufau ma tapenapena matua ma ona aiga i le aso o le a maua ai sana faipoipoga. Ae ui lava i le tele o tapenaga a o toga e maualuga i mafaufau o aiga ae maise o le tinā. A'o itiiti lava se tama teine ae ua leva ona lalaga e le tinā sona 'ie mo'emo'e ne'i afe'aina i finagalo o le nuu ae faapea, sau le alo tamaita'i o le alii o le nuu e taualuga se faafiafiaga, pe mo'emo'e e ave le taalolo a le nuu. Ae o le aso tupito i le olaga o se tama teine o le aso e faaipoipo ai. O le aso lea e potopoto ai aiga o le tamaita'i ua sauni toga o le faaipoipoga. O le aganuu masani e fai e le itu a le tamaita'i toga ae fai e le itu a le tama faaipoipo oloa. E ui lava la i le tele o toga, ae i ai lava toga faapitoa e tusa ma le aganuu, ma o toga nei: **O le 'ie faatupu, o le 'ie tu, o le 'ie seevaa, ma le 'ie avaga. Ua tau le ta'ua le upu avaga, ae ua tele ina sui i le 'ie o le nofogatane**.

Toga e ta'i ai sua poo faatamalii. O le tasi lea vaega o le aganuu e faaaogā ai toga o le ta'iga o sua poo faatamalii. E lua toga e ta'i ai sua: o le **toga e ufi ai le sua ma le tofa**. O le ufi o se lalaga lelei, ae o le tofa o se 'ie telē. E mafai foi ona ta'i se sua na o le 'ie e ufi a'i.

O igoa o toga a tamalii ma toga a faleupolu. O le **tofa** o le igoa lea o le toga e ave i tamalii, ae o le lafo o le toga lea e ave i tulafale. O le **'au'afa** o le upu faaaloalo e ave i toga sa teu e le tamalii. A tatala la se 'ie a se tamalii, ona faapea lea o le faaupuga: **Ua tatala le 'ie sa 'au'afa** poo le 'ie o le 'au'afa a le afioga poo le susuga a le tamalii. O le isi foi faaupuga e ta'u o le **'au'afa mau** auā e le soona tatalaina. A tatala foi ni toga a tulafale ona faapea lea o le faaupuga: **Ua tatala le moegā lafo a faleupolu**. E i ai foi le toga e faaifo ai se fetalaiga a se tulafale. Ona faapea lea o le faaupuga: faaui maia lou tooto'o ma **o le lalaga lea e faaifo ai lau fetalaiga**. Afai lava e tamaoaiga le faaipoipoga, poo le maliu, poo le saoimatau ma faanofonofo. Ona 'ese lea o le lafo poo le **lafo autu** o le **tulafale** ae mulimuli atu ai le **tualafo**, ma le **lafo tanoa**.

Toga o le ifoga e ta'u o le pulou o le ola. O le tasi lea toga e tupito i le aganuu o le toga o se ifoga. E 'ese mai ai le aganuu a Samoa i lo isi atunuu. Soo se agasala ma soo se solitulafono e oo lava i le fasioti tagata e ui magalo lava i le ifoga. Afai o le a fai se ifoga, e ave le pagota i luma o le fale o le aiga na afaina ona o le faalavelave na tupu ma faapulou i se toga. O le aiga foi o le pagota poo lona nuu foi ua ifo faatasi ai ma faa la ai lava, ma leai ma se tasi e gagana se'i oo ina tafa finagalo o le aiga mafatia ona faatula'i lea o le ifoga.

Ona faatoā fai ai lea o upu faatoese a le itu a le pagota, ae tali leleia foi e le isi itu ona uma ai lava lea e le toe i ai se isi laasaga e faia vagana ai le vaega o Faamasinoga a le Malo. E tāua foi i se faai'uga a le Faamasinoga pe afai e avatu se molimau ma faamaonia e itu na lua ua uma ona fai se ifoga ma ua talia e le itu tagi. E i ai nisi ifoga e le'i talia ae tafasi ma tutuli, ma ua le o se aganuu faa Samoa lea uiga. O le aogā o le ifoga e taofia ai le faalautele o se faalavelave, ma afaina ai nisi tagata i itu na lua. Ua fesoasoani tele foi le tulafono, ae maise o le Vaega o Faamasinoga e sa'ili'ili toto'a le mafua'aga o le faalavelave. Afai lava ua tatau le sala e aogā foi lea e faasala ai le tagata agasala, ma faafilemū ai finagalo ma loto mafatia o le isi itu. O le isi lea vaega ua galulue vavalalata ai le aganuu ma le tulafono.

Sii toga i maliu. O le isi lea vaega tāua e faaaogā i ai le maniti a tamalii po'o le 'ietoga. O le folasaga o lalaga o le tele o le tamaoaiga o le aofa'i lea o lalaga. O le faiga fou ua vaaia i aso nei ua folasaga i 'ietoga lelei ma tetele, ae ua le faaaogaina lalaga. O le tele foi o le tamaoaiga o le tele foi na o 'ietoga lelei. E pule lava le failauga pe muamua le folasaga pe muamua le **tofa a le aiga o le maliu**. Afai o se matua ua tuumalo, ae o le siitoga e tauala atu i ni fanau talavou ua fai ni fanau, ona ave lea o **measulu**, o le aofa'i o le fanau o le aofa'i foi lena o measulu.

E i ai foi le 'ie faapitoa e ta'u o le **faamatua**. O loo faamatala i se isi vaega o le Tusi Muamua i le Mataupu o le Tautua le mafuaaga ua ta'u ai **o le faamatua**. O le faamatua o se 'ietoga vaivai faatatau i le soifua o le matua ua tuumalo. O le faamatua e fai i matua ua matutua e ulugalii talavou. O le aganuu e onomea tele a'o soifua uma matua o le ulugalii, ae afai ua maliu se isi o matua, ona onomea lea pe a ave i le i le taimi o le tuumalo o se matua a'o soifua le isi.

A uma le folasaga ma isi toga faapitoa ona ave lea o ni ‘ietoga tetele e **ufi ai le faitoga**. **O le Mavaega** o se ‘ietoga sili ona telē i le faitoga atoa e mulimuli ona fola ma e fai i ai upu a le failauga e fai foi le suafa o le ‘ie, o le ‘ie lea e mavae a’i nisi o le aiga siitoga ma lē ua tuumalo. O le masani sa i ai le atunuu sa na o le itu a le teine e fai le mavaega ona o le feagaiga i le faaipoipoga ua tatala e le maliu ma le oti. O le isi itu tāua ona o le teine e lalaga toga ae leai se mavaega a le itu o le tama auā e lē lalaga toga se tamaloa. O tupe ma palapala malo e mamafa i ai le itu a le tamaloa. Afai foi e lē palapala malo e sili lava le ave faatinoitupe.

O le toe teu mai e le aiga. E fai le sua poo sua e fua lava i vaega o le sii. E fai ni tofa a ni tamalii o le aiga sii atu. Ona aumai foi lea faafolasaga nisi toga poo ni lalaga, ae mulimuli i le toe tofa mai o le ‘ietoga tele na ave o le mavaega, ma ua lē ta’ua o le mavaega ae o le tofa. O le faaoso ma le pasese e mulimuli a’i.

Toga o umusaga. O le igoa e faaigoa ai toga o se umusaga o le **‘afu o le agaiotupu ma le aiga Salemalama**. E lua vaega o le ‘afu o le agaiotupu poo ‘ie o le umusaga: **O toga o le tufuga ma toga o le meana’itāua**. O toga o le tufuga e a’afia uma ai toga mo le autufuga. O le vaega lea e fai ai le faasoa a le tufuga mo le Aiga Salemalama faapea tufuga usu ma isi malo usu i le tufuga. O toga a le meana’i e lē o’o i ai le faasoa a le tufuga. E manatu nisi o toga ia e faatatau tonu i le agaiotupu ma le meana’i. **O toga a le tufuga** e aafia ai le **i’e o le galuega** ma o le i’e sili lea o toga a le tufuga, soso’o ai ma le tofa a le tufuga. E ave foi lalaga se tele ma ni tofa a le autufuga o nisi foi ‘ie lelei e fua le aofa’i i le tamaoaiga o le umusaga. E mulimuli i le ‘ie e ufita’i ai toga a le tufuga. **O toga a le meana’i** e maualuga lava le ‘ie o le **tofa a le meana’itāua** ma nisi lava oloa se tele ae iai foi le ‘ie faapitoa e ta’u **o le pulumageso a le agaiotupu** e faamanatu ai le fualau mageso a le meana’i a’o fai le galuega. E le gata foi ina sa fualau le meana’itāua ae sa aumai foi se asiga o le galuega mai lona aiga tamalii. O tulaga uma ia e a’afia i fuafuaga o le vaega a le meana’itāua i le taimi o le umusaga.

Toga o Faaulufalega. O le umusaga e fai i le faapaiaina o maota ma laoa ae o le faaulufalega e fai i le faapaiaina o Falesa. E faa leai se ‘ese’esega tele o nei sauniga e lua pe a fai ‘afu o le tufuga ma le meana’itāua. Pau lona ‘ese’esega tele o le maualuga ma tele le tamaoaiga e maua i le Faaulufalega i lo le umusaga. O le faaulufaleg e a’afia uma ai le nuu poo se aulotu, ae o le umusaga ua na o se aiga e tasi.

Upu Faaaloalo na maua mai le Laufala

Measina a Samoa. O le isi lea gagana e ave i le toga. O le toga e faamemelo i ai Pule ma Tumua. Ua tofu aiga tetele o Samoa ma igoa ua faaigoa ai a latou toga faapea foi toga a Tamaaiga. O le a lē ta’ua i lenei tusi igoa o nei toga auā o loo tusia i Tusi Faalupega e pei o le tusi faalupega a le Ekalesia Metotisi. O loo tusia foi i le tusi THE SAMOA ISLANDS a le alii foma’i, DR. AUGUSTIN KRAMER. Ae o upu faaaloalo nei e ‘ave i toga mo le lautele o le atunuu.

O le toga o le upu lautele ua faaigoa ai le ‘ietoga. Ona o le ‘ietoga na ave i toga ma toe foi mai ai i Samoa.

O le maniti a tamali’i o le upu faaaloalo e ‘ave i soo se ‘ietoga, ona o le la’ei o tamalii.

O le ‘ie o le malo o le isi upu faaaloalo e ave i le ‘ietoga.

O le mavaega o le ‘ietoga sili ona telē o se sii toga e mavae a’i nisi o le aiga siitoga ma lē ua tuumalo.

O le ‘ie faatupu o le ‘ietoga faapitoa o le teine faaipoipo e ‘ese mai le ‘ietu.

O le ‘ietū o le ‘ietoga sili i ‘ie uma o le tamaita’i faaipoipo.

O le ‘ie seevaa o le ‘ie seesee ai tamaita’i faaipoipo i luga o le vaa, a’o folau mai i lana faaipoipoga.

O le ‘ie avaga o le ‘ie o le nofogatane a le teine faaipoipo.

O le ‘ie mo’emo’e o le ‘ie sulu e mo’emo’e ai le taupou.

O le faamatua o le toga faapitoa e ‘ave e ulugalii talavou i o latou matua e ta’u ai fanau.

O le tofa o le igoa faaaloalo e faaigoa ai le ‘ietoga mo le tamali’i.

O le lafo o le upu faaaloalo ua faaigoa ai le toga a le tulafale.Tualafo ma le lafotanoa o isi igoa ua faaigoa ai lafo ina ua uma le lafo autu.

O le faamanusina o le ‘ietoga telē a le tamalii e faamanusina faaaloalo ai i le isi tamali’i ua tuumalo.

O le ‘ie o le lagi o le ‘ietoga sili ona telē o le lagi o sc alii tele ua tuumalo.

O le ‘ie o le faanofonofo poo le ‘ie o le nofo o le ‘ietoga sili o le saofa’i.

O le pulumageso o le ‘ietoga faapitoa mo le meana’itāua poo le faletua o le tufuga i le taimi o le umasaga o se toga lelei e faamanatu ai le su’ilau mageso o le meana’i.

O le afuelo o le ‘ietoga memea ma vaivai e ufi ai le pusa o le maliu, o le ‘ie e toe faafoi pe sui foi. E tāua tele i Amerika Samoa le filifiliga poo ai le itu o le maliu e faia le afuelo poo le ‘ietoga e ufi ai le pusa maliu a’o le’i tuua le Fale maliu. E umi lava se taimi e felafolafoa’i ai itu tetele ma itu taulagi o le ua tuumalo ona e finagalo uma lava e ufi e latou le vaa maliu o lē ua tuumalo.

Falamatū o le igoa o le toga e sui ai le afuelo pe a taunuu le maliu i lona aiga, ma e fesuia’i toga ia e lua o le afuelo ma le falamatū i ē na saunia ia toga tāua.

O le ‘ie o le ifoga o le pulou o le ola o le ‘ietoga e pulou ai le tagata agasala i le taimi o ifoga.

O le ‘ula o le ‘ietoga e ta’u o le fofoga o le i’etoga. O aso anamua sa fai i fulu o manu o le segavao ma le manu’ula. O le galuega lea e patino i alii latou te pu’e ola mai manu nei ma futifuti fulu e mana’omia mo teteuina o toga. E maua mai ai le isi alagaupu.

Ua maua ‘ula ma futifuti o lona uiga ua maua faamanuiaga tia’i ma faatalalē i ai.

O isi upu na maua mai i le laufala

Fete’e poo maga poo tatupu e tupu mai le tino o le laufala, o fete’e foi e fati ma totō. **Faamasina** poo le taaiga o laufala ina ua uma ona faala.

Lau totolo. O isi laufala e ta’u o lau totolo, o le vaega lea e mafiafia toe mātuatua lau, ma e tau le aogā e lalaga ai ni fala. Fai mai nisi o laufala poo laupaogo la ia ua liu.

Lau ‘ie’ie. O laufala ia e masani ona su’i ai lau e ato ai fale Samoa. E talatala ona lau toe lauiti ma e lē tau totoina ae sosolo sauatoa, ae maise o fanua faataufusi.

O le totōina o laufala. O lauafala ma le lau’ie e toto ia fete’e poo lala. Ia filifili lala ola lelei ona tutu’i lea o le oso ma toto ai i le vatele e ta’i 15 futu. Afai e ola lelei ma ua sasa’o lau ona sala lea. O lona salaga lona lua e faagata ai le tatupu ae faasao ni fete’e se lua pe tolu. Filifili ni fete’e e ola lelei ma valavala ae le tutupu faatasi. O le laupaogo e totō ia tama’i laupaogo e tutupu mai i fua o fasa. Filifili tama’i laupaogo e tutupu mai i fua o paogo e leai ni tala.

O se Aoa’oga. Ina ia iloa e tupulaga le aogā o le laufala, e le gata e nonofo ai, ae momoe ai. E lalaga ai le oloa poo le measina sili ona tāua i le atunuu o le ‘ietoga.

O Fesili. 1. O le a sou manatu i le mea ua faatāua ai e Samoa le ‘ietoga? 2. Taatia le auala na mafua ai ona tāua le ‘ietoga, ae o le a sona aogā (value) tino mai i lo tatou olaga? 3. Faamata e i ai se isi measina e mafai ona suia le tāua o le ‘ietoga? 4. O le a le mea e ta’u ai le toga o le’ietoga? 5. O le a le ta’u o le toga a le alii, ae o le a le toga a le tulafale? 6. O lea le igoa e faalagi ai le ta’ita’i o se falelalaga? Ma le au lalaga fala? 7. O le a le igoa o le laufala e lalaga ai fala papa? Ae faapefea fala moe? ma le ‘ietoga? 8. O le a sou manatu i le aganuu o le ifoga, pe tatau foi ona ave i le faamasinoga? 9. Faamatala toga nei: Faamatua, measulu, tofa, lafo, ‘ie e ufi ai sua pe tutusa ma le ‘ie e ufi ai faitoga, igoa lautele o le toga, ‘afu elo, ‘ie faamanusina, faalelegā pepe, papa ma papalaufala, falalili’i ma igoa o ituaiga e lua o falalil’i. 10. O le a le toga e sili ona tāua o le saofa’i, ma o ai e tatau ona lafo ai? 11. Afai e toe foi mai le ‘ie o le mavaega o le a le igoa e faaigoa ai? 12. O a igoa o lafo e tolu o le tulafale?

Fesoasoani mo le Faia’oga. Aumai ni laupaogo, laufala, ma lau’ie i le vasega ma faamatala ituaiga eseese ma o latou aoga. E manaia foi ae faata’ita’i i tamaiti le lalagaina o fala. Lisi faatauvaga upu fou ma tauva tamaiti poo ai e tele ana upu e iloa o latou uiga.

O le siapo o le measina a Samoa

O le laau o le U’a e elei ai le siapo. O le siapo poo le vala o le ulua’i la’ei lea o Samoa. Sa le gata ina lavalava ai ae sa ‘a’afu ai foi i le malulū, pe pue’ia foi se loomatua ma se toeaina. E fai foi pupuni i siapo lautetele. E tāua tele siapo ma pupuni auā o isi ia oloa i taimi o faaipoipoga poo nunu foi o tamalii. Faatoā o mai nei papalagi ma a latou ‘ie lea ua fai ai nei lavalava o Samoa, ae o si siapo lava sa la’ei ai le atunuu. O siapo tetele sa fai ai pupuni e pupuni ai le moega o se isi o gasegase, pe failele.

O le Totoōga o le U’a. O maunu poo a’a ma se ogalaau o le u’a o le vaega lea e totō. O maunu le ta’u o mea toto. E ola lelei le u’a i se vaega ‘ele’ele e fefiloi ai ma’ama’a ma le palapala, poo le palapala foi ma le oneone. Ia tōtō i se mea e laolao e le paologia. Ona o le u’a e sosolo ona a’a ma oso a’e ai tatupu e tatau ai ona faavalavala ta’i lima futu le va. E sosolo ma tupu sasa’o, e lē tau velea pe a malu le ola o le togā u’a. E laititi lava nai maunu e totō ona sosolo lava lea e pei o le sosolo o le mutia. E pau lava le mea mana’o i ai o le fa’ifa’i ‘ese o fete’e. A tafa’i fo’i fete’e a’o laiti o le a laiti fo’i pūpū o le u’a pe a sasala ma fafai. Ae pu fafa se u’a pe a fa’i fete’e ua taumagamaga ma lapopo’a fete’e.

O le toaga e tafa'i fete'e o le u'a o le sasa'o foi lena o le tupu ma lelei o le lau'a pe a oo i le taimi e fafai ai. Ona o le u'a e sosolo ona tatupu, e tatau ai foi ona faamama e le gata i le mea o ola ai u'a ae faapea foi tafatafa i le mea o sosolo aga'i i ai.

O le Fafaiga o le U'a. E fafai le u'a pe a tusa o le sefulu futu le u'umi, ae inisi i le lua inisi le lapopoa o ogalaau. E amata ona sae mai le ulu, tau ina tosi i le naïfi le ulu o le u'a, ona faamātagatagata lea o pito ae sasae sa'o aga'i i le si'usi'u. Ia tu se isi i le si'usi'u e taofi mau le u'a a'o sasae auā e sasae sa'o ia 'aua ne'i gau le u'a pe masae.

A uma ona sae ona tā'ai lea faalapotopoto mai le ulu o le u'a, ia u i totonu le pa'u ae ū i fafo le itu na pipi'i i le laau. A mae'a loa ona sae ma tā'ai le tele o u'a, ona sauni loa lea e saesae ese le pa'u. Ia faaaogā se naifi laititi ma'ai e sae ese ai le pa'u, ia sae faaeteete ne'i sae ese ai le vaega lelei o le u'a. A mae'a loa ona sae ona tuu uma lea i se apa vai e faamalū ma faavaivai ai vaega o le pa'u o loo pipi'i pea i le u'a lelei. Pe tusa o le itula poo le lua e faavai ai, ona sauni loa lea e valuvalu 'ese vaega o le pau mai tua o le u'a sae. E faaaogā atigi 'asi'asi ma atigi pipi ma atigi pae ma atigi mageo e valuvalu 'ese ai vaega o le pa'u o le u'a o loo totoe pe o loo pipii pea i le u'a. E faatu i luga se laupapa lautele poo le laupapa fafai. E faalagolago i se pou ona tautau ai lea o u'a ae faaaogā atigi figota ia e ta'ua i luga e valuvalu 'ese ai pa'u o loo pipii pea i tua o u'a, e valuvalu aga'i i luga. Afai e mae'a ona valuvalu ese ona gaugau faatasi lea o u'a pe lua pe tolu ma afifī i se fasi atigi taga ne'i vave ona mago ae le'i sasaina. E sasa faatasi u'a e tolu i luga o le tutua ae sau'afa pe sasa i le malai'e poo le i'e. E 'ese'ese ituaiga malai'e o malai'e mamafa ma le tetelē e muamua faaaogā, ona sosoo lea malai'e feololo ae mulimuli i malai'e laiti. O malai'e e faatafafa pe tafafa ma e tofu malai'e ma vaega faa patupatu poo tosi patupatu i tafa e fa o le malai'e. O ia tosi patupatu e faalaumiumi aga'i i le umi o le malai'e ae lē lavea ai le 'au poo le mea e 'u'u ai. O tosi patupatu latou te faalautele le u'a. O isi malai'e toe itiiti lava molemole ae talatala isi. A uma loa ona sasa ona talatala lea ma faamafolafola ma faala. E talatala ma fālō ia matala ma mafolafola lelei ia u'a.

O le eleiga o Siapo. E aumai le upeti poo le laupapa mamanu ma faata'atia i luma o le tinā ua sauni e eleia le siapo. Ona aumai uma lea o mea uma na tapena mo le eleiga: o u'a ia na fafai ma sasa ma faala. Ua sauni mai foi le suāo'a, faapea le masoā sa tunu ae faalē vela lelei, ua i ai foi le lega ma le lapa e olo ai, atoa foi le fasi ofe e fai ma selaulu ma le pulumu e fai i isi fasi u'a ua fusi faatasi le pito e tasi ae faaagaaga le vaega tele e vali a'i pe elei ai le siapo ma o le igoa o le pulumu lea o le **tata**.

E faapea ona elei o le siapo. E muamua ona fofola o le ulua'i lau'a. Ona pupuni lea o ni pu i fasi u'a. E mua'i olo faata'amilo tafatafa o le masae poo le pu i le masoā, ona pupuni lea i se fasi lau'a. A mae'a ona pupuni o pu, ona vali lea i le sua o le 'o'a se'i aliali mai mamanu o le laupapa. A mae'a ona vali i sua o le 'o'a ona olo lea i le masoā le so'oga ona avatu lea o le isi lau'a ia so'o ai le laupapa i le ulua'i folasaga. E lua pe tolu ni lau'a i le folasaga. Ia olo lelei vaega e feso'ota'i ai lau'a i le masoā ina ia pipi'i lelei. Afai ua mae'a le folasaga muamua ona fai foi lea o lona lua, ma lona tolu. A mae'a le laupapa muamua, ona saesae lemū lea ma so'oso'o se'i maua le telē o le siapo e mana'omia. O le tele o siapo e fa laupapa, e lua le umi lua le lautele.

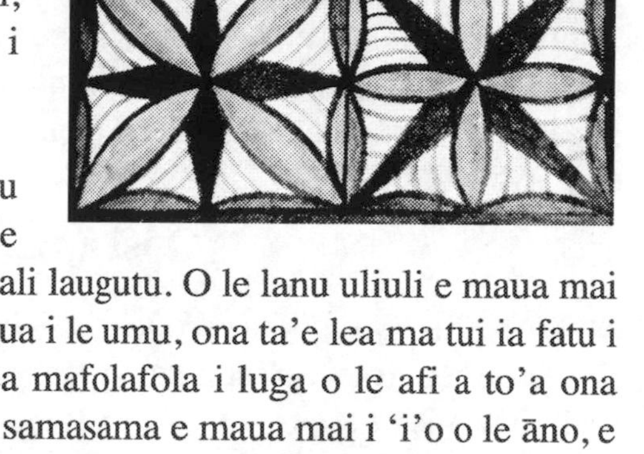

Mamanu o le Siapo. O le taimi lea ua uma le eleiga ae o le a fai tosi ma faaolaola mamanu o le upeti i le siapo. E faaaogā i le taimi lea ia lanuuliuli, samasama ma mūmū. E faaaoga ia pulumu e fai i fua mamago o le paogo.

O lanu e faaaogā i le eleiga o siapo. O le lanu enaena e maua mai le sua o le 'o'a ma le togo. O le lanu mumu e maua mai fatu o le loa poo le la'au vali laugutu. O le lanu uliuli e maua mai le fua o le lama, o le fua o le lama e faavela muamua i le umu, ona ta'e lea ma tui ia fatu i tuaniu ma susunu. Faatalitali lea o le asu i se mea mafolafola i luga o le afi a to'a ona salusalu ese lea ma palu i le sua o le o'a. O le lanu samasama e maua mai i 'i'o o le āno, e olo ma fo i le vai faapei o le masoā. E faato'a ona faaaogā lea o le anoto'a e palu i le sua o le 'oa ona maua ai lea o le lanu samasama. O le sua o le 'oa e faaaogā i le taimi e elei ai siapo faapea le 'ele ina ia enaena lelei le siapo. A'o isi lanu e faatoā faaaogā pe a oo i le taimi e faaolaola ai mamanu ma tosi o le siapo. O isi mea e faaaogā i le eleiga o siapo o masoā Samoa, manioka, ma le pa'u o le laau o le sogā. O le masoā ma sogā e pipii lelei ai ia u'a ma tino mai o le siapo.

O mamanu o siapo. O mamanu sa masani ai o nisi o figota o le sami e pei o pule, o fetu poo le starfish, o lau o laau e i ai le laukoko, le lau'ulu, lau paogo, ma fua o le fa'i.

O Siapo Mamanu. O siapo ia e toe valivali faaolaola lelei ia 'ese mai foliga i lo le mamanu o le upeti. O siapo mamanu foi e fai i siapo tetele ae maise o pupuni, ae le faia i siapo laiti poo vala.

Ua faaigoa foi siapo e faapipi'i i laupapa o siapo mamanu. O siapo ia e lē faaaogā ai le upeti ae faapipi'i lau'a i le masoā ma tosi lima i mamanu e pule le tagata e faaaogā. O siapo foi ia e faaaogā i ai lanu uliuli, mumu ma le samasama. O siapo ia sa tele ina gaosi e le tinā o Mary Prichard o Leone.

Upu faaaloalo e mafua mai le U'a

O le siapo o le igoa lautele o le isi Measina a Samoa.

O le vala o le upu faaaloalo o le siapo, pei o le maniti a tamalii pe a ta'u le 'ietoga.

O le la'ei o le isi upu faaloalo e ave i le siapo. Sa fai ma la'ei ae le'i oo mai 'ielavalava mai atunuu i fafo. E fai ai foi fusi o tulafale i taimi o faatasiga tetele.

O le pupuni o le isi upu faaaloalo e ave i siapo tetele auā e pupuni ai se vaega o le fale o taoto ai se gasegase, poo se failele.

O le 'afumaliu. O vala sa sai a'i tino maliu ae le'i faia ni la'ei e pei ona i ai i ona po nei. O le uma o le taua lona lua na muta ai le sai o tino maliu i vala ae ua faaaogā ofutino ma peleue. Ua tuu foi le tau'i i falalili'i ae ua tuu i totonu o pusa maliu e pei ona i ai i aso nei.

Pese i le u'a ma le siapo. O le pese e masani ai e faapea: E ili mai le foafoa e lē faia ni siapo e ni tamaloa, a'e o outou fafine ua outou popoto ma tou iloa le vavaluina o le u'a i totonu o le tanoa na o outou fafine ua tou popoto ma tou iloa". O le tali: "O le u'a le laau aogā ua ta'u ta'ua ia Samoā, pe a mafaufau atu i nai o tatou tua'a ana le seanoa le siapo e le lavalavā.".

O isi upu na maua mai le u'a

Maga o tatupu mai le tino o le u'a. **Maunu** o aa poo tatupu e totō. **Lau'a** o le ta'u vave o le lau u'a poo le u'a ua uma ona sasa. **Tutua** o le laau molemole e tuu ai u'a ma sasa ia malū. **I'e** o le auta poo le sasa e sasa ai u'a. **Laupapaelei/laupapamamanu** o le laupapa ua uma ona vane i ai foliga o lau laau eseese. **Laupapafafai** o le laupapa e faatū i se pou ma vavalu ai u'a e ave'ese ia pa'u malū ae totoe ai le u'a mao'i. **Masoā Samoa** o masoā e faapipi'i ai u'a i le taimi e elei ai siapo. Atigi figota e vavalu le 'ua.

Faapefea ona faatumau le siapo?

Talofa i lenei measina a le atunuu ua tauāu ina mou atu. Ua tau le totoina le u'a, ua toaitiiti foi tinā o le atunuu o maua le tomai i le gaosiga o le siapo. E lē tutusa le gaosiga o siapo ma le lalagaina o le toga ona o itu nei. E totogofie laufala, e sala ma faala, tosi ma lalaga. O le toga foi e muamua i loto ma finagalo auā e fai ai faalavelave i aso uma. Ua lē faapena le siapo afai e maua i se faalavelave ua lelei, ae le faamoemoe tasi i ai se faalavelave.

Ua faamoemoe foi i siapo ma vala lea ua maua gofie mai le Malo o Toga, e ui ina le tutusa ae ua faitau lava o siapo. E umi ona faatali i le ola o le u'a faatoā lelei i le sasala. E tigaina ma faigata le fafaiga o u'a, e tele foi ona auupega e mana'omia e pei o atigi figota, o laupapa e fafai ai, o tutua ma malai'e ma upeti poo laupapa mamanu. E mana'omia foi vali ma lanu 'ese'ese o le enaena mai le o'a ma le togo faapea le 'ele mumu, o le uliuli mai le lama, o le mumu mai le laau vali laugutu, ma le samasama mai le laau o le ano. Ua tau le maua foi masoā e fai ma kelū e faapipii ai lau'a se'i maua le mafiafia e mana'o ai. Ao le'i mou malie atu lenei measina a le atunuu, e mae'u se faalapotopotoga latou te toe lalagaina le toe atina'e o le siapo ae le'i sola 'ese atu mai i o tatou laufanua e pei ona atina'e ai e tuaa ua mavae. Faafetai i le afioaga o Sala'ilua, Savaii o loo gaosi ai lenei measina a le atunuu. Faafetai foi i le National Park a Amerika Samoa i lo latou toe tau lalagaina lenei vaega o anoafale tāua a Samoa.

O se Aoaoga. Ia malamalama tupulaga i lenei laau sa fai ai la'ei o Samoa ae le'i oo mai lavalava poo 'ie mai fafo. Ia iloa lenei laau sa tele lona aogā i le atunuu, sa lavalava ai, sa 'afu ai, sa pupuni ai ae ua seāseā toe galueaina.

O Fesili. 1. Aisea e pūpū tetele ai u'a pe a fafai? ma o le a se togafiti ia laiti ai ia pūpū? 2. Faamatala mai mea nei ma o latou aogā: O le a le tutua, o le a le malai'e, o le a le upeti? 3. O le a le aogā o le masoā Samoa i le eleiga o le siapo? 4. O le a foi le isi laau e faapipi'i ai u'a i le eleiga. 5. E fia lanu e faaaoga i le eleiga o siapo a le atunuu? 6. Faamatala le gaosiga o ia lanu. 7. O le a le igoa o le u'a totō? 8. Su'e mai le mea na aumai ai e tagata Samoa le u'a, poo se laau lava na tutupu mai ma tagata Samoa? 9. Faapefea ona maua mamanu o le siapo? 10. O a oga 'ele'ele e ola lelei ai u'a?

Fesoasoani mo le Faiaoga. Aami se tinā na te faamatala i le vasega le gaosiga o siapo. Saili mai se siapo Samoa ma se siapo Tonga ona faamatala lea le eseesega. **Lisi upu fou ma faatauva poo ai e tele upu na te iloa o latou uiga**.

O le 'iesina o le measina a Samoa

O le 'iesina e lalaga i fau e maua mai le laau o le faga'io, o le laau e tupu i totonu o le vaomatua. E tu sa'o ma e tau leai ni ona lala, ae pei ona lau o lau o le mamalava, ae lanumeamata vaivai. E ta le faga'io ona vavalu'ese lea o le pa'u i fafo ma ave tatao i le vai poo le sami, faapei ona tatao o le fau. Afai e uma ona tatao ona laga lea ma ave'ese pau i tua, ae o fau i totonu e papa'e, iila ma vaivai ona lalaga ai lea o le 'iesina. O le mea lea e ta'u ai o le 'iesina, ona o le iila pa'epa'e e pei o fulu o manusina. O fau foi o le faga'io e lalaga ai pulou o tamaita'i mo le aso sa.

O le 'iesina e molemole ia tua ae felefele ia luma auā e saesae nini'i ona foliga lea e pei lava o fulufulu mamoe ona foliga. O 'iesina o 'ie o augafaapae poo taupou. O 'iesina e lalaga i le fagai'o e lē la'eia, ae tofafa ai i o latou tofaga auā e mafanafana i aso malulū.

O le lala o le fagai'o ma ona fua

Ua seāseā vaaia lenei measina a le atunuu, se'i vagana taimi o se faaipoipoga a augafaapae ma tamalii poo manaia o nuu, ae maise o taimi e ave ai tini o le taupou. Ua tau leai foi le laau o le faga'io ona ua tele ina leai ni vaomatua ua totoe mai le galueaina o faatoaga ma atina'e. Ua tauau foi ina leai nisi o silafia le lalagaina o lenei measina tāua a le atunuu.

O loo faamatala i le tusi o le 'The Samoan Islands, a Dr Augustin Krammer. Volume 11 page 342', faapea e tolu ituaiga 'iesina ae lalaga uma i le fau. O le 'iesina pa'epa'e, enaena ma le uliuli. O 'iesina ia e la'ei e pei ona la'ei e le fuataimi le afioga a Taupaleivaalelea Lintoi le 'iesina pa'epa'e.

O le tuiga o le measina a Samoa

O le afioga i le alo o Salamasina Satele Galu o loo sausaunoa ma lona tuiga e taualuga le faafiafiaga a lona afioaga o Vailoatai i le Sisiga Fu'a o le tausaga 2010.

O le tuiga o le measina a Samoa. O totoga o le tuiga o le lauao, o le nifo'oti, o le 'ulanifo, o le la'ei i se toga, o taulima ma tauvae o vaega na o le tuiga. E iloga i latou e tuiga o tamali'i o itumalo, ma alii o nuu, o augafaapae ma manaia o nuu. Faatoā la'ei tuiga pe a saasaa se tamali'i i luma o se nuu poo se itumalo, poo se taupou foi poo le manaia i taimi o se taalolo. E la'ei foi le tuiga i taimi o taualuga o faafiafiaga tetele.

O le mea lea e lē tatau ai ona la'ei le tuiga poo le lauao, e i latou e paluina ia 'ava ona e lē gata ina lē o atoa i ai vaega o le tuiga, ae e lē na o taupou e paluina 'ava o agatonu a le atunuu.

O loo faamatala i le Anoafale Tusi Muamua i si mafua'aga. E leai se atunuu i le Pasefika e fai ni o latou tuiga e pei o Samoa.

O le siva Samoa o le measina a Samoa

O le measina le siva Samoa auā e foliga 'ese le siva a le Samoa. E saoloto le tagata i ana taga e onomea ai. O le sa'asa'a a le taupou ae aiaiuli ma faataupati le sogaimiti. E siva le taupou i ana taga e onomea ai, e vavai ona lima ma lona tino e olioli malie e lē soona gaoiā. E seesee malie ona vae a'o feliuliua'i ona foliga ma faifai mālie sana faataupati. O ona foliga e 'ata'ata i taimi uma e pei o tilotilo ise fa'ata. E lē punou i lalo ina ne'i paū le lauao, ae poto e gaoioi le tino i luga ma lalo.

O le afioga a Tapusalaia poo Talaepa o loo sausaunoa e taualuga le faafiafiaga a le afioaga o Siumu i lo latou valaaulia i le Fu'a a Amerika Samoa, 2007.

O le soga'imiti fo'i e faasaniti ona la'ei ma faaaliali le tatau e leai se ofu, a o aiaiuli aga'i i le taupou. E onomea i le faataupati, e talua le fatafata ma isi vaega o le tino e oo lava ina tapo le papatua sosoo ai ma ona vae. E le'i masani a'i ae ua oso fao i luma o le taupou ae tu ai aao o le taupou ma siva. O isi tagata foi e aiaiuli mamao atu ma aga'i uma siva i le taupou poo le manaia auā o le autū o le siva Samoa.

Ua iloga foi pese o siva Samoa, e pei o le "Falealii uma, Ua vavala mai, Pule ono i salafai e, ma isi". O nei pese e faagesegese i le amataga ma faasolosolo lava ina vave. E iloa gofie o le a uma ona ua vave tele ma faai'u ai i le ifo ma faalo mai i luma e le gata i le taupou poo le manaia ae faapena foi tagata uma.

O anava o taua o measina a Samoa

O laau sa tau a'i taua a Samoa o isi ia measina a Samoa. O laau a Nafanua o le faauliulitō, o le ulimasao ma le tafesilafai o laau sa saili ai malo o le atunuu. E tofu foi alii tetele ma laau sa tau ai a latou taua, ma ua tofu ia aiga ma faamanatu o ia laau ua ta'u o anavaotaua. Sa leai ni auupega e pei ona iai pelu ma tao ma talita e fai i u'amea, ae o laau sa fai ai auupega a Samoa. O le laau o le toa e pei ona molimau mai le tala ia Tuna ma Fata faapea o le toa na fai ma taula o le vaa o Talaifei'i na ave e tama ma fai ai laau na tau ai le taua ma Toga. E lē mautinoa poo a laau na ta ai isi auupega ae manatu le Tusitala o laau malo ma mamafa e i ai le ifilele, le auauli, le pau, o le niu ua taia sa ta ai tao ma laau tau.

E tolu ituaiga auupega na tau ai taua e pei ona tusia e Dr. Aokuso Krammer. 1. O le pautoa poo le faalaufoe. O laau sa ta i le laau o le toa. E lautele lona lau e pei se foe. 2. O le talavalu auā e valu ona tala, ae tolu ona tafa poo le tafatolu. 3. O le pouvai o le laau e umi lapotopoto ae fai ona pona i le ulu ma le 'au. E i ai isi auupega e pei o le tao ma le uatogi. O le tao e maa'i toe talatala lona tino ma le uatogi e puupuu ma lona lau e maa'i ma ona tala. O nei auupega e alu muamua le tao a'o mamao le fili, afai e felata'i ua faaaogā le uatogi. Mulia'i le talavalu ma le pautoa poo le faalaufoe. O isi laau laiti ma pupuu o le **olomoe** e molemole le 'au ae lapotopoto pei se polo le ulu. O le laau e togi ai le fili soo se vaega o le laau e pa'i i le fili poo le 'au e goto i le tino, poo le ulu e matuā manu'a lailai le tagata. O le isi laau puupuu o le **faa'aufala,** poo le **faapatupatu**, auā e pei o le fua o le fasa le 'au ma le patupatu o le fua. O laau ia e togi ae le aogā ini fetaia'iga ona e pupuu. E manatu foi le Tusitala o le uatogi e lavea i le vaega lea o laau pupuu, ae ona o le uatogi e fai sina umi e aogā i le togi e aogā foi i le tau pe a fepa'ia'i ma le fili.

O le uatogi o loo famanatu i le tagavai a le Malo o Amerika Samoa. E lele le aeto ae ave e ona vae le fue ma le uatogi. O lona uiga faale mafaufau. E lele le faa papalagi, tulou ma tauave pea le aganuu ma aga faa Samoa e pei ona faaalia i nā measina a Samoa.

O loo faamanatu i ni laau sa taatele i le taimi sa i ai i inei le Vaega a le Navi ma le Maligi ni laau e i ai le pouvai, o le uatogi, o le tafaono ma le tafatolu poo le talavalu. O loo molimauina i maketi i aso nei o loo faatau ai faamanatu o ia laau.

O malofie ma malu o measina a Samoa

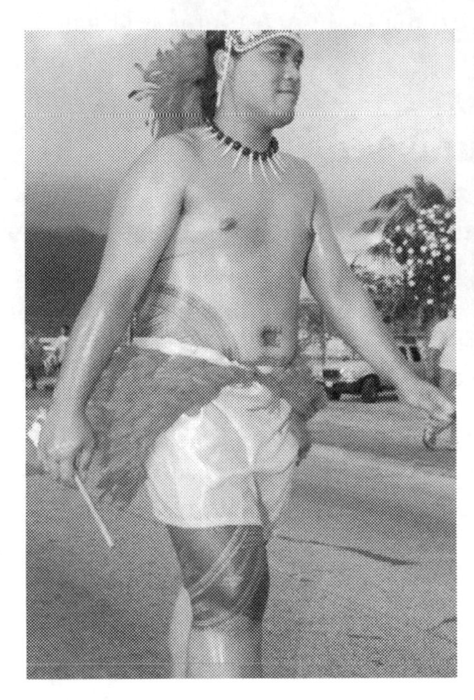

O le malofie ma le malu o measina a Samoa. O le malofie poo le tatau, poo le pe'a foi o la'ei o le tino o le tama tane. Ae o le malu o la'ei o le tamaitai. O la'ei ia e mafai ai ona fai o feau i maota o tanalii ma faleupolu. E onomea tele foi i tamalii, augafaapae ma manaia ae la'ei malofie poo malu a'o saasaa i luma o tagata.

O tiute o le tagata e la'ei i le malofie e fifia taufolo, e tautū agatonu i maota o alii ma faipule, e aiaiuli i le taupou i faafiafiaga, e folafola sua ma faaaloaloga, e mo'emo'e ma aiaiuli i taalolo, e faia soo se feau i totonu o maota o matai, e poto e tautala faaaloalo i luma o tagata ae maise i maota o matai ma vae oso i soo se feau e tatau ai. O le sogaimiti ia iloa ona a'e i le niu e toli se niu taumafa a matai. O se luma se isi e i ai le tatau ae le iloa ona tiute.

O tiute o le tamaitai ua la'ei i le malu e palu le agatonu i soo se taimi e tatau, e toaga e fai soo se feau i maota o faletua ma tausi, e poto e siva faataupou pe afai o se augafaapae.

A'o le'i faia ni malofie ma ni malu, e ao i tama ma teine ona iloa tiute ma faiva o le tagata e ta le tatau ma le tamaitai e fai lana malu.

O loo faamatala i le Tusi Muamua tala o le tatau, ma le mafua'aga na oo mai ai i Samoa lenei measina.

O le ailao o le measina a Samoa

O le ailao le measina e ta'uta'ua ai Samoa. O le nifo 'oti ma le la'ei faasaniti o teuga o le ailao poo le siva nifo 'oti. O le talitonuga o le Tusitala o le ailao o le siva na ta'atele i Samoa atoa. Na 'auai le Tusitala i le faaulufalega i Safaato'a Lefaga i le mae'a o le taua lona lua o le lalolagi.poo le 1945 poo le 1946. Sa ailao ai se tagata i le po o faafiafiaga. E le manino le mafua'aga o le nifo'oti ma le mafua'aga o le siva ailao, ae le toatele foi latou e agavaa i le siva, peitai o se siva ua tauta'ua ai lava Samoa auā e leai se atunuu i le Pasefika e iai se siva faapea.

O Fredie Letuli i Holywood, Amerika

O le afioga a Letuli poo le Tofa a le Tama matua Olo Fredie lena o loo sausaunoa ma le nifo 'oti ma le afi e sauni e faaola ai le sulu e tatala aloa'ia ai le Taaaloga a le Pasefika.

O le afioga a Letuli sa amataina ona faaopoopo le afi i le nifo 'oti a'o 'auai i tifaga i Amerika ma amata ai ona faaigoa o le siva afi. Ua tau lē faalogo o ta'u le ailao ae talu mai lena taimi ua tauta'ua le igoa o le sivaafi. Ua salalau le sivaafi i le lalolagi atoa ma ua tele ina talitonu tagata o se siva a Hawaii ona o le toatele o tagata Samoa o loo faia lenei faiva o tagata Samoa e 'ausiva a tagata mai Hawaii. Ua tatau ai lava i ē o loo agavaa i lenei taleni ona faailoa atu le ailao poo le sivaafi o le measina a Samoa.

Taulafoga o le measina a Samoa

O le taulafoga o le taaaloga a tamalii ma o le measina a Samoa. O alagaupu nei e mafua mai i lenei taaloga.

Ua atoa tupe o le taulafoga o upu e fai ae le'i amataina le taaloga ina ua sasaa le fafao ma faitau tupe ua atoa ona faapea lea ua atoa tupe o le taulafoga. Afai foi ua atoa 'au e lua ua fetaui foi i ai. Ua atoa tupe o le taulafoga poo lea ua atoa 'au o le taulafoga.

Ua atoa tupe i le fafao; o lona uiga ua atoa tupe i totonu o le fafao poo le pusa e teu ai tupe o le taulafoga. O upu e fai ina ua mae'a le taaloga ae ua faapotopoto mai tupe ma tuu i totonu o le fafao ona faapea lea. O lea ua atoa tupe i le fafao. Ua atoaatoa mea uma ua leai se mea ua faaletonu i le faaagatama ae ua manuia mea uma.

O le a ou le paepaeina faatupe o taulafoga. O upu tomua o lauga ona o le a le faamalaulauina e pei o tupe o taulafoga mamalu ese'ese ua aofia.

Ua tufala le lafoga. O lona uiga ua mau i le fala lafo le tupe na lafo. O le valaau a le 'au o loo i le isi ulu o le fala lafo ina ua tufala le tupe a lana 'au. E faatatau foi i talosaga sa momoli i le Atua o lea ua tali mai le Atua ua tufala le faamoemoe o le asō.

O tupe o le lafoga e fai i muli ipu popo mafiafia. E matuā olo ia molemole ina ia see gofie i le fala lafo. O le fala lafo e lauitiiti tusa e futu ma le 'afa le lautele ae tolusefulu futu le umi. E sefulu maa poo tupe o le taulafoga. E fai soa e soa tupe laiti ma faasolosolo ai i le soa o tupe lapopo'a. O le soa lapo'a e lē soloatoa ae o fasiipu e soosoo ina ia faigofie ona see sagatonu ae le taliaga pe taavalevale foi.

O loo ta'ua i nisi molimau le faaaogā o launiu ua saelua ae u i tua lapalapa ae o totonu si'u launiu ona fofola ai lea o le falalafo.

O le isi faiga na vaai i ai le Tusitala, e fofola papa ia mafiafia. O le mafiafia e faatatau ia 'aua le punou ma lafo ae ia sa'o le nofo a le tagata lafo. E taitoalua 'au, e ta'i lima foi tupe a le 'au. Ona mua'i lafo lea o le isi 'au amata i le tupe laititi e ta'u o le lau. E lafo ia mau lelei i luga o le fala pe ia tufala le lafoga. Ona taumafai lea o le isi 'au e lafo lana lau ia paū 'ese le lau lea ua tufala. Afai e lavea le lau lea na tufala ma alu 'ese ma le fala ua paopao le lafoga ma maua le 'ai o lena 'au.

Afai e tumau pea le ulua'i tupe i luga o le fala, ona lafo lea o le tupe lona lua poo le togilau. O le lafoga lona lua e taumafai e puipui le tupe ua tufala. Afai foi na paopao le lau a le 'au na ulua'i tufala, ae tumau lana lau i luga o le fala ona taumafai foi lea i lana togilau e puipui lana lau lea o loo tufala. Ona auaua'i lava lea faapena le taaaloga se'i mae'a ona lafo le tupe lona tolu poo le ta'i, lona fa poo le olo ma lona lima poo le toe'ai. Afai e mae'a a'o tumau pea le lafomua ona tau lea o le 'ai o le 'au lea na mua'i lafo.

A mae'a le ulua'i lafoga ona lafo foi lea o le isi toalua o loo i le isi itu. E faapena lava ona faasolosolo le ta'aloga se'i mae'a pe fia lafoga, poo le aofa'i o 'ai e malilie i ai a'o le'i amataina le ta'aloga. E mamafa faa'ai o nei ta'aloga, e pei o le tala i le ta'aloga i le va o Matautia o Aleipata ma Lavea o Safotu.

Toe sasa'a le fafao. O le upu e fai i se 'au ua malolo (faia'ina) ona toe sasa'a lea o tupe a le taulafoga ma toe amata le ta'aloga. Afai e malolo toe taumafai ae 'aua le fiu.

O le va'aalo o le measina a Samoa

O le vaaalo o le measina a Samoa. E tele vaa sa faaaogā i faatautaiga i le tai e pei o le paopao ma le nofoa tolu ae tulaga ese ai le va'aalo, ona o le vaa sa fau faapitoa mo faatautaiga o le atu i le moana loloto. E mafai ona fau mai se laau e tasi, poo le fau i vaega o se laau i mea e ta'u o laufono. O le 'autufuga mai Manu'a sa fausia se va'aalo i totonu o le faaaliga faa faatoaga a o avea le Tusitala ma faatonu o le Ofisa o Faatoaga i Amerika Samoa. O le laau o le fau (Hibiiscus) ua taia lelei na fausia ai lea va'aalo O isi laau e fausia ai va'aalo o le 'ulu poo le 'ulutaia, o le pipi, o le ifilele (Afzelia) ma le laupata (Jatropha).

O le va'aalo e fai ona ufi i le taumuli ma le taumua o ufi ia e ta'u o le tau. A faae'e le foe i le tau e tafeagofie, ona mafua mai ai lea o le muagagana "o le foe e faae'e i le tau". E fatusa i ai le soifua ma le ola o le foe e faae'e i le tau i le finagalo o le Silisili'ese.

O le faiva e faaaogā le va'aalo e ta'u o le alofaga auā e lē gata e fai i le moana, ae o le faiva e lē malolō ia foe ae alo lava i taimi uma. O le va'aalo e i ai ona auupega mo le fagotaina o le atu e ta'u o le matila ma le ofeloa. O le matila o le ofe laititi ae o le ofeloa le ofe umi. O pa e fai i le tifa ma e lē ma'ai tele ona tala, e faatatau ia mamulu'ese gofie le atu pe a oo i totonu o le vaa. E tulimata'i e le tautai le fuamanu o tapisi e a'ai i i'a laiti A oo loa le va'aalo i totonu o le igafo poo le mafua poo totonu o le mea o i ai atu faatasi ma manu. Ona faatutu loa lea o le ofeloa ma le matila ma sisi loa atu i totonu o le vaa. E mafua mai ai le muagagana "Ua taufai mapu'e le matila ma le ofeloa". O le igafo o le ta'u faatasi o 'au 'ia laiti o loo a'ai ai atu, faatasi ma manu 'ese'ese. E iloagofie mamao le igafo i manu ua taufai tapisi ai le sami. E ō manu e su'e le mafua poo i'a laiti a'o lae foi e su'e e atu auā o le latou foi lea mea a'i. O loo faamatala i le Mataupu e Lima le faiva o le alofaga ma le tāua o le atu.

O le fautasi o le measina a Samoa

O le fautasi o le measina a Samoa. E lē o se measina ua leva ona i ai. Ae o ona po ae sosoo ma le taunuu mai o le uluai misionare papalagi o Misi Ioane Viliamu o le LMS le vaitaimi na fausia ai le ulua'i fautasi. O le taimi o le taua i le va o Malietoa Talavou faatasi ma le toa o Tamafaiga Leiataua o Manono faasaga i itutaua a Aana ma Atua Ona o

le malosi o le fuavaa a Manono ma ua le mafai ona faatoilalo e Atua ma Aana na fausia ai e se alii papalagi le ulua'i fautasi. Sa ia sosoo faatasi ni tulula se lua ma ua ta'u ai o le fautasi. O tulula o vaa laiti sa ta'u o 'whale boats' o vaa sa fagotaina le i'a mānu o le tafolā. Na aumai nei vaa e tagata faioloa i Samoa ma faaaogā e la'u ai popo mago mai uta i vaa karasini auā e lē sao i uta. Sa manuia ulua'i osofa'iga a le fautasi ae sa le mafai ona faatoilaloina le fuavaa malosi a Manono. E oo mai Ioane Viliamu o faia le faasalaga o Aana ina ua maliu fasia ai Tamafaiga.

Ua avea pea le fautasi ma measina talu lena vaitaimi i faigā malaga a le atunuu, ae maise o gasologa o fonotaga a Ekalesia e pei o le Metotisi ma le Faapotopotoga Kerisiano. Ua le gata i lea ae ua fai ma faaagatma i le tai e taualuga ai aso tetele ma sisiga fua a Samoa e lua. O le ulua'i sisiga fu'a ma le ulua'i tuuga fautasi na faia i le 1948, a'o a'oga le Tusitala i le Siaosi Palauni le a'oga a le Ekalcsia Metotisi i Faleula.

O fautasi sa fau i laau Samoa e pei o le fau ma le pau. O foe sa ta mai le laau o le mamalava, ona o le mamā toe vavai ma lolo'ugofie pe a alo i le sami.

O le tausaga 1970 na suia ai fausaga i laupapa mai fafo o "marineboard' ae vali le tino atoa i le "fiberglass". O le Aeto o le alalafaga o PagoPago na ulua'i fau i le fausaga fou. Ona sosoo ai lea ma le Televise a Utulei, o le Satani a Nuuuli, o le Ise'ula a Fagatogo ma le Laau a le Sauali'i a Lepuia'i i Manono ona faasolosolo mai lava lea o fausaga fou e oo mai i le 2010. Ua le gata ina sui fausga ae ua sui foi foe. O le tausaga lava lea na suia ai ma nofoa, ua fau nofoa e alu i luma toe alu i tua.

O le alia o le measina a Samoa

O le alia o le measina a Samoa. O vaa sa tau ai taua a le atunuu i aso ua mavae, ona e tetelē ma sa mafai ona la'u ai se itutaua toatele. O alia o vaa e lua ua soso'o faatasi ona fau ai lea o le fola i le va o vaa. O luga o le fola sa fau ai fale e faamalu ai le pasese ma le fale tautai. O nei vaa sa faamoemoe i le matagi ma ona la e lua o le la fala ma le la 'afa auā e lē faigofie ona alo i ni foe.

O le la fala e folau ai i taimi o le malū auā e mamā, peita'i e masaegofie pe a malosi le matagi. O le mea lea e faatu ai le la 'afa auā e malosi pe a si'isi'i ma sousou le vasa. O le 'autapuai e po i lima le la fala pe a malū, ae ta i le foe le la 'afa pe a sousou le vasa. E po le fala ma ta le muli la e le tapua'iga ia taunuu manuia le faamoemoe. E po foi le fala ma feula le mulila e pei o le upu o le tu'i le mulipapaga.

O le faatamali'i o le measina a Samoa

O le afioga Charity Gregory, Miss American Samoa 2006, alu ma le vailolo i le faanofonofo a le Faatui o le Motu, Tuitele Toni o Leone.

O le faatamalii poo le sua faaaloalo o le measina a Samoa. O le teu maualuga lea a se matai tulafale i ona tamalii. O le sua faatupu foi o le teu maualuga i tupu o le atunuu. O le suataute e ta'i i le vailolo, ma le ufi o le vala, ma le suataute poo le sua tali sua o le laulau o le taisi ma le taailepaepae. O le suata'i o le manufata ae ufi i le 'ietoga, ma le tofa o le 'ietoga tele.

O le sua faatupu e laina itualalua taulele'a ma sulu aulama, ae ta'i atu i totonu totoga o le sua. O le vailolo ma le siapo tele e ufita'i, o le amoamosa o le taisi ma le taailepaepae e tausoa ma amoga. O le mafua'aga lea o le igoa amoamosa auā e amoga pe tausoa foi. O le suata'i o le manufata tele e tausoa e taulele'a. E ufi i se 'ietoga la'ititi vaivai. O le tofa o se 'ietoga vaivai e ta'u o le 'ie o le malo.

O le fue ma le tootoo o measina a Samoa

O le fue ma le tootoo o measina a Samoa. E tofu le alii ma le tulafale ma le fue ma le tootoo. O le tootoo o le alii o se tootoo tino iti poo lona lava tootoo savali e lauga ma lona fue sina e laititi foi. O le fue sina lea e faatusa i ai le tofa ua sinasina. E laiti auupega a le alii auā e lē saunoa umi ae tuusa'o lana tofa. O le tofa e loloto ma ua matua, faatusa i le tagata ua lava le silafia ma ua faamanuiaina e le mana o le Atua poo le mana foi na tapua'i i ai Samoa anamua.

O le tofa a le Tama matua o Tuiagamoa o le afioaga o Malaeloa i Tutuila o loo fetalai ma ona la'ei faa faleupolu o le fue ma le tootoo.

O le tootoo o le tulafale e telē faapena foi lona fue 'afa. E telē le tootoo e pulea ai nuu, e telē foi le fue auā e atoa i ai upu o le faautaga e puipui ai ona tamalii ma le nuu atoa. E pei lava o upu msani o le tulafale e fetalai mo lona alii. E tatau foi la i le tulafale ona malamalama i faiā eseese o loo lotolotoi ai i totonu upu o lona alii. "Aua ne'i tulolo le fue pe gau le tootoo". O upu masani e fai i le tulafale ina ne'i māina ma faalumaina le fetalaiga. Ia malie lau ti'a ma tu mauluga lau fetalaiga. In English the tootoo is power or authority. "Aua nei gau le tootoo", means "let not your authority be broken," pe 'tulolo le fue' means "let not your wisdom be taken away".

Logo ma lali o measina a Samoa

O logo laau ma lali o measina a Samoa. Sa tofu le nuu ma logo tetele ma lali e lua. O le logo tele sa logo i ai nuu i faapotopotoga ma faatasiga. I aso o le vatau o le atunuu sa faalogo tagata uma i le logo, e faaali mai i tagata uma ia nofo sauni i se faalavelave o le a tupu. E mulimuli ona sau le mānu e ta'u mai le faalavelave ae logo muamua tagata uma e le logo. O logo laiti poo lali e logo i ai tagata mo faatasiga mamā e pei o le a'oga o se siva poo ni faafiafiaga. O le logo tele e tasi lona auta o le laau tele e velo aga'i i le itu. O lali e ta i auta e lua, ma e toalua tagata e taina lali e lua. E masani ona ta tasi le isi ae ta topetope ma faasalavei le isi/ pe talua foi.

Mulimuli ane ua avea ma logo tauvalaau e talai ai e faatasi i le falesa mo tapua'iga i le Alii. Ua seāseā vaaia nei measina talu ona faaaoga ia fagu kesi ma logo mai atunuu i fafo. Ina ua avea nei logo ma logo e tala'i ai tapua'iga i falesa, e masani lava ona teu nei logo i fanua o lotu ma sa na o lotu lava e ta ai. Faatoa taga le ta soo se tasi i taimi o tausaga fou. E atoa le vaiaso muamua o le tausaga o faalogoina pea nei logo ae maise o po o tafaoga.

Tanoa fai'ava o le measina a Samoa

O le tanoa poo le laulau o le measina a Samoa. Soo se faatasiga a matai, pei o fono a nuu poo le taliga o ni malo e amata lava i se agatonu. E leai se agatonu e aunoa ma se tanoa fai'ava poo le tanoa palu'ava. O tanoa a Samoa e 'ese mai lo tanoa a Fiti ma Toga. O tanoa a Fiti e fa vae, toe papa'u. O tanoa a Samoa e loloto, tele vae e soo lelei ai le faataamilosaga o le tanoa. O lona uiga e leai se tapulaa o vae, ae o le telē o le tanoa o le tele foi na o vae.

O laau e ta ai tanoa o le ifilele, o le fetau, ma le pau. O le tele o tanoa lelei e mai i Savaii, ae maise o Falealupo, Asau ma Tufutafoe. Sa i ai se matai mai Falelupo sa faia lenei faiva o le ta o tanoa fai'ava i le nuu o le Tusitala. O lona suafa o A'e'au, o le tele o ana tanoa sa ta i le laau o le fetau ona e lē taatele le ifilele ma le pau i le nuu o le Tusitala.

E i ai le vaega e tautau ai le tanoa i le va o vae e lua. O le vaega lena e i ai le pu ma e nonoa ai le 'afa e tautau ai le tanoa. O le vaega lena e faasaga tonu i le palu'ava, auā a faasaga i luma, e iloa ai e lē agavaa le palu'ava, ta'uvalea uma ai ma i latou e lopoia le agatonu.

O maota ma laoa o measina a Samoa

O maota ma laoa o measina a Samoa. O talitonuga anamua o le faletele poo le maota e faasino i le alii ae o le afolau poo le laoa o le fale o le tulafale. O le fale tele poo le fale talimalo e faasino i le sa'o o le aiga. Sa le nofo ai le alii i le fale talimalo, ona o le fale e faaagaaga e tali ai malo. Afai foi e leai ni malo mai fafo, ae sa tali ai foi ni matai o le nuu e asiasi atu i le alii, a lē o lena foi ae o fonotaga a le nuu e aofia i le maota talimalo o le alii. O le mafuaaga lea sa le nofoia ai e le alii lona lava fale talimalo. O le tamaitai o le aiga e alala i le fale talimalo, poo le augafaapae o ia lenā e alala ma tausi le maota talimalo. Afai e taunuu malo, o le tamaitai e folafola fala ma ulua'i faafeiloa'i malo. O le alii sa nofo lava i si ona fale faaiviivi e ta'u o le maota tofa. Faatoā oo le alii i le faletalimalo i le taimi e ainā ai le maota poo ni malo poo nisi lava o le nuu e pei ona faamatala muamua.

O tulafale a le alii sa tofu ma le faleoo, faapena foi ma le au tautua. O fale o tulafale e lapopo'a atu i lo fale o taulele'a poo le auaiga. O isi fale o le umukuka poo le fale e kuka ai mea'ai ma le umu poo le tunoa e fai ai suavai mo le auaiga atoa.

O lona uiga e tautua le umu i le umukuka, e tautua le umukuka ma le umu i le faleoo, e tautua le faleoo i le maota tofa e tautua le maota tofa i le maota talimalo. E faapena foi ona faamoemoe le maota talimalo i maota tofa, e faamoemoe foi le maota tofa i faleoo, faapena foi ona faamoemoe le faleoo i le umukuka ma le tunoa. O nisi aiga e sa'o i le tulafale ae maise o faleupolu e faia se nuu. O latou fale sa fai sa fau o ni falenofo, sa fau e leai ni tala ae fau faafalevaa. Mulimuli ane ua faaopoopo i ai tala ma foliga ua laumiumi lava ma ave i ai le igoa o le afolau. Taluai le laumiumi o afolau, ua faaopoopo i ai poutu ma utupoto, o le tele lava o poutu ma utupoto o le umi foi lena o le afolau. E fai le fesili a tagata poo le agaiotupu i le taufale: E utupo fia lou laoa lea e te manao e fau?.

MATAUPU E LUA

ANOAFALE NA MAFUA MAI FUA O FAATOAGA

Vaaiga i le Maketi i Apia

O le tele o gaoioiga o le aganuu e faatino i taumafa, ma o le tele o taumafa e maua mai i fua o le laueleele. O tagata Samoa o tagata galulue i faatoaga e amata i le muina o le vaomatua ina ia mamate laau tetele ae totō ai faatoaga, e muamua lava talo sosoo ai ma taamu sosoo ai ma fa'i ma isi la'au aina. Tusa o le 1800 ua oo mai ai papalagi ma aumai oloa eseese mai fafo ma o isi o ia oloa o to'i, poo agaese ma ua faigofie ona tatuu i lalo laau feololo ae faamū laau tetele. Afai o se vaotā, e faigata ona galueaina ona o le tele o laau o faalalava ma lavelave. Se'i vagana ua mae'a ona faamalū ma pala laau tetele ona faigofie lea ona atina'e maumaga ma ua ta'u o le laolao. O ulua'i to'aga foi e totō ina ua uma ona ta le vaomatua e ola laulauā ma tetele 'i'o, ae malū a'ano. Poo lona lua poo lona tolu o toaga i le vaota faatoā maua talo lelei i le taumafa. Afai ua faa-lē-ola maumaga i le laolao ina ua faalua pe faatolu ona totō, ona tuu lea e faavaoa, ma faasosolo ai le fuesaina mo se lua i le tolu tausaga ona toe susu'e foi lea ma toe totō. Afai o se fanua telē ona atina'e lea o isi faatoaga i isi vaega e iai togafa'i, o niu, o koko, o 'ava ma to tapaa, ma isi lava la'au aogā.

O le vaevaeina o galuega i maumaga. Sa galulue faatasi le 'auaiga i faatoaga mai le tamā, o le tinā, le fanau ma le auaiga atoa. O le tamā sa nafa ma le taina o le vaomatua, o le faia o lafo i laolao ma totō maumaga, ae o le tinā ma tamaiti sa nafa ma le vele ia mamā le maumaga. Sa manaia aso anamua i le galulue faatasi o le aiga, auā a oo ina matutua le fanau ua popoto foi i latou i le faiga o faatoaga. Ua lē faapenā aso nei, talu lava ona oo mai vailaau fana vao, ua le o toe mana'omia le fesoasoani vele mauamaga a tinā ma le fanau ae ua faitoatasi lava e le tamā le galuega. Ua leai fo'i ni lafo e toe faia, ua totovaoa lava le maumaga ae vele e le fana vao, poo le lalafo foi e le fana vao faatoā totō ai isi mauamaga. O isi fo'i maumaga ua totō vaoa ae fana mulimuli ina ua ola talo.

O le tausaga 1965 na oo mai ai 'ili afi poo 'ili e alu i le filifili, ma ua atili faigofie ai ona taina le vaomatua. Ua faamamā foi fanua i masini tetele e pei o le ketapila, o le sua palapala, ma le esekavaita ma e tusa o le 1970 na amata ai ona faaaogā ketapila i le suaina o fanua mo faatoaga. Ua seāseā toe galulue faatasi 'auaiga i le faiga o maumaga talu ona oo mai o masini faamama fanua, o 'ili afi, o vailaau fanavao ae ua faitoatasi na o le tane le maumaga mai le totō se'i oo i le selesele. Soo se suiga fou e i ai lava lona lelei ae tele foi lona faa-le-lelei. O lona lelei ua faigofie galuega, ae o lona faa-le-lelei ona ua ave'ese ai le mafuta faatasi o le 'auaiga i le faiga o le faatoaga.

Sa iloga le galuega a le tamā, iloga fo'i galuega a le tinā faapea foi le fanau. O se vaaiga matagofie le alausu o le 'auaiga atoa i le faatoaga i aso Faraile sa ta'u o aso gālue. E vaaia le tau asuasu o le muina o laau tetele e le tamā, ae pa'o mai to'i poo le aga'ese a le tamā o loo tatu'u la'au tetele, ae salalo e 'oe e taulele'a laau feololo. Ae faalogoina foi le tauvalaau a le tinā i teineiti ma tamaiti ia vave le velega o le to'aga o le maumaga. A'o teineiti ma tamaiti ua atili ai le toē i le faitala mālie a se tama'i fafine o filo ai. A vevela le la ua mapu lava i le pese ma totoē. A uma loa le tausiga ina ua sipa le la, o le taimi lea e tapena ai avega e ave i le aai e sauniuni mo le aso sapati.

O taulele'a e ave avega o talo o fafie, ae o teine matutua o avega tau, o tamaiti ma teineiti o ni avega māmā, ae tele lava ina saele fua le loomatua, a'o si toeaina ua amo na o lana toi ma 'u'u si ana pelu. E paū loa le la i luga o mauga o le taimi lea e amata ai ona gasolosolo le tele o aiga o le aso gālue aga'i i le aai, o le tagata ma lana avega, ua uma le tau asuasu ma le afu liligi i galuega, ae ua fiafia ma pepese ma tau seisei aga'i i le aai. O aganuu ia ua tauau ina mou atu.

O le Tāua o le Talo

E sili lava le talo auā o le taumafa sili lea ona mana'omia e tagata Samoa. Na o le valu lava masina i le matua. E se'i le talo ae teuteu le lauvai ma o le fuāuli e maua ai, ma maua ai fo'i lau luau e fai ai palusami. O le moemoe e ofu ai palusami ua ta'u o le 'otomalesau auā e 'oto i taimi e mālū ai le sau. E tele mea 'ai e fai i le talo, e tali malo ai Samoa i le faausi, e ta'i ai sua taute i taisi, o laulautasi fo'i ma toonai, o le talo lava e onomea mo ia mea uma.

O le Faiga o le Taisi. E vavalu talo lelei ona 'isi'isi lea e pei o talo o le faalifu. Afai e laiti ona ta'i isilua lea. Tapena mai lea o mea e afifī ai le taisi. E muamua i lalo nonoa, o ni fau mata poo ni nonoa e sae mai i se pa fa'i. Pito atu i ai ni lau'ulu lau tetele e faa felavasa'i si'usi'u. Pito i luga laufa'i lautetele ua uma ona lalagi. Faafeūa'i si'usi'u o laufa'i, ae pito i luga se laufa'i lautele ma laulelei e tasi. A mae'a ona fatufatu lea i ai talo o le taisi. Afe mai lea i totonu o ulu laufa'i ma afifī ai talo. Afe mai fo'i ma tapeleni lau'ulu ae noamau i nonoa ua uma ona saunia. E tao i lalo o le umu ia taisi, ae i'o ane se maa telē e tatao ne'i matala ma ta'ape.

'Ofuga o le Palusami. O mea e fai ai palusami: o moemoe o talo e ta'u o lau lu'au, o le pe'epe'e, o se aniani, masima, o lau fa'i laulelei, ma lau'ulu laiti. A uma loa ona vavalu popo, ona aumai lea o se ma'a aasa mai le umu ua tuu i luga o penu ae ufi i nisi penu. O le susunu o penu e maua ai le manogi manaia o penu susunu. Ona tatau loa lea o le niu i le tauaga, ua lalagi fo'i laufa'i, ma ta lau lu'au poo le vaevae o lau lu'au lapopo'a ia tutusa le lautetele ma lau lu'au laiti. Afai loa ua usi le niu poo le uma lea ona tatau le pe'epe'e, faamasima, lafo i ai ma aniani, ia sauni fo'i se ipu popo laititi ua valuvalu totonu ma tua o le ipu e asu ai le niu. A uma lea, ona sauni loa lea o le tagata e 'ofu lu'au.

O le 'ofu o le afifī lea o lu'au. Ia fai fo'i ni teuga a le tagata 'ofu lu'au o se 'ula laufa'i, fatai lelei i lalo ma sauni loa o le a 'ofu luau. Aumai i le lima agavale, pe a fai o le tagata lima taumatau ia lau lu'au ua fua e ia ua lava ai le lu'au e tasi. Ona o'omi lea e le lima taumatau lau lu'au i le alofilima o loo 'u'u ai le lu'au, e 'u'u faa'ofu'ofu e le lima agavale lau lu'au, ma asu atu loa i ai le niu. Ona faaaogā uma lea o lima e lua ma 'ofu'ofu faaeteete le lu'au ne'i masa'a le niu.

A'o 'u'u faaeteete e le lima agavale le lu'au, ae a'apa le lima taumatau i se laufa'i laulelei ua uma ona saunia mo palusami, fofola i luga o le vae agavale, tu'u atu loa i ai le luau ma afe ifo pito o 'au o le laufa'i ma afe ifo foi o itu o le laufa'i ma 'u'u faalelei a'o a'apa atu i se lau'ulu tu'u i ai le palusami ma afe ifo fele o le lau'ulu faapea ma le si'usi'u, afe atu i le ulu o le lau'ulu ma taumafai e sasae se vaega o le tua o le lau'ulu ae sulu i ai le 'au o le lau'ulu ia mau lelei. Ona faapena lava lea ona 'ofu lu'au se'ia lava lu'au o le umu. E tao lu'au i luga o ma'a pe a uma ona i'o ma'a i luga o mea 'ai aano o le umu.

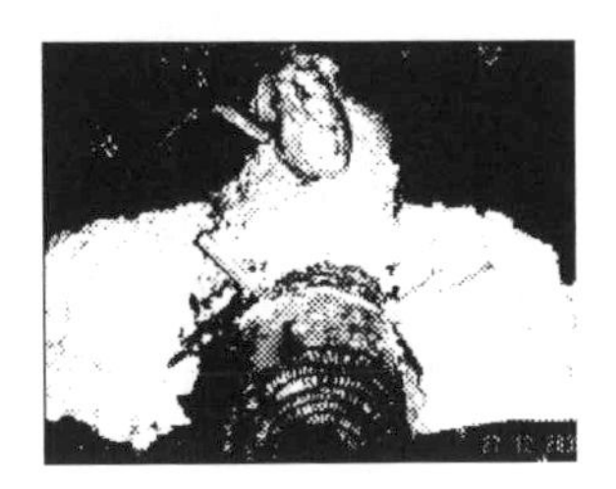

O le Ologa o Talo mo le Faausi. E aumai se ogapafa'i lapo'a ona tutu'i lea i ai le lapa. O le lapa o se 'apa mafolafola e tu'itu'i faaputuputu i se fao. Fai ni pu i tulimanu e fa ona tu'itu'i lea ma faamau i se pafa'i ma olo loa talo. Ia olo ia lava faapapa o le faausi ona afīfī lea i ni laufa'i lautetele ua uma ona lalagi ma tao i lalo ma luga o maa ia mu manaia faapapa.

E faapena fo'i ona afīfī faapāpā esi e pei o faapāpā talo, ona tao lea i lalo o maa auā e mana'omia le malō (mu) o faapāpā mo le fāausi. O le faiga o faapāpā esi, e palu malū esi pula lelei ona tuu lea i ai ma le falaoa mata ma palu lelei ina ia fetaui le esi ma le falaoa mata. A tele le esi ua vaivai faapāpā ae a tele fo'i le falaoa mata ua malō fo'i faapāpā. A fu'e loa le umu, ona ave'ese lea o laufa'i na afīfī ai faapāpā. Ona aumai lea o se popo lapo'a e le'i 'oaina ua uma ona fufulu māmā, ua tuu ai i luga faapāpā ae tipitipi i se naifi maa'i ia mafu. O mafu e tusa e lua mama a le tagata matua e lava i le mafu e tasi. O le faausi o le taumafa tāua i le aganu'u, ma o le taumafa tali malō lea a le atunuu.

Afai o sauni e tali ni malo tāua, ona sauni lea o se fāausi e **talilumafale** ai malo. O le fāausi e faailoa ai i malo le mau o se alalafaga. A mau se alalafaga ona faapea lea o malo: **e tu le tuaniu i le alalafaga nei, poo le aiga foi**. O le tu o le tuaniu o lona uiga e mau pe tele mea'ai.

A'oa'o fanau e faaoga mailo

O mailo e asu ai le faausi. E le o se aganu'u le asu o le fāausi i ni ipu, poo le asu atu fo'i i ni laufa'i poo ni lau'ulu, ae tasi lava le mea tāua o le sii atu o ma'ilo ua i ai i totonu le fāausi ua lilo lelei i le niu. O le mafua'aga lea ua ave i ai le upu faaaloalo o le manufata le vāea. O le isi upu faaloalo o le momoe ma le tae poo le momoe ma le usi.

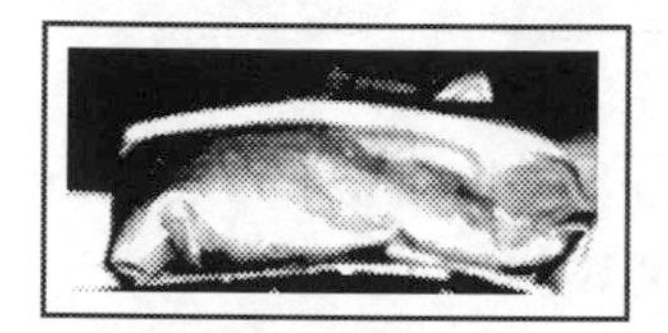

O le Faiga o le Faapāpā. O le talo ma le fa'i e gaosi ai le faapāpā. E aogā tele i tagata matutua ua faaletonu o latou oloa (nifo). Afai o faapapa talo ia vavalu muamua, ona olo lea i se lapa. E fua le tele o talo, i le toatele o le aiga, ae afai na o tagata matutua e faamoemoe i ai, ona faatatau fo'i lea i ai le tele o faapāpā. O lona uiga e tasi le faapāpā a le tagata matua i le 'aiga e tasi, e tusa lea o le talo e lua pauna i le faapāpā e tasi. A uma loa ona olo, ona tuu lea i luga o se laufa'i laulelei ua uma ona lalagi ma 'ofu'ofu. O le telē o le faapāpā e tasi le pauna, pe lua luuga. E tuu faapāpā i luga o maa ina ua uma ona i'ofi le umu. A fu'e loa le suavai ma laulau atu ua i ai ma le faapāpā e lagona le loto faafetai o tamā ma tinā matutua. E tutusa lelei le gaosiga o le faapāpā e taumafa fua, ma le faiga o faapāpā e fai ai le fāausi.

O le toloina o le niu o le fāausi. O le niu e tolo i totonu o le tanoa poo le umeke faimea 'ai. O mea nei e tatau ona faasauni i le taimi e tasi: O ma'a poo alā molemole, o le suka, ma le pe'epe'e. O ma'a ia tunu ia a'asa i le umu. Afai loa ua usi le tatauga o le niu poo le pe'epe'e, ona aumai lea o ma'a a'asa i le tu'u i totonu o le niu. E lelei pe a fai o se ma'a lapo'a e mafai ona aliali i luga ae lē goto atoa i le niu. Ona sa'asa'a lea o le suka i luga o le ma'a a'asa ma susunu ai ma faatafe i totonu o le niu. A mu tele le suka ona asuasu lea i ai o le niu e tau taofi ai le mu tele o le suka.

E lua mea tāua o loo tupu i le taimi o loo i ai ma'a a'asa i totonu o le niu: O le usi o le niu i maa aasa ma le susunu o le suka e maua ai le 'ena'ena ma le suamalie lelei o le niu o le faausi. E avatu fo'i ma nisi ma'a pe a ua tau vaivai le a'asa o ma'a muamua. A'o i ai ma'a a'asa i totonu o le tanoa, ia feseua'i solo ma'a ina ne'i te'i ua mu le tanoa. Ia fai ma tofo ina ne'i suamalie tele, ae ia fetaui lelei le suka ma le usi o le niu. Afai loa ua mae'a le tologa o le niu, ona lafo loa lea i ai o mafu o le fāausi lea ua mae'a ona tipitipi, ona sa'eu lea ia fetaui le niu ma mafu. Ona aumai lea o mailo ua uma ona afei i laufai ua uma ona lalagi, ona asu loa lea i ai o le faausi.

Tologa o le niu o le fāausi e le avea i ai le suka. O le tologa o le niu usi poo le niu o le faaausi e lē avea i ai le suka. E tolo lava i maa a'asa ae lē soona toloa ia usi tele, ae tau ina vela le niu i ma'a. Ona lafo fo'i lea i ai o mafu a'o vevela ona usi lelei ai lea o le niu. A uma loa ona seu ua fetaui lelei mafu ua lilo i le usi o le niu ona asu loa lea i mailo. O le mafua'aga tonu lea o le faalaniga o le momoe ma le usi, ona o le usi o le niu ae momoe ai i totonu mafu o le faausi. O le faiga tonu lea o fāausi anamua a'o le'i malamalama tagata i le suka susunu.

O le Faiga o le Taufolo Talo. E i ai fo'i taufolo e fai i talo. O fuauli e fai ai taufolo talo, ia filifili lelei ni uli lelei. Ona tao lea ma le pa'u i totonu o tau o le umu, ina ia vela saka ma malū lelei. A fu'e loa le suavai ona fofo'e 'ese lea o pa'u a'o vevela lava, ma tu'u i le umeke ae tu'i auaua'i i le lapalapa ua fisi faalapotopoto. Ia faasuau'u muamua le tanoa i se peepee ia 'aua le pipi'i talo pe a tu'i.

A uma loa talo ona tu'i ma ua malū lelei ona o'omi fo'i lea i autafa o le tanoa e pei o le faiga o le tu'iga o le taufolo 'ulu. O le niu foi o le taufolo talo e tutusa lelei lava ma le niu o le taufolo niu lea e fai i 'ulu. A uma fo'i ona faapipi'i i autafa ona sasa'a lea i ai o le niu ua uma ona tolo. E aumai fo'i le alo o le lapalapa ua fisi faamanifinifi ma vaevae ai le taufolo talo e pei lava fo'i o le tipiga o le taufolo niu.

A uma loa ona vaevae ma ua fetaui lelei puta ma le niu ona sii loa lea i le maota ma asu atu i matai. E lē o se taumafa ua taatele le taufolo talo. Ua uma ona faataita'i e le Tusitala ma e 'ese foi lona manaia. O le mea tāua o le iloilo lelei na o fuauli mapo ma leai ni manu'anu'a ona tuu lea ma le pa'u i luga o tau, a fu'e loa le suavai ona fofo'e vevela lea o fuauli ma tuu i le umeke ma tu'i loa faamalū i se lapalapa.

Faiga o le Loloi. O le loloi o le taumafa e fai i le talo. E aumai talo vavalu ae lē vavalu mamā ona poipoi lea e pei o talo o le taisi. Ona tuu lea i luga o laufa'i laulelei ua uma ona lalagi, ona tatau lea i ai o le peepe'e ae afīafī ma tapeleni i isi laufa'i poo lau'ulu lautetele. Ona tao lea i le suavai faaāfulu faatoā fu'e i le isi aso.

O le taumafa lea e sili ona tāua mo le tamā o le aiga. Afai foi o se alii tāua o le nuu ae ua manatu le tulafale e ave sana fafaga i le alii, ae maise o taimi o faatafa le alii. Ona fai lea o se loloi, ma se taailepaepae tunu pau faamoepiilima ona alu ai lea e alala ma asi le gasegase o lona alii, poo le faifeau, poo se tamā, poo se tinā matua o le nuu. O loloi foi e asi ai galuega o se maota o le alii.

Afai ua finagalo le nuu e ave se fafaga e asi ai le galuega. Ona tofu lea o matai ma loloi pe lua pe tolu foi. Ona ave lea i amoga ma ni 'ava ma nisi taumafa poo taailepaepae poo afī ona ave ai loa lea o le asiga. E manatua foi e le alii lea faaaloalo maualuga i le taimi o le umusaga, ma fai ai toga o lona nuu. O aganuu ia sa masani ai le atunuu i aso ua mavae, ae maise lava o le vaega o faleupolu i lo latou va feagai ai ma lo latou alii, le va foi o isi matai ma le tuua o le nuu. O tu masani ia sa faaigoa o le tausi poo le fai alii lelei.

O le Faiga o le Maumaga. A ta'u maumaga o le faatoaga talo, e ta'u foi o le faaeleeleaga ona e matuā eleelea ma palapalā le tagata fai maumaga. O le faaeleeleaga foi o le upu faaaloalo e ave i maumaga a tamalii, ae o le maumaga a le tulafale e ta'u o velevelega. E faaigoa le talo o fua o faaeleleleaga pe afai o le tamalii e ana talo, ae ta'u le talo o fua o velevelega pe afai o talo a le tulafale. O aso nei ua le gata i talo ae ua ave lava i soo se fua o faatoaga le upu o fua o faaeleeleaga, ma velevelega.

O le amataga o le maumaga. E mua'i lalafo se laolao ua leva ona faavaoa ma ua sosolo ai le fuesaina, ona totō lea i tiapula. O matātiapula poo tiapula mai le fafaīga o talo o le maumaga, poo tiapula fo'i mai le fafaīga o le lauvai ua matua. E fua le vaitalo i le mana'o o le faifaatoaga ae 'aua ne'i i lalo ifo o le lua futu. E faaaogā le 'oso. O se laau e malosi ma le mamafa e fai ai 'oso. O la'au fai 'oso o le poumuli, o le nonu, o le auauli, ma nisi lava la'au talafeagai. Ua fai fo'i 'oso 'uamea ma 'oso paipa. I le valu masina o faatali le matua o le maumaga, ua tatau ona vele mamā, ina ia ola lelei ma lelei ni 'i'o i le taimi o le seleselega.

O le fafaiga o le maumaga e 'ese foi lona tāua. E amata mai lava ona fafai mai le vaega na ulua'i totō. Ia maitau lelei le vaega o le maumaga na gata ai le fafaiga, auā e iloa gofie ua i ai se isi ua tagovale i lou maumaga pe a e toe asiasi i ai ua 'ese le mea ua gata ai le fafaiga. A lia'i pe se'i le talo e 'u'u lima lua fa o le talo, ona se'i faamataga muamua lea, ona tu lea o vae e lua i autafa o le talo e 'o'omi i lalo lauvai ia 'aua ne'i malaga i luga ona se'i malele loa lea o le talo. Punou i lalo ma teuteu ma tau faatumu le pu sa se'i mai ai le talo ina ia mau lelei le lauvai auā o le lauvai e tua i ai pe a matutua foi latou.

Ave'ese le tele o fa o talo ae tu'u na o se tolu auā le tiapula mo le toe totō. Ufi tiapula mo ni nai aso se lua pe tolu se'i faamago mata faatoā toe totō ai ma e ala ona faamago o mata o tiapula ina ia mautinoa ua leai se faama'i o pipi'i i matātiapula, ae mafai foi ona toto i le taimi e fafai ai. Pau le faafitauli ne'i i ai ni faama'i e pipii i le matātiapula pei o le pala ona afaina lea o talo. E talitonu le aufaifaatoaga a pala tiapula i se maumaga e i'u ina oge lenā aiga. E lē salā lava upu mai anamua.

O le Talomua

O le talomua o le ulua'i taimi e faamatāfai ai se maumaga, poo ni maumaga fo'i auā le faataumafalia o se afio'aga. O lona uiga e mafai ona fai se talomua a se toatasi poo sana fafaga i lona nuu, poo ni fai maumaga se toatele. Sa masani lava ona fai e se vaega o ni taulele'a o se nuu se latou talomua mo le nuu. Sa fai se talaloa, poo se faiga maumaga a taulele'a o lo matou nuu a'o o'u iti'iti. Sa faasolo a latou galuega faitasi i maumaga taitasi, ae maise o le lafoga o le vao, ae sa totō lava le maumaga o le taule'ale'a ia. O le mafua'aga e totō ai lava le maumaga o le tagata ia, auā e tauvā i le taimi o le talomua poo ai e lelei lona 'oso. Ona o le malosi o puaa aivao e osofa'ia maumaga o le talaloa, sa taufai fai ai mailei pua'a. Sa tauvā poo ai e tele ma tetele ana puaa aivao e maua. Sa fai lo'ilo'i poo pa puaa sa fai i ogāniu, a maua puaa ma tuu i ai. E lima puaa aivao a lo matou aiga na maua.

O le aso o le Talomua. Ua valaau ma tala'i i matai ma le nuu atoa ia potopoto i le aso lea o le a fai ai le talomua. Sa le gata i le tele o talo sa aumai mo le nuu, ae sa tele fo'i mea a'i eseese sa saunia e le kalapu fai maumaga mo lea aso. O ulua'i faa'aliga faafaatoaga ia sa fai i nuu taitasi i aso ua mavae. Sa leai se 'oso sa faaletonu, ae maofa le nuu i le mananaia tele o talo sa faaalia i lea aso. O ituaiga tautua faapea sa auala mai ai faamanuiaga mai alii ma faleupolu mo le itupa o aumaga. O le muagagana e lē vaai atu o sau i luma malaia, ae faapea foi faamanuiaga. O se aso fiafia lea aso i le nuu atoa. E fai faafiafiaga ta faaili ma sisiva ona faatali foi lea i se isi Talomua. O se luitau i aumaga talavou pe latou te mafaia pe leai. E tasi lava le talomua.na fai i lo matou nuu.

O le faapogai o le faama'i talo o le Lega

O le tausaga e 1993 na faate'ia ai le atunuu i le faama'i mata'utia o le lega na afaina ai talo, le matai 'ai a le atunuu. O se faama'i mata'utia e lelea pei o le agi a le matagi. O le amataga o le tausaga na uluai vaaia ai le faama'i i maumaga i tuamaota o le afioaga o Aoloau i Tutuila, ae soo Tutuila e le'i oo ia Iulai. O le vaitaimi lava lea na oo ai i Upolu, amata mai i Aleipata ma Falealili, ae oo atu ia Iulai ua a'afia ai maumaga i le ogatotonu o Upolu i Salamumu ma Lefaga. O le lega e ola i luga o lautalo a matua ona fua ona foliga lea i ni vavae ma o le ala faigofie lea ona lelea ma feavea'i e le matagi ma vave ai ona oo atu i oganuu mamao auā a malosi le matagi ua mamao foi le lelea ese atu fatu poo fua o le lega ma to'a i luga o isi lautalo ma tutupu ai. E mafai foi ona to'a i isi laula'au, ae le ola ai ua na o le lautalo lava e ola lelei ai. E ola foi i lau o ta'amu ae le afaina tele ai ta'amu i le lega.

O le faamatalaga a Polofesa Eduado Trujillo mai le Univesite o Hawaii e faapea. O se vataimi o le 1992 sa i ai nisi na oo atu e su'e tiapula mai Hawaii ina ua faatoa te'a le afā o Valelia i le 1991.

Sa faamalamalama ia i latou na oo atu o loo i ai e faama'i o talo i le Setete o Hawaii ae o lea faama'i e le'i oo mai i Samoa. E le ma iloa poo i latou ia na i'u lava ina aumaia faanānā ni tiapula mai Hawaii ma aumai ai ma le faama'i. Talofa i le tautigā o le au faifaatoaga i Samoa e lua, sa matuā faaumatia le afe ma afe o 'eka o maumaga i lenei faama'i mata'utia. O le molimau a le au su'esu'e o le ituaiga faama'i lava lenei e tasi na faaumatia ai le pateta i Europa lea na maliliu ai le ono miliona o tagata ae maise o le atunuu o Iolani, ona o i latou ia na totoina le pateta mo le toatele o le Konitineta o Europa. Faafetai i le alofa o le Atua ma lona lē tuulafoaia o Samoa, auā na faaumatia le talo ae lavea'i mai le ta'amu, le fa'i, le 'ulu ma le ufi. O le vaitaimi foi lea na taatele ai le faalifu ufi ma le faalifu fa'i Samoa i le maketi i Apia, ma o lea ua tau'ave mai lava i lenei vaitaimi, e ui lava ina ua toe maua talo.

Toe Maua Talo i Samoa ona o Talo mai Palau. A ta'u loa le talo Palau ona manatua loa lea o le Porofesa le Foma'i o Eduado Trujillo o le Univesite o Hawaii, auā o le alii Porofesa na malaga i le atunuu o Palau, ma aumai ituaiga e 20 o le talo Palau. E le'i faigofie ona faamatuu mai tiapula, ae na fai le latou fefaataua'iga ma fafine faifaatoaga o Palau.

Sa avatu e ia fasi manioka totō, ae maua mai ai tiapula e taitasi mai le ituaiga. O faifaatoaga a Palau o fafine ae le ni tamaloloa. Ma o talo Palau e toto i taufusi. E lelei pe a toto foi a tatou talo Palau i taufusi poo laueleele e fefiloi le palapala ma le oneone. E mana'omia e le talo Palau le "calcium" o loo maua mai le oneone. Na foi mai loa le Porofesa i Hawaii ma totō ana tiapula ma fai ai ana sailiiliga poo le fea o nei talo e tetee i le lega, ae pe faapefea le 'i'o pe telē ae poo le fea o ia talo e lelei i le taumafa. Mai le tausaga e 1994 seia oo i le tausaga 1997 na fai ai su'esu'ega a le alii Porofesa.

Toe foi le Tusitala i le Malo. O le 1997 na valaauina e le afioga Kovana Lutali le Tusitala e toe faigaluega i le Vaega o Faatoaga. O lea na maua ai loa avanoa ou te malaga ai i Hilo, Hawaii ma amata loa ona la'u mai tiapula o ituaiga e 16 mai sailiiliga a le alii Porofesa ma tufa loa i le au faifaatoaga i Tutuila. O le mea lea e tatau ai ona tatou faafetai i lenei alii Porofesa o Dr. Eduado Truijillo auā o le vave o ana fuafuaga na vave ai ona toe maua le matai 'ai a le atunuu.

E ui lava ina lē tutusa ma le talo Niue ma talo Manu'a ma isi talo Samoa ae o le mea sili ua toe maua le talo auā o le talitonuga a le atunuu, **o si fuauli lava e to'a ai le moa**. Ua i ai foi isi ituaiga talo ua maua mai galuega faafeusua'i a le alii Porofesa e faaaoga ai le talo Palau ma isi talo e pei o le talo mai le isi motu o Rota i le atu Maikolenisia lava. O le sailiiliga a le Porofesa o le faafeusua'i o talo ua maua ai isi talo lelei mo le Setete o Hawaii. Ae o le faalavelave ua motusia le fesoota'iga ma le alii Porofesa ua tatou le maua ai talo lelei tele mai i ana sailiiliga.

E tatau foi ona ta'ua isi talo e pei o le talo Fili mai Filipaina ma isi ituaiga e tolu mai le motu o Ponape na aumai e le vaega o Faatoaga a Samoa. Ua i ai foi ni ituaiga talo fou ua maua mai i fefaausuaiga a le Kolisi o le Univesite o le Pasefika i Alafua, faapea foi le Vaega o Faatoaga i Samoa. Ua aliali mai ua manuia le atunuu ina ua toe maua talo fou ia ua i ai nei. E ui lava ina le tutusa ma talo Niue ma talo Manu'a ma isi talo sa masani ai, ae talitonu e oo mai augā tupulaga i le lumana'i ua latou lē manatua talo sa masani ai le atunuu, ae ua matuā masani i talo fou.

Ua tatau foi ona manatua ituaiga talo sa masani ai le atunuu ae le'i oo mai le faama'i. O le talo Niue lava le talo na sili ona manaomia, sosoo ai ma le talo Manua. E ta'u mai i igoa o nei talo masalo o atunuu na aumai ai. Tasi le mea afai o Niue na aumai ai le talo niue, ae leai ni maumaga i Niue ona o le atunuu na o 'amu ae faaleai se palapala e moomia mo le totoina o mauamaga. O isi talo o le talo pa'epa'e malō ma le talo pa'epa'e vaivai le aano, o le matagifanua, o le magauli poo le talo e maga toe uliuli le tiapula, o le pula mao'i e laiti 'i'o ae samasama le aano toe malō, o le talo tusitusi, o le vaevaeula ma isi anoano o ituaiga talo se'i oo lava i le talovale. O nei talo uma ua le mafai lava ona tetee le faama'i talo, se'i vagana se itu o le motu o Savaii o loo ola ai pea le talo Niue, ona e matūtū o le tau.

Sina tala i le atunuu o Palau. O le atunuu lenei e latalata i Iapani poo Sapani ma o le atunuu e tāua le itupa o fafine i lō tamaloloa. O ulu o aiga poo matai o fafine, e saili foi gafa o aiga i e na tutupu mai i le laina o le fafine. Atonu o le mea foi lea e fai ai e fafine faatoaga ae lē o tamaloloa. Pau le galuega a tamaloloa e fesoasoani ai i fafine o le la'u mai o otaota, o laufa'i ma launiu e tanu ai e fafine a latou taufusi, ae matuā faasa lava ona soli e tane le maumaga, ina ne'i tupu ai ni faama'i. O le Kovana o le Malo o Palau o le tane. E pei lava foi o tatou. E ese lava le aganuu i tua ae o le faiga malo e alu lava i le faapapalagi.

Upu Faaaloalo e fai i le Talo

Tasi e oo i le sefulu e ta'u o le tasigamata poo le sefulugamata, afai e ono talo e onogamata. **Luafulu e oo i le selau** e ta'u o le matalua poo le matasefulu. Afai e lusefulu lima talo o le matalua ma le limanamata.

Otomalesau o le upu faaaloalo e ave i le palusami ona o lau luau e 'oto i le malū o le sau.

Fuauli o le upu e ave i soo se talo pe a folafola ni toona'i ma ni laulautasi e ta'u lava o fuauli tusa lava poo ni talo lapopo'a.

Manufata e le vāea o le upu faaaloalo e ave i le faausi., ona o le tāua ua faatusa ai i le puaa e leai ni vae.

Momoe ma le usi poo le momoe ma le tae o isi igoa e ave i le faausi ona e faatusa le niu o le faausi o le usi ae ua faamoe ai mafu o le faausi.

O le tā'isi poo le afitalo e ta'i ai suataute ona faapea lea. O lau suataute ua i ai le vailolo o le laulau ua i ai le afī talo poo le tā'isi poo le faavevela foi ma le taailepaepae.

O le upu fua o faaeleeleaga sa masani lava ona fai i 'i'o o maumaga, ona o talo e eleelea ma palapalā le galuega o le fai maumaga, peitai ua ave lava i soo se fua o faatoaga i aso nei lea upu faaaloalo a le atunuu o fua o faaele'eleaga. Afai o le aufa'i ona faapea lea ua i ai foi fua o faaeleeleaga o le momoe ma le falī. Ae pei foi ona faaalia i le vaega o le faiga o maumaga le 'ese'esega o le upu faaeleeleaga ma le upu fua o velevelega.

Fua o faaele'eleaga e ave i faatoaga a tamalii.

Fua o velevelega e faatatau i maumaga o tulafale.

E lē mau se nu'u i tiapula 'ese e faatatau lea i le tagata e le o se tagata o le nuu. O lona uiga fo'i e lē faamoemoe tele i ai auā e lē faamaoni e tautua le nuu auā e lē o sona nuu moni.

Ia lē o le pa ti teevao ae o le pa ti fataloto, o le isi lea muagagana e faatatau i le faiga o maumaga.

O le pa ti teevao o le pa i ti e totō faataamilo i le maumaga, auā e tetee ai le vao.

O le pa ti fataloto o le pa o ti e toto i totonu o le maumaga. E filifili se vaega e ola lelei ona sio fo'i lea i se pa ti. E ta'u lena pa ti o le pa ti fataloto. O talo i totonu o le pa ti fataloto e faaolioli mo le matai o le aiga poo se isi fo'i faamoemoe tāua o le fai faatoaga e pei o le "talo mua". Ona faapea lea o le upu: Ia lē o le **pā ti teevao ae o le pā ti fataloto**.

E iloga lava si fuāuli e to'a lelei ai le moa, o le isi lea muagagana a le atunuu. I le taimi na afaina ma pepe ai le tele o talo i le faama'i o le lega, sa vaaia le mafatia o tagata i le fia taumafa i se talo. Faatoā faamalie le atunuu ina ua maua talo mai le motu o Palau. O le uiga lea o le muagagana ona o le talo o le taumafa numera muamua a Samoa.

Ua mae'a foi ona faamatala talo e maua mai le vaota ma talo e maua mai le laolao. E vaivai talo o le vaota poo le uluai toaga ina ua faatoā uma ona ta lea ogavao, ma talo mapo e maua mai i laolao. Ae i ai foi le eseesega o le talo mai le matafai, ma le fuauli poo 'io o le lauvai. E fiafia tele tagata i fuauli ona e malō ma mapo lelei.

O isi upu na maua mai le talo

'Oso o le laau e totō ai tiapula. Tiapula o le vaega o le talo e totō. **Fatalo** o le 'au o le lautalo. **Vaota** o le vaega o le vaomatua e faatoā ta e fai ai maumaga. **Laolao** o le fanua e leai ni laau. **Autalu** o le vele o vao laiti e le'i tutupu tele. **Lalafo** o le faamama o vao o le laolao o le a fai ai le maum aga. **Faamatafai** o le ulua'i fafaiga o le maumaga. **Lauvai** talo laiti e tutupu mai i talo totō. **Lauluau** moemoe o talo e 'ofu ai palusami. **Palusami/luau** upu uma e ave i le taumafa e fai i le moemoe o le talo faatasi ma le pe'epe'e ua faamasima ma le aniani. **Otomalesau** o le upu faaaloalo e ave i le luau poo le palusmi. **Lu** o le luau e na o le pe'epe'e. **Luaufui/luausami** o le luau e 'ofu na o le suasami. **Poka** o lau luau e afifi ma tao i luga o tau o le umu. **Luau ulo**, o le luau e fai i le poka, ae tunu i le 'ulo.

Ose Aoa'oga. Ia iloa ma faatāua e tupulaga le aogā o le talo o le taumafa sili i le soifuaga o tagata Samoa. E ta'i ai suataute i taisi e fai i le talo, e fai ai laulautasi, e fu'e ai foi toona'i o mea e lē onomea ona fai i isi taumafa a le atunuu.

O Fesili. 1. Aiseā e tāua ai talo i le aganuu, e ese mai i isi mea taumafa? 2. O le a le talomua: faamatala? 3. Faamatala le pa ti tee vao, ma le pa ti fataloto. 4. Faamatala le faiga o le faausi ma igoa faaaloalo o le faausi. 5. Faamatala le faiga o le taisi, ae o le a se isi ona ta'u? 6. Lisi ni upu e te le malamalama ai ma aumai i le aso e sosoo o latou uiga. 7. O le a le faiga o le loloi talo e 'ese mai i le afītalo? 8. O le a le tāua o le oso i le faiga o le maumaga? O a laau e fai ai? 9. Faamatala le eseesega o le faiga o maumaga i aso ua mavae ma aso nei? 10. Lisi mai ni ituaiga talo ao le'i oo mai le faama'i, ma ni ituaiga talo ua i ai nei.

Fesoasoani mo le Faiaoga. Faatino i aso faa Samoa le faiga o le faausi, taisi, ma le palusami. Fesoasoani i le vasega e saili le uiga moni o upu fou. Faamatala le mafuaga o le faama'i o le lega i talo.

O le Tāua o le Fa'i

O le fa'i e s'iosi'o e ana tama, auā afai e uma le fa'i muamua ae faasolosolo mai ana tama. E sefulu lua masina mai le taimi na totō le fa'i i le taimi e matua ai le fua o le fa'i. Afai e ta le aufa'i 'aua le tatūa auā e iloa ai le fa'i ua toto'a i ai le fia 'ai ma le matape'ape'a. E lē taufaatali se'i pula pe se'i pala fa'i, ae saka pe tao fo'i fa'i mata. Pule 'oe pe fofo'e, ae o le augatā ma le faapaiē e fai lava ma le pa'u. A lē taumafā fa'i ua pula, fai se suafa'i e manaia i le inuinu. O ni loi fa'i fo'i e fiafia i ai tamā ma tinā matutua, ae maise ē ua faaletonu oloa. Afai e tele fa'i fai se poi, a tatau i ai le tipolo ma le peepe'e, ua ova e pei e te me'e. Fai se togafiti pe a tuai ona pula, e pei o le tautau ma ufi lelei i se taga, auā a lē ufi leleia e te alu atu ua toe o pa'ufa'i ae ua uma ona fai ai le "mini mini mani mo" a manu faalafuā la'ia ua malomaloā solo i tafāfale. A lē tautaua ona tu'u lea i se atigi pusa ae ufi i lausului ona tipi lea iai ni esi ua tatafa, a lē o esi tatafa su'e mai ni lau "usi" e tuu i ai. O le faaōtaga o le togafiti masani a Samoa e tali ai malo ma faalavelave faitele. O le a faamatala mulimuli faiga o le faaotaga poo le faavevela, ae maise o le faiga o le masi fa'i ae le gata i lea o le tele o mea e fai i le fa'i, ae o le muagagana e faapea: **e le iloa se mau i ni talo, a'o fa'i**.

O le tala i le Ulugalii ma le fafaga fa'i. Sa i ai se ulugali'i e lē iloa le mea e ō mai ai. Sa i ai si o la tamā tausi, o le toeaina e pō. Ona o'o lea i le i si aso ua fu'e mai le la suavai. A'o le'i laulau atu e le ulugalii le sua a le toeaina, sa faapea le toeaina tauaso. "Talofa e, a lua lailoa lava. Se'i faamatala mai poo ā mea o le lua suavai". Tali lea o le taule'ale'a: "O le umu fa'i, ma le loi fa'i, o le sua fa'i, ma le poi fa'i". Faapea lea o le toeaina, "matua'i tele mea ua lua saunia i lenei aso, ae tasi lava o fa'i, a e'a?"

O le Faiga o le Poi Fa'i. E fai i fa'i ua pula vaivai, o lona uiga o fa'i ua lata ina pala. Fofo'e lelei i se tanoa. Asu i ai se vai e fua i le tele o fa'i. Sae mai se itu launiu mamā, ona ave'ese lea o tuaniu ona vau ai lea o fa'i ia ta'ape lelei ma fetaui ma le vai. A uma loa ua malū, ona ave'ese lea o le launiu ma faamamā uma ni fasi launiu. Sasa'a lea i ai se peepe'e ia fetaui ma le poi, ae 'aua le lololo tele. E manaia foi se pa'u tipolo ae vau faatasi ma fa'i.

O le faiga o le Loifa'i. O le loi fa'i e aogā mo tagata matutua. E fofo'e fa'i ua pula ae le'i pula lelei, ona tāfasi lea ma tuu i luga o se laufa'i laulelei ua uma ona lalagi. Tatau i ai se peepe'e ma afifī lelei ma toe tapeleni e nisi laufa'i ona tao lea i luga o maa o le umu. A fu'e loa le umu ma laulau atu i tagata matutua.

O le Faiga o le Suafa'i. O le suafa'i e fai i fa'i ua pula lelei, e sili fo'i pe a fai o ni fa'i ua aga'i ina pala. Ia faa'afa fo'i pe i lalo ifo o le 'afa le vai i le ulo. E fua le tele o le vai i le aofa'i o fa'i. Faapuna le vai, ae fofo'e fa'i i se apa. Ia vaevae ta'i lua pe ta'i tolu fasi fa'i i le fa'i e tasi. Afai loa ua puna le vai ma ua uma fo'i ona fofo'e ma vaevae fa'i ona sasa'a lea i le 'ulo. Faapuna pea se'i vela ma malū lelei fa'i. Avatu fo'i se la'au e tu'i ma tata ai fa'i ia taape lelei. Lulu fo'i i ai se masoā ma sa'eu, ona mulimuli lea ona sasa'a i ai le niu. Afai loa ua toto'o ma lelei le peepe'e, ona si'i loa lea i le fale ma asu atu i tagata.

O le pe'epe'e fa'i. O le isi faiga faigofie e tausi ai tagata matutua. E fai fa'i ua tatafa ae le'i pula lelei. E saka pe faavela i le suavai ma le pa'ufa'i ona laulau atu lea a'o vevela ma le pe'epe'e faatasi ma le koko ua totoo suamalie lelei. E manaia i soa'a, fa'i pata ma fa'i misiluti Ausetalia.

O le Faiga o le Faavevela

O le isi igoa o le faavevela o le faaotaga. E ‘eli se lua faatafafā, pe ono futu le loloto, fa futu le lautele ae valu futu le umi. Afei lelei lalo ma autafa i launiu ma laufa’i, ona tu’u lea i ai o aufa’i ua matua ae le’i o’o ina pula. So’o se ituaiga fa’i e mafai ona pula i le faaotaga, vagana le soa’a, puputa ma le sulasula. E lelei foi le faalalava ni laau malolosi i luga ma tautau ai aufa’i. Tipi loa i ai esi ua tatafa ma fisi mai ni pa’u o niu ma lafo i ai faasalalau i luga o aufa’i.

Tafu se afi pulu. Ona tafu lea o se afi pulu ma tuu i se pito o le faavevela. O le asu e mana’omia ae lē o le susunu poo le vevela fo’i. Ona faalalava lea i luga ni la’au malolosi, ae ufi le faavevela atoa i nisi laufa’i faamafiafia. A malu lelei loa, ona tanu atoa lea i le oneone poo le palapala. A’o tanu ia faaavanoa se puesi i le tulimanu o loo i ai le afi. Afai e malu lelei ona feula lea ole puesi ina ia ta’ata’a’i le asu i totonu. Ia maitau lelei foi pe alu ae se asu i se vaega ona toe tanu lea ia malu Afai loa ua malu ona ‘ave’ese lea o le puesi ma pupuni le pu. E fitu aso e tanu ai le faavevela.

Aso e faapupū ai. O le aso ono e faapupū ai i se pu i soo se pito ae le o le pito na tuu ai le afi pulu. E ta’u lena o le faapupū o le faaotaga, o le taimi fo’i lea ua aga’i ina pula lelei ai fa’i. E pula aano o fa’i ae foliga lanu meamata pea tino o fa’i. A oo loa i le aso fitu ona laga loa lea ma avatu i se faatasiga tele a le nuu sa fuafua i ai le faavevela.

Muamua Samoa i le faapula faatasi o fa’i se tele. E ma’eu foi le atamamai o tuaā ona o lenei faiga o le faapula o fa’i i le taimi e tasi i le tanu tuu i ai esi tatafa, fisi i ai pa’u o le niu tuu i ai ma le afi ma faapupu i lona ono o aso. E le’i leva ona maua e alii su’esu’e faasaienisi kasa ia e maua i mea nei na faaaogā e tagata Samoa mai senituli ua mavae. O lea la ua tuu fagu faavailaau nei kasa ma faapula ai fa’i a atunuu i fafo ae ua leva ona faapula ai fa’i a tagata Samoa.

O le Faiga o le Masi Fa’i

E lua fua o faatoaga e gaosi ai masi, o le fa’i ma le ‘ulu, (silasila i le vaega o le ‘ulu mo se faamatalaga o le masi ‘ulu). Ae faapenei ona fai o le masi fa’i. E ‘eli se lua faalapotopoto e 4 futu le loloto 5 futu le lapotopoto. Ona afei lea i laufa’i ia malu lelei. Ona fofo’e lea o fa’i ma lafo i le lua, ia fatufatu i luga ia faamaualuga le ogatotonu. E lelei le tumu o le lua ma patu i luga le ogatotonu faatatau a pala fa’i ia ‘aua le ’omo le ogatotonu ma lepa ai vai. Ia pito i fa’i ni lausului mamā ma lautetele, ona ufi loa lea ia malu lelei i laufa’i, ia ‘aua ne’i sao i ai ni manu. Ona tanu lea i le palapala. E tasi le masina e faatali ai le lagaina o le masi. Ia laga faaeteete, ne’i alu i ai se palapala. O le tele o masi e lē laga umā i le taimi e tasi, ae laga pito tasi ma auaua’i ma toe tanu faalelei.

O le taoina o le masi. Valu popo ma tatau, ae le usi le niu, ae faatotoe ai ni penu e fua i le mana'o. Tuu sina suka i le peepe'e, e fua fo'i i le mana'o. Lafo masi i le tanoa pe'epe'e ma vau faatasi, 'aua fo'i ne'i tele nauā le pe'epe'e ne'i malūlū le masi. Tuu ni lu'uga se lua o le masi i luga o laufa'i lalagi ma afifī. E le tapelenia, ona tao loa lea i lalo ma luga o ma'a. E mana'omia le mu o le masi. A fu'e le umu ona vaevae lea o masi ma lafo vevela i se tanoa pe'epe'e ma ave loa asu ma fiafia ua taumafa le masi samoa.

Totōina o le Togafa'i. Filifili se fanua laulelei, ae maise o fanua laugatasi. O fanua maugā e afaina gofie i matagi, toe solo gofie le palapala. Tu'i laau i laina ia sasa'o lelei i le va o le sefulu ma le sefulu lua futu. O lona uiga ia sefulu futu le va o fa'i i le laina, ae sefulu lua futu le va o laina. 'Eli loa pu fa'i ia 12 inisi le maulalo ae 10 inisi le va tele. A mae'a loa ona 'eli o pufa'i ona totō loa lea o fa'i.

Ituaiga fa'i lelei e totō. Saili lelei mai fa'i totō mai fa'i o ituaiga fou lea ua maua o fa'i mai Ausetalia. Fesili i le Ofisa o Faatoaga, poo le Ofisa o Laufanua ma Atina'e o le Kolisi i Mapusaga, poo le Kolisi i Alafua. O fa'i fou nei mai Ausetalia, e fua lapopo'a, e le maua i le tugatugā ma lafalafā, e le maua fo'i i le lausului. O ituaiga fa'i lelei e totō o le fai Tausoa, O le Gold Finger (FHIA 1) ma isi fa'i e i ai le FHIA 17, 23 ma le 25. E lelei fo'i le fa'i Poia, ma le Misiluti Ausetalia.

Foliga o tama'i fa'i e totō. Ia sauni lelei tama'i fa'i totō, ia malolosi ma mamā foliga. O ituaiga lelei o tama'i fa'i e telē le tafu'e ae ma'ai le tatupu. Afai e totō fa'i e foliga vaivai ma mama'i, e tuai ona ola ma lē fua lelei. Vele mamā laina, ae sasa le va o laina. Lulū le fetalaisa ta'i lua masina. Lulū faatamilo, ono inisi mai le fa'i a'o laiti fa'i, ona faasolosolo lava lea le mamao ia feauga ma pito o lau o fa'i. O le tele o fa'i totō e matua ma faa aogā i le sefulu lua masina.

Misiluti Ausetalia. O le Misiluti Ausetalia o loo faaigoa e nisi o le pata Toga, ae le sa'o, o le misiluti Ausetalia ose fa'i lava mai Ausetalia, e tetelē ona aufa'i, putuputu ona taifa'i toe laiti ona fa'i pei lava o le misiluti. E ola i soo se laufanua, e oo i laufanua gaoā, e malolosi ona ogafa'i ma e lē afaina ona a'a i anufe o le palapala lea e ta'u o le "nematodes", toe seāseā maua i le laufeti'iti'i, ae matuā le maua lava i le lausului. E malō lona aano, e matuā lelei i le faavela i le suavai ae maise pe a mu manaia. E manaia fo'i i le faalifu, ae maise lava pe a tatafa ae panupanu ai le pe'epe'e, oka! ua ova i siona. O le fa'i lea ua faaaogā tele e nisi e fai ai "chips" poo "banana chips". E manaia foliga 'ena'ena toe malō i le paanunu .E lē o maua i Samoa le misiluti Ausetalia ua na o Tutuila, o le mafua'aga e faapea.

O le Tala na maua ai le Misiluti Ausetalia Sa i le atunuu o Toga le Tusitala a'o galue i le vaega o le Laufanua ma Atina'e a le Kolisi Tuufaatasi a Amerika Samoa. Sa feiloai ai ma se alii mai Ausetalia o lea alii sa taamilo e tufa fa'i Ausetalia i atumotu o le Pasefika.

Sa fesiligia lea alii pe o le a le aso e oo atu ai i Tutuila, ae o lana saunoaga, e faapea: E lē a'afia Amerika Samoa i fesoasoani mai i Ausetalia. Sa lagona le lē fiafia o le loto i lea faaaliga. Ina ua fo'i mai i lea malaga le Tusitala sa faafesoota'i loa le Vaega o le "South Pacific Comission" ma auala mai ai ituaiga fa'i e iva, ma o le misiluti Ausetalia le isi fa'i o fa'i e iva na maua ai. E aliali mai e lē tutusa fa'i e ave i lea atunuu ma lea atunuu. O le "goldfinger" ma le "fa'itausoa" sa na o Samoa na maua mai ai. Ae faafetai o lea fo'i ua maua i Amerika Samoa na auala mai fo'i i le Vaega o le Pasefika i Saute.

Fa'i Palagi masani. O le fa'i palagi sa masani ai Samoa i aso ua mavae poo le "Robusta" e lē mafai lava ona mavae le aano lelei, toe suamalie ma o le fa'i lea sa fiafia i ai tagata Niusila a'o la'u pusa fa'i mai Samoa. O le faalavelave e maua gofie i faama'i e pei o le laufetiiti'i, o le lausului, ma le tugatugā o aufa'i. E afaina gofie ona a'a i anufe o le palapala e ta'u o "nematodes" lea e mafua ai ona teva gofie togafa'i palagi.

Fetalaisa i le taimi e toto ai fa'i. Ao le'i totōa au fa'i tu'u ni lu'uga se lua o le fetalaisa i lalo o le lua, tanutanu lea i le palapala tusa ma le inisi le mafiafia ona tu'u loa lea i ai o le tama'i fa'i totō. 'Aua le tanua faatumu le lua, e aogā e lepa ai le vai e mana'omia e le fa'i. O le ituaiga fetalaisa lelei o le fetalaisa e maua i le fomula o le: 1 2 1 po'o le 10 20 10.

Taimi e totō ai fa'i. Ona o le taimi o afā o le amataga o le tausaga, e manaia ae agi mai le afā ae faatoā lua lau o fa'i. E lelei lea e vave ona toe tatupu ma vave ona maua ai mea 'ai. O lona uiga e lelei le totō o fa'i mai ia Setema, ae a tuai tele o Tesema.

Te'e o fa'i. Afai e fua le togafa'i ona ta mai lea o ni laau maga e fai ai te'e o fa'i. Ia te'e i luga ia latalata i le 'au o le aufa'i, ae 'aua le te'ea i le ogamanava auā e vave ai ona gau le fa'i pe a agi se matagi. A ta le aufa'i 'aua le ta malelea, ae ta faagau muamua i lalo ifo o laufa'i ona sapo lea o le aufa'i i le 'au pito i lalo o le aufa'i. Ona faatoā ta 'ese ai lea o le aufa'i, ona faatoa tipi ai lea i lalo le vaega tele o le ogafa'i. Ave faa'ete'ete aufa'i nei gaui pe manu'anu'a.

O le Aogā o le Fa'i i le Soifua Maloloina

O le faamatalaga na maua mai i suesu'ega a foma'i popoto o le tino. E tolu ituaiga suka e maua i le fa'i ua pula poo le fa'i pala: o le **sukarosi (sucrose)**, o le **fulatosi (fructose)**, ma le **kuratosi (glucose)** faatasi ma le **alava (fiber)**. O lona uiga e telē le **malosi (energy)** e maua e le tino mai le fa'i i lo se isi fualaau. E aogā tele foi le fa'i e tetee i faama'i o le tino. E aogā i le tagata ua **vaivai le mafaufau (depression),** le tagata e **vaivai le toto (anemia)**, le tagata e maua i le **toto maualuga (high blood pressure)**, le tagata ua mana'omia e le **mafaufau le poto ma le loto matala** ae maise o fanau ao'ga **(brain power)**, fesoasoani foi i le **gaoioiga o le laualo ma le laualo poo le manava mamau (constipation)**, e aogā e vave **faate'a ai le onā (hangover)**, ma le tagata e maua i le **fatuvevela (heartburn)**. O isi aogā nei: **a utia e le namu**, nini i le itu i totonu o le pa'u fa'i, afai ua mamafa tele lou tino **taumafa fa'i e faaitiitia ai lou mana'o i taumafa** e puta tele ai, e maua le vaitamini o le **B i le fa'i e faaitiitia ai le loto popole (nervous disorder)**, e fesoasoani le fa'i i le **faaitiitia o le alasa (ulcers)**, e fesoasoani foi le fa'i i tagata e fia **tuu le tapaa auā o loo i ai le B6, ma le B12 e faaitiitia ai le nikotini i le toto (nicotine withdrawal)**. Suesu'ega i Egelani sa iloa ai **le faaitiitia i le 40% oi latou e uma vave le soifua i le ma'i o le sitoreti (stroke)**, tuu le pa'ufa'i i le **lafetoga ma fusi e vave ai ona paū**. Ua vaaia i taaloga e pei o le tenisi ma lakapi faa Amerika le fiafia o tagata taa'alo e taumafa fa'i pula auā e vave ona maua ai le malosi ma fesoasoani i le tino i le malūlū.

Toa'aga la ia e taumafa le fa'i pula, taumafa fua, falai ma le fuamoa mo le ti i le taeao, vili ma isi fualaau e fai ai se vai taumafa, lelei foi i le salati fualaau, ae sili foi ona lelei faiga faa Samoa o le loi fa'i, o le poi fa'i, o le suafa'i pe tao fua foi ae loiloi i se peepe'e.

Upu Faaaloalo maua mai le fa'i

Momoe ma le falī, poo le momoe ma le sului o upu e ave i le aufa'i pe a folafola i luma o tagata, ona o fa'i e masani ona faapula pe a tuu i se 'ato ae tanuma'i i lalo e lausului.

O le faavevela o le igoa e taofa'i ai ni fa'i sa tanu i se faaotaga poo se faavevela.

O le tautaulaga, ma le toulu i tofaga. O upu e fai i se aufa'i e tautau ma faapula auā e tautau, o isi fo'i taimi e toulu i luga o moega poo tofaga.

Faasoa o le aufa'i. A faasoa le aufa'i e lē taulia le taluga auā o le ta a manu, o le ta lea e muamua 'ai e manu, ae o le ta lona lua o le ta taulia lenā ona faasolosolo ai lava lea seia oo i le muli fa'i.

Aufa'i e faaolioli. Afai e faaolioli se aufa'i mo se toona'i poo le ave foi i se faatasiga a le nuu, ia ave le aufa'i atoa. E le tatau i le 'auaiga ona faaaogā se fa'i o le aufa'i o loo faapolopolo e le matai poo le taule'ale'a e ave ai le meafono a lona matai. Ua le onoea le ave o se aufa'i ua faaaogā, poo se fasi aufa'i. E sili ai ona fa'i i se ipu pe afai ua lē atoa le aufa'i.

O isi upu e maua mai le fa'i

Aufa'i o le fa'i atoa faatasi ma lona 'au. **Taifa'i** o se vaega o le aufa'i. **Laufa'i** o le laufa'i mata. **Lausului** o le laufa'i mago. **Ogafa'i** o le tino o le fa'i. **Pafa'i** o se vaega o le ogafa'i. **Moafa'i** o le fua o le fa'i e le'i matala. **Tumoa** o le fua faatoā paū. **Togafa'i** o le faatoaga na o fa'i. **Pa'ufa'i** o le ufiufi o le fa'i. **Tunufa'i** o fa'i e tunu ma le pa'u. **Sakafa'i** ma le pa'u o fa'i e saka ae le fofo'eina. **Fofo'efa'i** o le fasi laau e ave'ese ai le pa'ufa'i. **Tama'ifa'i** o le tama a le fa'i. **Tafu'efa'i** o le vaega o le fa'i o loo tu i le palapala. **Teeolefa'i** o le laau maga e tee ai le aufa'i. **Fa'ipula** o le ta'u a Upolu ma Savaii i le fa'i ua pula. **Fa'ipala** o le ta'u a Tutuila i le fa'ipula.

O se Aoa'oga. Ia malamalama fanau i le aogā o le fa'i i le soifua taumafa o le atunuu. O le fa'i i le tele o atunuu e taumafa ina ua pula, ae o Samoa e faavela fa'i mata toe faaaogā ma fa'i pula.

O Fesili. 1. O le a le upu faa aloalo e ave i le aufa'i pula? 2. Faapefea ona fai o le loi fa'i? 3. Faamatala le faiga o le poi fa'i. 4. Fai sau lisi o upu e te lē malamalama ai. 5. Aumai i le aso e tuaoi uiga o upu i lau lisi. 6. O le fea i taifa'i e sili ona tauā, ma aisea? 7. Aiseā e ta'u ai le aufa'i o le momoe ma le sului? 8. E fia ituaiga suka e maua i le fa'i pula? O le a la le tāua o nei ituaiga suka? 9. O le a le taifa'i e ta'u o le ta a manu? Faamatala. 10. Faamatala i au lava upu le faiga o le togafa'i, ma o a tama'i fa'i e lelei e totō? 11. Faamatala le faiga o le loi fa'i. 12. E fia masina e toto ai le fa'i ae fua?

Fesoasoani mo le Faiaoga. Faataitai i aso faa Samoa kuka 'ese'ese e faaaoga ai fa'i.

O le Tāua o le ufi

Lau laau faasosolo 'au o le ufi

E sili lava le ufi, auā a i'o e fiu e fa'a- aogā. E lē tasi se 'i'o ae tele tolo o le ufi. E fai ai faiai valuvalu, ma sofesofe i le ufi. E lē afaina tele le ufi i taimi o afā, ma e fiu e auaua'i e tuai ona uma. E lē tele ni galuega, pe tau velea fo'i. Na ona toto lava ma faasosolo i se la'au ona faagalo ai lava lea se'i oo i le tolu pe lima tausaga ona 'eli lea pe a oo i le tauefu e 'i'o lelei ai ufi. E lē maua i atunuu tetele le ufi ae na o le atu motu o le Pasefika e maua ai. Masalo o le ala foi lea ua ta'u ai le ufi o le ufi Pasefika, poo Pacific yam. E faaigoa e atunuu tetele le umala o le "yam" poo le ufi. E lē ma iloa foi poo le fea atunuu o le Pasefika na ulua'i tupu ai le ufi, pau le mea ua iloa i tala faa Samoa anamua e pei o le tala ia Sina ma lana ufi na Tulitulimagau sa ola le ufi i Fiti. E tāua tele foi le ufi i tagata Toga e pei ona tāua le talo i tagata Samoa. Ae o tagata Fiti e sili ia i latou le manioka. A oo i aso oge ona saili lea i le vaomatua ufi e tutupu solo ai pei ona saili ufi Leatiogie i le togavao mo se ufi ma lona tamā o Feepo.

O foliga o le ufi palai. O le 'i'o o le ufi e ta'u o le tolo, ma e tele tolo e maua mai le tatupu e tasi. O le palai mo'i e tino laiti ona tolo ma tele aa e pipi'i i le tolo ole ufi, ae o le laupalai ma le palai Niukini e tau lapopo'a ia tolo ae tau leai ni a'a. E papa'e uma 'i'o o ufi ia e tolu pe a vavalu 'ese le pa'u.

Ufi Tau. O le ufi tau e violē le isi ae pa'epa'e le isi.. E lapopoa 'i'o o le ufi tau, ma e vave foi ona lapopo'a ona 'i'o ma vave foi ona matua, ma e mafai lava ona faaaogā i le tasi le tausaga ae lelei foi le lua tausaga. Ae o le 'au aiga sa palaī e fai foi si umi faatoā lelei ni 'i'o. O le tele o tausaga o le ufi palai, lau palai, ma le palai Niukini o le tele foi lea o latou 'i'o. Afai loa ua mana'o e 'eli le palai, poo le lau palai ona faatali lea se'i afu, pe se'i mamae lau ona 'eli loa lea. Ae fai si faigata o le taimi e 'eli ai le palai Niukini. Ia faatali se'i toe amata ona toe totogo o tatupu o le taimi lelei lenā e 'eli ai.

O le Faiga o le Sofesofe. O le sofesofe o le isi lea taumafa sa tausi ai matua ua tau le mafai e o latou oloa ona faamalū a latou mea taumafa. O le sofesofe e fai i le ufi. A uma ona vavalu o le ufi ona poipoi lea faamanifinifi ma tuu i luga o se laufa'i laulelei ua uma ona lalagi ona tatau lea i ai o se peepee. E fua le telē o le sofesofe i le telē o le laufa'i.

A mae'a ona afīfī lea pei se faapapa, ia sauni fo'i nisi laufa'i e tapeleni ai. A mae'a lena ona avatu lea o ni lau'ulu lautetele ma tapeleni atili ai. E tuu i luga o maa ina ua uma ona i'o maa i luga o mea aano o le umu. A fu'e le umu ma laulau taumafa ona ave'ese lea o tapeleni ae tau ole laufa'i pito i totonu. E matuā fiafia tele tagata matutua ae laulau atu se suavai, ma tatala atu o se sofesofe, ma e tele le faamanuiaga e maua mai ina ua malie i latou e taumafa i mea 'ai ua uma ona saunia lelei mo latou. Faafetai fai suavai ua malie le loto i le sofesofe, ma ia faamanuia le Atua.

O le Faiga o le Faiai valuvalu. O le faiai valuvalu e fai i le 'i'o o le ufi. A uma ona vavalu ese o pa'u o le ufi ona olo lea i se lapa. E lelei le olo i totonu o le tanoa ua i ai le pe'epe'e. Ia olo ma seu ia fetaui lelei le ufi ma le pe'epe'e. A fetaui loa ona asu lea i laufa'i laulelei ua uma ona lalagi, afifī faatu i luga ona aumai lea o lauti lapopo'a ma tapeleni ai ma nonoa.

Taluai le māse'ese'e o ufi pe a olo, e faigata ona asu ise ipu. Ae manaia lava o se tagata masani ona faaaogā uma lima e lua ma asuasu a'e ma 'apo'apo i luga ma faato'ulu ifo i le laufa'i. E iloa gofie le fetaui o le niu ma le ufi ona o le faigofie ona 'apo'apo a'e i luga. Afai e tele le pe'epe'e o le a faigata foi ona saposapo i luga. E tao faata'amilomilo i mea ai a'o le'i i'ofia ma'a o le umu. E manaia ae mu la'ititi faia'i valuvalu ma e manaia foi i le 'ai'ai fua, poo le ina'i ai ni mea a'i lelei. E manaia foi ae fai ai ni faia'i taoipu, poo faiai e tao i totonu o ipu popo.

O le Totōina o le Togaufi. Afai o ufi palai, lau palai ma le palai niukini, e tutusa o latou totōoga. E 'eli le lua pe tusa o le lua futu le lapotopoto ae futu ma le 'afa le loloto. La'u lea i ai oni laumea e pei o lau 'ulu, lau o laau poo mutia. Toe tanu lea i le palapala lea na sua mai i luga. Ia tanu ma soli ia maopo.

A toe ono inisi tumu le lua ona tuu loa lea i ai o ufi toto. Ta'i lua i le fa laufasi ufi i le pu'e ma ia o'omi faatau lelei fasi ufi i le palapala. Tanu faamapu'e i luga ma avatu ni ma'a e si'o ai le pu'e ufi. O isi foi faiga o le tu'u 'o se apa poo se maa mafolafola i le taele o le lua ae le'i tanua ina ia sosolo atu tolo ma gata ai le tupu i lalo ae sosolo i autafa e lelei e eli gofie ai ufi toe lapopo'a ai tolo o ufi. Ia sauni lelei ufi totō, afai o taiulu ia atoa se vaiaso o i luga ina ia mago le manu'a na fasi ese ai le tolo. Afai oni fasi ufi ia tusa ma le ono inisi le telē ma ia faamago foi ma se'i amata ona tatupu.

Faasosolo i laau tetele. O togāufi o palai e totō i tafatafa o laau tetele poo le niu, 'ulu poo le mago fo'i. E ala ona totō i tafatafa o laau tetele ina ia faasosolo ai i la'au ia. A oo loa ina tutupu ufi ona fa'atūtū lea oni la'au e faasosolo ai. E faatu le laau ma faalagolago i le laau ola ona sosolo ai lea o le tatupu o le ufi agai i le niu poo le 'ulu poo se isi lava laau. A taga'i atu e lē sosolo le tatupu i le la'au lea na faatu, ona avane lea o se pa fa'i e nonoa ai i le laau, a sosolo loa ave'ese lea o le nonoa.

Togaufi Tau. O ufi tau, e 'ese fo'i lo latou totoōga. E 'eli muamua se lua ona tipitipi lea o fasi ufi e ta'u o laufasi, e tusa ma le moto le tetelē. Ona tuu lea o laufasi i le lua ae ufiufi ise lau sului se'i mago le manu'a o fasi ufi. Pe tusa o le lua vaiaso ua amata ona tatupu o fasi ufi. Ona 'eli fo'i lea o pu e tasi le futu le loloto ma le futu foi le lautele. Ia laina lelei pu'e ufi i le sefulu futu le va. E taitasi fasi ufi i le lua ma tanutanu ae le faatumua le lua. O le va fo'i o laina pe afai e telē lau toga ufi e sefulu fo'i futu. Fau se fata e faasosolo ai ufi tau, a leai ta atu ni lala laau felefele ma paepae solo e sosolo atu ufi ma mau lelei ai i lala laau. E lelei le faiga lea i fanua e matagia, auā e maulalo le sosolo o ufi i lala la'au ma tau le afaina ai i matagi.

Upu faaaloalo na maua mai le ufi

O le Tautua a Leatiogie. O ufi ma momoi ufi na fai ai le taulaga tautua a Leatiogie i lona tamā o Feepō ona maua ai o faamanuiaga. O loo faamatala i le **Tusi Muamua**, lona mataupu e fa le tala i le tautua a Leatiogie.

E pei o ni ufi e tutupu o'u tino. O se upu e fai ona o ni manatu faaosofia i le fiafia ma le olioli. E pei o lenei, epei oni ufi e tutupu o'u tino ina ua vaai ia te oe la'u manamea.

Ua tulituli matagau le ufi a Sina. O le tala ia Sina ma lana ufi ma lona tuagane o Pili ma e faapea la le tala: O Sina o le teine Samoa sa nofo i le Tuifiti. A'o alu le teine i Fiti sa mulimuli atu ai lona tuagane o Pili.

O Pili e itulua e aitu toe tagata, o lea na mafai ai ona lafi i totonu o le ato laufala a Sina ae le'i iloa e Sina. A'o i luga o le vasa Sina ma le auvaa Fiti, sa tago atu Sina i lana ato laufala o lafi ai Pili ua liu i moo. Aua ete pisa ne'i iloa ta'ua ona faaoo lea o le oti ia te 'oe ma a'u. O le itu aitu o Pili sa ia leoleo ai lona tuafafine ne'i agaleaga i ai le Tuifiti. Ua moni lava le masalosalo o Pili auā na vevela loa le oge i Fiti, ona tuli loa lea o Sina e alu e fai se mea 'ai mo le Tuifiti, a leai ua fasioti. Ona alu loa lea o Sina i le tunoa poo le umu o le Tuifiti ua tau su'e ai se mea mata e fai ai se mea 'ai ma le Tuifiti.

A'o le'i agaleaga le Tuifiti ia Sina ua leva ona iloa e Pili le mea o le a tupu. Ua alu atu nei Sina ua nofo i tafatafa o le valusaga poo le mea e vavalu ai talo ua nofo ai ma tagi. Ae te'i lava Sina ua tupu a'e se mea i tafatafa o le mea o loo nofo ai. Ona tago lea o Sina i le 'asi sa ia 'u'u ua vavalu ai lenei mea ua tupu a'e i le eleele. Ua te'i si teine e vaai atu o le ufi. Ua fiafia nei Sina ua maua le mea e fai ai lana mea 'ai. Masalo sa i'ite le Tuifiti e iai se mana i lona toalua Samoa na ala ai ona faapea ona soona fai o Sina. Ua fiafia le Tuifiti i le faalifu ufi a Sina. Ua atili ai lava ona tuli o si teine i le umukuka.

Ua faigofie nei ona maua mea e fai ai saka a Sina, auā o le aso lava ma gagau mai se vaega o le tolo ufi ma fai ai lana saka. Ona maua ai lea o le alagaupu e pei ona ta'ua i luga. "Ua tulituli matā gau le ufi a Sina". E faapea foi se faamoemoe faifai umi o le aso ma le mea e fai, se gauga o le ufi se'ia oo ina taunuu le faamoemoe. Ona faapea lea o le upu: Sa tulituli matagau le ufi a le tamaitai, ae o lenei ua taunuu manuia le faamoemoe. O le ufi sa faatupu mai e Pili, na oo atu loa le gauga mulimuli o le ufi a Sina ae taunuu atu loa i le mea o i ai Pili. Ona faasola mai loa lea e Pili lona tuafafine i Samoa. O le isi uiga o lenei alagaupu; e tulituli lava se mataupu sei maua sona faai'uga lelei.

"Ua faaitiitia lava le tino o Pili ona o le alofa ia Sina". E mafua mai i le liu pili o le tama o Pili ona o le alofa ia Sina. Faatusa i ai se alii mamalu ua lē manatu ia te ia ona o le manatu i aiga poo Ekalesia, poo nuu.

E mana'o i le ufi ae fefe i le papa. Ona o le ufi e tiga le papa ae tupu ma ola ai lava. E ui lava i le mana'o e 'eli se ufi, ae faigata ona o le papa. E faatusa i se faafitauli faigata. Ua tele le mana'o ia maua se i'uga lelei, ae faigata ona e 'ese le tagata e pulea sea faai'uga. E pei o le talosaga a le loia i le alii faamasino. Ua tele lo matou manana'o ina ia magalo le pagota, ae mana'o i le ufi ae fefe i le papa.

O isi upu e maua mai le ufi

Tolo poo le 'i'o o le ufi. **Taiulu** poo le tatupu o le ufi faatasi ma fasi ufi. **Laufasi** poo fasi ufi ua vaevae e totō. **Afu-le-ufi** poo le mamae o lau. **Pu'eufi** poo le faamapu'epu'e o le ufi. **Sosolo le ufi** poo le a'e o le ufi i se laau.

O se Aoa'oga. Ina ia malamalama tupulaga i le aogā o le ufi i olaga o tagata Samoa, atoa foi ma tala na mafua mai ai.

O Fesili. 1. Faapefea ona fai le sofesofe? 2. Fai sau lisi o upu e te lē malamalama ai. Ia aumai i le aso tuaoi uiga o upu i lau lisi. 3. O a faamanuiaga na maua mai e Leatiogie mai ia Feepo? 4. O le a le tautua na fai e Leatiogie i ufi ma momoi ufi? 5. Faamatala le uiga o le Tulitulimatagau le ufi a Sina. 6. O ai se atunuu i le Pasefika e numera muamua ai le ufi i le faasologa o a latou taumafa? 7. O a taimi e tatau ona 'eli palai, lau palai, ma le palai niukini? 8. Aiseā e totō ai ufi e latalata i la'au tetele? 9. O a ni alagaupu ma ni upu tāua na faapogai mai le ufi? 10. Aiseā na fa'aiti'itia ai le tino o Pili, na faapefea foi ona fai? 11. Faamatala le totōina o le ufi tau. 12. E fia ufi tau ae o a foi lanu o 'i'o o ia ufi? 13. O le a le taimi e tatau ai ona 'eli le palai niukini?

Fesoasoani mo le Faiaoga. Aumai ni ituaiga ufi eseese e a'oa'o ai lau vasega. A leai ni ufi e te maua ona faatonu lea o le vasega e tofu mai ma le ituaiga ufi. O le palai e taufelefele aa, lau palai e molemole, palai Niukini e molemole ae tau lanu violē, ae o ufi tau e lapopo'a 'i'o ma e pa'epa'e le isi ae violē le isi.

O le Tāua o le ‘Ulu

Ou te fua i fuata, ta’i lua pe faatolu fo’i i le tausaga. E lē tigaina e vele e pei o maumaga, ae tasi so’u fuata ae fiu i toli ma taumafa. O lo’u ‘ulu aveloloa e fai ai taufolo, poo le fatumalemu. A pagupagu i tainifo o le toeaina ia puta ma mimiti le suasami ua ova e pei a malemo. O le maopo e faalifu mo tagata matutua, ae o le ma’afala o le ‘ulu a taulele’a ma tausala. O le puou o le ‘ulu a tagata lautele auā e lapopo’a toe fua tele. O le ‘ulutunu fo’i ae loiloi i le peepe’e, e te faalogoa se lagona uiga ‘ese.

O le Faiga o le Masi ‘Ulu. E tutusa le faiga o masi e fai i fa’i ma masi e gaosi i le ‘ulu. Pau le ‘ese’sega o le umi e tanu ai ma le gaosiga pe a tao le masi ‘ulu. E ‘ese fo’i le faiga i le amataga, o isi masi ‘ulu e vaevae, a’o isi e lafo atoa ‘ulu i le masi. E fua le umi ona faatali le laga o le masi ‘ulu i le telē o le masi ae pala le masi ‘ulu i le lua i le tolu masina. O le sua o le ‘ulu pe a pala e fai sina o’ona. E lelei ona fō i le vai ona fafao lea i se taga ma tautau e faamatū. Tautau i le po atoa ae faaaogā i le isi aso. E mafai fo’i ona fō i le vai, ona tatau faamatū lea i se taga ma faa aogā loa. E tutusa lava le taoga e pei o le masi fa‘i. E toe faamanatu atu le tāua tele o le ave’ese o le sua o le ‘ulu. O le mea lea e lelei ai le tautau, auā e faigata tele ona matū lelei o le sua o le masi ‘ulu pe a tatau.

O le Tu’iga ma le Fifiga o le Taufolo Sami

E toli mai ni avelolo ua matutua lelei. Ia i ai se isi e sapoa ‘ulu ina ia ‘aua le manu’anu’a. Afai e uma ona pusa le umu, ona faatali lea se’i ola lelei le umu ona tuu loa lea o ‘ulu i luga o le umu. Ia faasaga mata o ulu i lalo ina ia vave ona vela. Ia avatu ni pulu e faapulou ai ulu a’o tunu i le umu. Ao faatali i le vela o ‘ulu, ia sauni mai se pe’epe’e, ma le suasami. O aso nei ua faa aogā masima e fa’ao’ona ai le vai mo le taufolo, ae o aso anamua e asu mai lava suāsami mai le sami. O le mafua’aga foi lea ua faaigoa ai o le taufolo sami.

O mea e fai ai le taufolo. Ia i ai se umeke, po’o se tanoa fai mea ‘ai. Sauni ni fofo’e lapopo’a e fofo’e ai ‘ulu pe a vela. Ia sauni fo’i ni tau o le umu. Ia sauni fo’i se ‘autu’i o ni laau se tolu e fisi faamaa’i ona tatui lea i se esi moto po o se tama’i fua ose ‘ulu e pei o le maafala, o le ‘autu’i lena e tu’i ai ‘ulu ia malū pe a uma ona fofo’e. Afai loa ua vela ‘ulu, ona fofo’e loa lea. Mua’i sasa ‘ulu ise lau o le umu ia alu ese ni mea mu o pipii i le ‘ulu ona faatu lea i luga o se pulu faasaga i lalo le mata. avane se mea e afei ai le lima lea o le a ‘u’u ai le ‘ulu a’o fofo’e. Ia fofo’e faata’amilo. Ae mulimuli ona fofo’e ‘ese le vaega lea e ‘u’u ai le ‘ulu. Avane loa se laufa’i poo se lau’ulu mamā e ‘u’u ai le ‘ulu ae ave’ese pa’u‘ulu mai le mata o le ‘ulu ma le pito mū o le fune. Togi loa le ‘ulu ua mae’a ona fofo’e i le tanoa. O lona uiga o le togi ina ia pipii le ‘ulu i le tanoa ma tu’i loa i le ‘autu’i.

Tu’i taitasi ‘ulu. Ia avatu ‘ulu i le tanoa, ae ua iai fo’i ma le tagata e tu’ia le taufolo. O le sogaimiti e faia le galuega o le tu’iga o ‘ulu o le taufolo. Ia fai sana ‘ula ma le titi laufa’i atoa fo’i ma le fusi o le ulu. Ua i ai fo’i ma le taofi tanoa ua fai foi sana ‘ula laufai ma sona titi laufa’i, ma o ia fo’i lenā e i’o ‘esea fatu ‘ulu poo ni vaega fo’i o ‘ulu e lē lelei. E tu’i auaua’i ‘ulu ina ia malū lelei. Afai e uma ‘ulu ua malū ma faaputu i se pito o le tanoa ae aua’i mai pea ‘ulu e tu’i. E fua le aofa’i o ‘ulu e tu’i i le lapo’a o le tanoa. Afai loa ua lava ‘ulu tu’i, ona taumafai lea e tu’i faatasi ina ia tasi le tu’iga.

O le fifiga o le taufolo. O le taimi lea e fafano ai lima o lē na tu’ia ‘ulu ma sauni loa e fifi le taufolo. E mua’i sasa’a le suasami i le tanoa faatasi ma le tu’iga, o sami ia e fufulu ai le tu’iga ma fōfō faalaumiumi ai le tu’iga ma vaevae loa le tu’iga i io uumi. Sasa’a ‘ese lea o le ‘afa o le suasami fufulu, ae toe sasa’a atu iai se isi suasami, ona sasa’a atu loa lea ma le pe’epe’e. O le taimi lea ua tapisi ai lima o le fifi taufolo i le vaevaeina o puta o le taufolo. E ‘oti puta i le va o le lima matua ma le lima tusi, o le manaia o le fifi o le laiti ma lamolemole lelei o puta.

Si’i le tanoa ma faaumu agai i le fale o Matai. E le fifia ia uma i le umu ae na o nai puta, ae si’i loa le tanoa ma tuli ususū ma aga’i loa i le fale o matai. O le tagata lea na taofia le tanoa o ia lenā e si’ia le tanoa, ae ususū atu i tua le soga’imiti tu’i taufolo ma ‘u’u atu lau’ulu, o lau o le ma’opo.

E tu’u loa i lalo le tanoa i le itu i tua o le fale ae faaseuapa atu loa le soga’imiti, ma fifi le taufolo ma asu i lau‘ulu o loo ‘u’u faa’ofu’ofu mai e le sii tanoa. Pe tasi pe lua asuga i le lau‘ulu ma ave loa i le saofa’iga a matai, muamua i ē, e tatau ona muamua. E ‘u’u i le lima e tasi le ofuofu o le taufolo ae taumafa i le isi lima puta o le taufolo, ma mimiti faatasi ma sua o le taufolo. E te faalogo i upu a toeaiina: “Se ua malō le fifi, ia telē se sou loto ma ia outou manuia”. O upu ia e fia faalogo ai aumaga ina ua mautinoa ua malie le tapuaiga a matai o le nuu, auā ua to mai faamanuiaga.

O upu faaaloalo e fai i le taufolo o le ‘fatu malemo’ ona o fatu o le taufolo ua malelemo i le niu o le taufolo. Afai fo’i o fai se fono a le nuu o faletua ma tausi e faapena foi ona ave i ai se isi tanoa taufolo.

O le Faiga o le Taufolo Niu. E tutusa lava le faiga o le taufolo niu ma le taufolo sami. E faatoā ‘ese’ese lava pe a uma ona tu’i o ‘ulu. A uma loa ona tu’i ‘ulu o le taufolo niu ona fa’aaogā lea o le tu’i e paepae ai le tu’iga i autafa o le tanoa, pe tusa o le 2” le mafiafia.

A'o tu'i 'ulu, ae ua sauni atu fo'i le niu e pei lava ona tolo le niu o le faausi talo. Afai loa e uma ona tu'i 'ulu ma paepae i autafa o le tanoa ona sasa'a atu loa lea o le niu i totonu o le tanoa. O le vaevaega o puta o le taufolo niu, e vaevae i le alo o le lapalapa o le launiu. E sae mai le alo o le launiu ona fisi lea faamanifinifi, faaofuofu lea ma tipi ai puta o le taufolo. Afai loa ua uma ona tipi puta sa'eu ma afai ua fetaui ma le niu sii loa i le fale ma asu i lau maopo, poo mailo. E onomea fo'i le faaleo i le usu sū o se taule'ale'a.

O Mea Tāua i le Faiga o le Suavai 'Ulu. O le suavai 'ulu e le tele sona 'ese'esega ma le suavai talo poo nisi lava ituaiga suavai. E i ai nai tulaga faapitoa i le tapenaga o 'ulu mo le umu e faapea. Ona o 'ulu e leaga gofie (uno'oa) pe a palasi e tatau ai ona sapo lelei 'ulu ae maise lava o 'ulu i se mea gaoā. A vavalu 'ulu e faamata'osi muamua ina ia alu ese le apulupulu, ona faatoa valu mamā ai lea. O le faamata'osi o le vavalu pulepule le tino o le 'ulu ina ia alu le apulupulu. Ia vane ese ia le fune o mata o 'ulu. E ala ona vane mata o 'ulu auā o loo i ai se vaega o le 'au o le fune o le 'ulu, o le vaega lea e palapalā gofie ma e lē manaia ae laulau atu ae o i ai se mea e faaletonu faapea. O 'ulu lapopo'a e tai tofi lua, ma e faaaogā le to'ipua, ae le o le o'e poo le naifi.

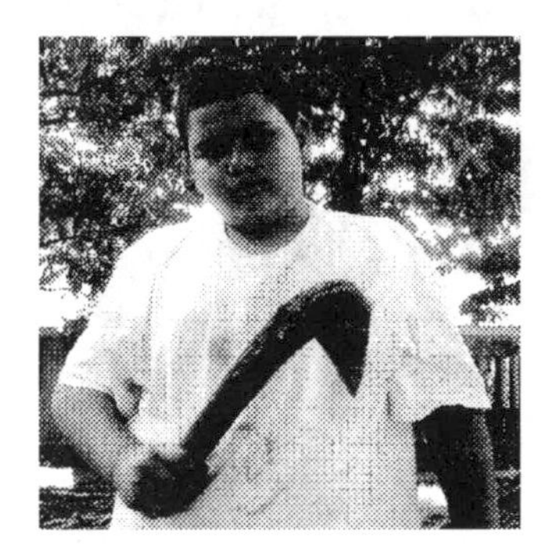

O le to'ipua. E fai i se laau magalua. O le vaega laititi tusa ma le futu e fai ma 'au ae ta faama'ai faalapotopoto le isi maga. O le maga lenā e tofi ai 'ulu .E i ai fo'i 'ulu e tao atoatoa auā le suavai a le faifeau ma le sua a le matai. O 'ulu ia e ta'u o taatoa, ae lē ta'ua o tao atoa. O taatoa ma i si 'ulu lelei e tao i le ogatotonu o le umu, ae pito i tua isi mea ai. O 'ulu pito i totonu pe a fue le umu e fue ai le suavai a le faifeau, ma le sua a le matai.

O 'ulu e i ai taulalo poo 'ulu ia o loo tautau pito i lalo e lē lelei i le taumafa, e i ai foi maualuga ma o ulu ia e i luga atu o taulalo. E le faaaogaina taulalo mo mea ai vagana ua leai nisi ulu, ae tele ina faaaoga mo mea i tuaolō. E iloa gofie le taulalo e lē matala 'ese le fune pe a totofi. Tiga le matua lelei o se taulalo, ae lē matala lelei lava le fune ae o maualuga e lelei i le taumafa toe matala lelei ia fune.

O le Totōina o 'Ulu. O 'ulu e masani ona totō faata'amilo i tuaoi o se fanua, ona e tupu tetele toe mafalā. E 'eli maulalo le lua ona sua mai lea o se tama'i 'ulu i le totō ai. A mae'a ona totō ona fati mai lea o se si'usi'u launiu ua fili ai. Faatali i le lua poo le tolu vaiaso ona ave'ese lea o le launiu pe a tatupu le 'ulu.

Totō ituaiga eseese. E manaia se fanua ona ola ai uma ituaiga 'ulu, pe ta'i lua pe ta'i tolu i le ituaiga, ae maise o ituaiga e mana'omia tele i le tausiga o aiga. Ona o 'ulu e fua 'ese'ese o isi e vave fua ae tuai ona fua isi 'ulu. O le mea lea e lelei le i ai uma o ituaiga i se fanua, auā e te 'ai 'ulu mai lava i le amataga seia oo i 'ulu mulimuli o se fuata.

O ‘ulu taatele ma man’omia o le maafala ma o le ulu lea e muamua lava faaaogā i se fuata. O le puou le isi ‘ulu taatele ma o le ‘ulu autu lea o ‘ulu i le atunuu. O le maopo o le isi ‘ulu e aogā tele i taumafa a tamā ma tinā matutua. O le maopo foi e faaumiumi lava ona fua, e mae’a lava se fuata ae maua ai lava nai ‘ulu. O le uiga lea o le ‘ulu mo le aumatutua. O le aveloloa ma le ‘ulu ma’a o ‘ulu ia mo taufolo poo tunu ‘ulu pe a le faia se taufolo. E tunu ma le pa’u ona taumafa lea ma se pe’epe’e. O le sagosago ma le moemoelega o isi ‘ulu lelei tele mo le fai ai o faalifu auā tiga ona e pei e moto ae felega i le faalifu. E iai foi ‘ulu manu’a e taatele i Manu’a ma le ‘ulu Uea. E i ai foi le fiapuou ma le fia maafala ona o ‘ulu ia e foliga i le maafala ma le puou ae le ni maafala pe ni puou mao’i. E i ai foi le ‘ulu aoa, auā e pei lava o le maualuga o le aoa le maualuga o lea ‘ulu.

‘Ulu mafuli i matagi. Talu ai ua a’afia soo Samoa i matagi malolosi ma afā ua mafuli gofie ai le tele o ‘ulu, o le fautuaga lenei e togafitia ai ‘ulu mafulifuli: Afai o ni ulu laiti ae ono faatutu, ona ‘eli maulalo lea o le isi itu ae taumafai e faatu ma faase’e i ai le ‘ulu. Ave’ese le tele o lala ae maise o le tumutumu, ae tuu na o ni lala e toe ola ai le ‘ulu. Avane ni laau e te’e, poo ni maea foi e taofi ai.

Afai o ni ‘ulu tetele ma e faigata ona toe faatutū, ona aveese uma lea o lala ae faasao se lala se tasi e lata i le tafu’e ma o lea lala o loo tusa’o i luga. Ua lava le lala lena e toe ola ai le ‘ulu, ae pau le mea tāua o le ave’ese o ni aa ua afaina ae toe tanu faatumu le tafu’e o le ‘ulu. Afai e toe ola le ‘ulu i le lala lena e tasi, e le toe tupu tele i luga, ae ola ma fua maulalo ma ua mausali ma lē a’afia tele i matagi. O ‘ulu ia e matuā fuifui i taimi o fuata.

O le aogā o oga’ulu. O oga’ulu matua pe ua taia e fai ai fau o fale tetele ma afolau. Afai o ni oga’ulu e taia ma matua e tele ni fale e fai ai, auā e pala le fale muamua ma lona lua ma lona tolu fo’i o mafai lava ona faaaogā ia fau. E iloa le oga’ulu taia ina ua vavae se oga’ulu ma vaaia ua amata ona liu totonu mai le pa’epa’e i le ‘ena’ena malosi o lona uiga o le ulutaia. Ua ave foi lenei upu o le ‘ulutaia e faasuafa ai se tamā poo se tinā ua matua ma ua sinasina le ao, se tasi sa iloga i upu fai o le afio’aga. Ua ave foi i se tu’ua poo se faifeau matua o le Ekalesia. Ona faapea lea o le upu “O ia o le toe ‘ulutaia” i totonu o lenei afio’aga. O lala mamago e ula ai ila o tamaiti. E tutu i le afi le pito e tasi ona feula lea o le asu i le pu o le lala’ulu aga’i i le ila. O ogā’ulu fo’i e fai ai uto o upega, ona o le māmā ma lē palagofie.

Upu Faaaloalo maua mai le ‘Ulu

Ua ai ‘ulu tuana’i Taisi. O aso o le vaivai o le tamaoaiga o le atunuu, sa taumafa ai taisi masi auā e umi ona tuu. Sa tofu le aiga ma tāuga masi e tautau io latou tunoa. Ae a oo i aso o fuata, ona vave lea ona faagalo nai taisi poo tāuga. Ona maua ai lea o le muagagana: “Ua ‘ai ’ulu tuana’i taisi.

Togipa tau i le ‘ave. O le ‘ulu na togi i le pa i Ulutogia e le tautai o Pou’alae ona tau ai lea o le lave o le pa i le ‘au poo le ‘ave o le ‘ulu. O Ulutogia o le nuu i Aleipata i le va o Vailoa ma Satitoa. Ona o le mea na tupu i le tauvaga na maua ai le igoa o le nuu. E faaaogā i lauga e pei o lenei. Ua togi pa tau i le ‘ave le faamoemoe i le alofa o le Tamā i le lagi.

Se’i mua’i lou mai ‘ulu taumamao. O le masani a le atunuu, e muamua toli mai ‘ulu mamao ae faapelepele ‘ulu i tafatafa o le fale. O le isi uiga ia faaaoga mai ni mea o mamao ae faapelepele mea lata auā taimi faafuase’i.

E sau le fuata ma lona lou. Ona o le vava mamao o fuata, e oo mai le isi fuata ua le aogā le lou sa faaaoga i le fuata talu ai. O lea sa toe fai ai se lou mo le fuata fou. O lona uiga ia sui le faiga e talafeagai ma mea ua tutupu. Poo lea foi: E ‘aua le aumaia tulaga tuai e fai a’i se mea ua tupu fou. A ia tofu le fuata ma lona lou.

O le maualuga o le upu faaaloalo e ave i le ‘uluvela pe a folafola i se toona’i ma faatasiga faitele ona faapea lea. Ua i ai foi ma maualuga ma faiai.E folafola faiai auā e leai ni palusami e faia i suavai ‘ulu, ae o le faiai fua lava.

Sasa solo faalou lē magā. E faatusa i le lou ua gau pe ua leai foi se maga, ona sasa solo ai lea o ‘ulu i le lou ma afaina ai isi ‘ulu ma isi ma’ave’ave. E faatatau i le tagata soona fetautaua’i ana faiga ae leai se tonu mautu, poo se tautalaga foi e leai se manatu lelei o maua ai. Ia tuu sa’o le fetalaiga i le mtaupu o talanoaina ae ‘aua le sasa solo faalou lē le magā.

Faa’ulu toli i le gaoa. A palasi le ‘ulu i le gaoa e manu’anu’a, pe pala ma le aogā e taumafa. Upu faanoanoa pe alofa foi. O se faamoemoe ua le taunuu ua faatusa i le ‘ulu e toli i le gaoā.

Ua sāia fua le ma’ave’ave lē fua. Ua afaina fua le ma’ae’ave e lē o fua, poo le lavea fua o le isi ma’ave’ave i le lou ae lē o fua. Faatusa i le afaina fua o se isi i se faalavelave ae le’i auai. E tutusa ma le upu: Ua afaina fua ae le’i fai misa.

O le mafuli a le puou. O le puou o le ‘ulu e sili ona taatele i le atunuu, ona o le natura o le puou e tatupu gofie mai i ona a’a. A mafuli le puou i se matagi, e lē taumate ona toe tatupu mai i ona a’a. Afai foi e mafuli le puou ae tapu’e sona lala o loo tu sa’o i luga, o le a avea lenā lalā ma ‘ulu e sui a’i le puou mafuli, ma e lē gata ina fua lelei, ae lē tupu maualuga ma lē afaina gofie ai i afā.

O isi upu mafua mai le ‘ulu

Lou o le laau maga e toli ai ‘ulu. **Ma’ave’ave** poo lala laiti. **Maualuga** o le upu lautele e ave i le ‘ulu. **Taulalo** o le ‘ulu e pito i lalo. **Taualuga** o ‘ulu tautau i luga atu o taulalo. **Fuata** o le vaitaimi e fua ai ‘ulu. **‘Ulupē** o le ‘ulu ua pala. **Fune** o le ‘au o loo mau ai le ‘ulu. **Aputi** o le ufi o le ‘ulu faatoā fotu. **Toga’ulu** o le faatoaga ‘ulu.

O se Aoa’oga. Ina ia malamalama tupulaga i le aogā o le ‘ulu i le olaga o Samoa. O se taumafa e lē tigaina e vele pe sasa ae tupu olaola ma fua mai i ona fuata.

O Fesili. 1. O le a le fatumalemo? 2. Faamatala le tala: a’i ‘ulu tuanai Taisi. 3. O le a le itu ‘ulu e tāua poo ‘ulu atoa, aiseā? 4. O le fuata ma lona lou, o le a le uiga? 5. Fai sau lisi o upu e te le malamalama ai. 6. O a ‘ulu e fai ai taufolo, o ai e fifia le taufolo? 7. O le a le mea e faaaogā e poilua ai ‘ulu lapopo’a? 8. O le a le ‘ulu e mua’i tofo ai le fuata, ae o le a le ‘ulu e faamulimuli i ai le fuata? 9. Aiseā e leaga ai ‘ulu e toli i le gaoa, ma o le a sona faatusa? 10. Mua’i lou mai ‘ulu mamao, o le a le uiga ma aiseā. 11. O a ‘ulu e lē matala lelei fune? 12. O le a le mea e vage ai mata o ‘ulu? 13. A fu’e le umu o fea e fu’e ai sua a le matai ma suavai a le faifeau?

Fesoasoani mo le Faiaoga. Fai se aso e asiasi ai ini toga’ulu ma faamalamalama i le vasega ituaiga ‘ulu eseese. I lea lava asiasiga faatonu se isi poo le tagata e ana le toga’ulu e faata’ita’i i le vasega le tōtōina o le ‘ulu. E lelei foi le tapena mai ai ma ni ‘ulu e fai ai se tunu ‘ulu poo se suavai ‘ulu.

O le Tāua o le Niu

O le laau o le niu o se meaalofa a le Atua ia Samoa auā ose laau ua atoatoa i ai mea uma mo le soifua o le tagata. Ua atoa i ai le aano e taumafa ai; o le suaniu e inu ai. E mafai foi ona fau ai se fale i oganiu ma malu ai i ona launiu ma aulama. O le aano o le popo e maua ai suauu e u’u ai pe a fai se lolo. E malamalama foi pe a faamumū se tui popo mago, pe tafu foi se afi ipu pe tutu foi se fusi aulama. E saili ai foi le tamaoaiga i le faatau atu o poo mago, pe gaosi ai foi ni suau’u ma faatau atu i atunuu i fafo. E fiafia foi fanau laiti e taaalo i polo e lalaga i le launiu e saposapo pe fai ai se lape. E lē alu foi se tupe e faatau ai pe’ape’a auā e lalaga lava i le launiu. E lē tau sue’a se pulou poo le pulou taumata poo le pulou atoa e mafai lava ona lalaga i moemoe o launiu. E aogā foi pulu o popo e fai ai pulu taele, e tatau ai foi le pe’epe’e pe valu ai foi le mageso. Soo se vaega o le soifua o le tagata ua maua uma i le laau o le niu.

O isi aogā eseese o le niu. E tele fo'i le aogā o i si vaega o le niu i le soifua o tagata Samoa. E aogā le moemoe e lalaga ai ola fagota a tagata seuseu i luga o papa poo le aau. E lalaga ai fo'i ola tetele e ta ai palolo. E faapenā fo'i ona lalaga ai ili e tapilipili ai i aso vevela. O le ta'ale fo'i o le niu e fai ai oka ma salati. E ta'u lea vaega o le "heart of palm". O launiu e lalaga ai laupola e ato ai faleo'o ma tunoa.

E lalaga ai fo'i 'ato; o 'ato fu'e umu, o 'ato sali popo ma 'ato e amoga mai ai fua o faaele'eleaga mai le maumaga e ave i le fale, ma isi lava ituaiga ato 'ese'ese. O launiu fo'i e taualuga ai fale samoa, ma lalaga ai polavai e fola ai fale. Ae lē galo ai le aogā o le tuaniu. O le salu tu ma le salu lima o mea aogā e faamamā ai fafo ma fale o aiga. A ulavavale fo'i tamaiti o si salu lima lava e tapa i ai le tinā o le aiga.

A fai ni teu e tapā tuaniu e mau lelei ai fugala'au e fai ai ni teu manaia e pei o fua o le aute. E aogā aulama e lalaga ai pola sisi. O aulama fo'i e tutu ai afi, ma sulu ai le sami i lama savali. O 'aulosoloso, o taume, pulu ma ipu e tafu ai afi. O ipu popo e valuvalu faaiila auā e tautū ai agatonu a toeaiina, ma asu ai fo'i vai. O ipu popo foi e fai ai tupe o le taulafoga, ona atoa ai lea o tupe i le fafao. O faamau foi o ofu, o taulima ma selu, e sivasiva ai pe a pa'o faatasi, poo le ufiufi ai foi o atualuma o tamaitai ma temeteme solo.

E utu ai vai. O taulua vai e ave ai vai e palu ai agatonu ma feinu ai. A'o le'i oo mai 'apa ma pakete, o taulua vai sa utu ai vai taumafa. E vili isi mata e lua ma tui ai le 'afa e fai ma ta'ita'i ona tautau faatasi lea ni vai se lua ma maua ai le igoa o le taulua vai ae a tolu o le taufui vai.

Tulaga e tuu ai tauluavai. E i ai le tulaga i totonu o maota e tuu ai taulua vai. E masani lava ona fai i itu tua o le fale i se vaipou. E lua laau e tutu'i faafesaga'i i le vaipou, ona vane lea faaofuofu itu i totonu o laau faatatau ia nofo lelei ai tauluavai. E ta'u la'au ia o le sasaga, ae o le utuga vai e ta'u o le taufa. Ona maua ai lea o le isi muagagana.

Ua mapu i sasaga le utugā taufa. E masani ona amata ai lauga a faleupolu e tali ai le fetalaiga ua opea i le malu. O lona uiga ua mapu i sasaga le utuga taufa, pe ua mapu i maota fetalaiga o le taeao. Pe faapea foi ia mapu ane ia i sasaga le utuga taufa i lau fetalaiga se ua avea ma ositaulaga i le paia o le faiga malaga, ae se'i ou liliu ane e saili se perofeta e faa-le-agatonuina le fetalaiga.

Tafu ai afi. E le gata fo'i i lea ae tafu ai afi, tunu pa'u ai le moa moepiilima, pe faatumu ai le āuli i malala 'a'asa. O ogāniu e fai ai pou o fale, e fai ai fo'i ma 'aso ma so'a o maota ma laoa pe a matua lelei ma taia. E leai se mea e lē aogā o le niu, e oo i muia'a ma laua'a e fai ai tala. Le 'afa e fau ai fale ma mailei ai le fili o le sami faapea ma mailei puaa. A leai se 'afa ua leai fo'i se lepaga, ua leai fo'i le togi o le moa ae u'u le 'afa. Ua finau maua'i lava le niu o ia e sili ona o le tele o lona aogā. E malu ai, e ma'ona ai, e inu malie ai, e sulu ma malamalama ai, e pulou ai, e ta'alo ai, ta'ele ai ma su'e tupe ai. E a'au ai i taulua popo e pei o le tala e fai i Manono.

O le faiga o le Samilolo. E fai i le niu vai. O niu sili ona lapopo'a e toli ae le'i liu popo poo niu sasami ua amata ona malō le aano. Afai e uma ona taumafa le sua ona utu faatumu lea i le suasami. Fai se momono i se pulu ona tuu lea i se mea maualuga e le sao i ai ni tamaiti. Afai e iloilo atu i le lua poo le tolu vaiaso ua pala le aano ona sasaa ese lea o le afa o le suasami ae lūlū ia ta'ape lelei le aano ma fefiloi ma le suasami. Ona sasa'a lea i se ipu ma loiloi ai fa'i, 'ulu poo talo foi ma taumafa. E 'ese foi si ona manaia. E lelei fo'i ae 'ofu ai ni palusami. E mafai ona toe momono ma tuu lelei mo nisi aso. O niu ia e fai ai taulua vai pe afai ua uma ona taumafa le samilolo.

Faifeau Aisoli Iuli

O le aogā o le Niu'afa. O le niu'afa o le niu e fili ai 'afa auā e u'umi ma sasa'o ona muia'a. O le niu 'afa e lē taufuifui ona fua ae tasi i le tolu niu i le fuifui. A oo ina popopo niu ona toli lea ma sasa. O le matāfaioi lea a matai e fili 'afa auā le fafauina o 'oe poo naifi, fafauina foi o salutū, sisi pe tautau ai pola ma isi lava galuega i totonu o aiga e faaaogā ai le 'afa. E aogā foi 'afa i galuega tetele e pei o le fausia o maota ma laoa. O le 'afa e fafau ai fau o maota ma laoa, o 'aso ma faulalo poo le amopou, e fafau ai foi ulu o pou. Afai o se maota o se alii o le nuu e sao 'afa matai e fesoasoani i le alii auā le fausiaina o lona maota. O 'afa tetele e taata'ai i 'afa lapotopoto ma taa'iga la umiumi, ma e ta'u ia 'afa o 'afa tagai. E 'ese'ese lava le mafiafia poo le tuaiti o 'afa e faatatau i galuega e faaaogā i ai. O 'afa e nonoa ai moa faatau moa e tuaiti le filiga e faatatau ia 'aua le faigata i le toa ona tau'ave se 'afa matuatua.

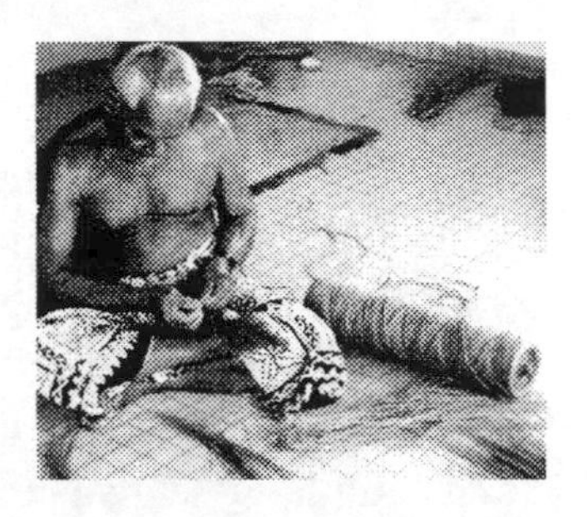

Fai se taomaga i le sami. Afai e le sasa matā ona fafao lea i se ato poo ni ato sautualua, saisai lea ia mau lelei ma ave i le sami e tatao ai. O lona tolu o vaiaso e lelei ai ona laga lea ma sasa, auā ua malū ma sasagofie. E tuu i luga o le mea sasa'afa poo le sa'afa ina ua uma ona ave'ese le pa'u o le pulu, ae sasa i l uga o le sa'afa faaaogā ai le malaise poo le laau sasa 'afa. E sasa ia alu 'ese le penu 'afa ae totoe tau o muia'a, ona nonoa lea faalelei ave faala ma sauni e fai ai faata'a ma fili ai loa le 'afa. E tolu faata'a e fili fegauia'i, afai e pu'upu'u faataa ma toe faaopoopo atu se isi faata'a ina ia tutusa le mafiafia o faata'a e tolu i taimi uma, auā a laititi se faata'a ua lē tutusa le malosi o le 'afa.

O le aogā o le 'afa. O le 'afa foi e fai ai sele o malie i tiugā malie poo lepaga. O le 'afa foi e fai ai la o vaa, ae maise o alia poo vaa taumualua. A malū le sami ua faatu ma sisi le la fala, ae a sou le vasa ua faatu ma sisi le la 'afa. E masani ona fetalai faleupolu. Se faatu la o le savili, o lona uiga ia faatu le la 'afa. O lona uiga foi ia mata'ala i taimi faigata.

"Po le fala ma feula le mulila ma ta le la 'afa" o le galuega a tagata tapua'i i se folauga. O le ta o le la 'afa i le foetauta e faaalu le susu i timuga poo le sousou o le vasa, ae po le fala i lima i taimi o le malū. E po le la fala i lima ina ne'i masae, ae ta le la'afa auā e malosi. E tai tutusa lava le galuega o le ta le 'afa ma po le fala ma le ta liu o le vaa. O galuega uma mo le saogalemū o le folauga. O lea foi e fai i ai le isi muagagana.

"E ta liu le tauta ae popole le tautai" e faatatau i le ta liu o le foemua ae popole le tautai pe a sousou le vasa. E faaaogā fo'i e se failauga o loo sauni e fetalai poo se isi o loo taitai i se sauniga tele. O le upu faaaloalo e faailoa ai lona agaga maualalo ina ne'i le tutusa lona tagata ma le galuega o loo feagai ma ia. E i ai tulafono a toeaiina e puipui ai le niu'afa: E sa ona susunu se vaega o le niu, e oo i aulama, lapalapa, aulosoloso, o taume, o pulu, o ipu ma soo se vaega o le niu'afa. E mafai ona faaaogā launiu mo ato, poo salu ae ia 'aua lava ne'i susunuina se vaega o le niu. Fai mai latou e aga'i ina laiti fua, auā a laiti fua ua le lelei foi muia'a e fili ai 'afa. Ata la'ia ae fai mai le isi muagagana: e lē salā upu mai anamua.

Satia e iole 'afa. O 'afa Samoa e malosi, e le pala gofie foi pe a susu. E pau le fili o le 'afa o iole poo isumu. O tagata fili 'afa ia faaeteete ne'i lalaoa aao ma satia gofie ai 'afa e manu faalafuā o isumu. O le isi lea amio a tufuga ae lē o tufuga uma tulou lava. Ae i ai nisi a lē malilie i le taufalemau ma le aiga ona fafau lalao'a lava lea o fale ina ia satia gofie ai.

O le Faiga ma le Vauga o le Vaiasalo. E fai i niu ua mamata lelei, sae mai le alo o le launiu ma vau pei se tauaga, ia iai se umeke poo se tanoa faimea 'ai. Ta'e sua o niu i le umeke ma sali i ai aano o niu. Faa aogā lea o le tauaga fai i alo o le launiu poo alava ma vau ai aano o niu faatasi ma le suāniu. Ia vau malosi ina ia toto'o, ona tatau ese lea o aano o totoe. Sasa'a i se 'ulo ma tunu faapuna ma lulu i ai se masoā. Afai loa ua toto'o ma vela lelei ona asu loa lea i le saofaiga. Faaaogā ipu o niu o le vaisalo e asu ai.

Mea'ai a le failele. O le vaisalo o le mea'ai muamua lea a le failele, ina ua faatoā fanau le pepe. O le tamā o le pepe e lē toe alu mamao, ae faatalitali e tope le vaisalo i le taimi e ola ai le failele. Oi! Talofa i se tamā pe a lē iloa a'e i le niu ma lē iloa fai se vaisalo, auā e le gata ina fai lona luma i le aiga o lana avā ae fai i ai ulaga a taulele'a ma fafine: "Ae o le a lava le fia fai avā ae le iloa fai se vaisalo."

Taumafa se Puaa Niu. E tita'e le niu, inu sina sua ona faatofu lea i ai o le lima matua ma sali le aano o le niu, ma 'ai ae inuinu faatasi ma le suāniu. O se mea 'ai manaia i le taimi o le vevela o le la. E ala ona ta'u o le puaa niu ona e pei lava o le vaneina o le manava o le puaa pe a faavai le vaneina o le niu i le lima matua. O niu e le popopo, ae ua anoa e lelei i le puaa niu.

O le Faiga o le Faia'i Fua. O faia'i fua e fai i le pe'epe'e. Faa'ofu'ofu laufa'i laulelei ae asu i ai le peepe'e ona ofu lea faalaumiumi i luga. Ona aumai lea o ni lauti lautetele ma tapeleni ai. Avane lea o se mea e nonoa ai luga. E tao i lalo faiai i autafa o talo ma isi mea 'ai aano. E fai foi faiai taoipu, e faatumu ipu popo ia na valu ai le pe'epe'e ona tao faasaga tonu lea i luga o maa pe a tao le umu.

O le Faiga o le Niu Tolo. O le niu tolo na fai ai vai faatafi anamua. E aumai fo'i le pe'epe'e ma tuu i se 'ulo ona tafu lea faapupuna ona sa'eu lava lea se'i usi. Afai e usi lelei le tologa ona alu ese lea o le usi alu ese le penu, ona utu lea o le usi mo vai faatafi a tamaiti ae 'ai e tamaiti le penu.

O Igoa o U'u a Samoa

1. O le u'u a tamalii o le ififi ma le asi. 2. O le u'u a le taupou o le mumuta ma le moso'oi 3. O le u'u a le manaia o le mafoa ma le ma'ali. 4. O le u'u a le tulafale o le fagu'u Samoa.

O le Lolo Faala. A fia fai se lolo mo ni faguu mo le aiga e amata i le pe'epe'e, ona tuu lea i ai o fugalaau manogi e pei o le lagaali, moso'oi, ma le ififi. Ave lea e faala sei usi ma liu suau'u ona aumai lea utu fagu. E ta'u le mea atoa o le lolo. E fai ma sui i le isi foi peepee ma ave foi faala ma utu. Ia faaeteete aua ne'i timuia, auā a timuia ua lē manogi ae ua namu huuhuu! Ia 'aua foi ne'i faaaogaina ni popo ua tatupu ma popo mataali auā e lē manogi lelei ai foi le lolo.

O le lolo tatau. Afai e fia maua ni fagu'u se tele e faatau atu, poo se vaitaele o le taupou i lana faaipoipoga ona fai lea o se lolo tatau. E valu ia tele ni penu, pe tai alu ai le selau popo. Aumai foi lea o fugalaau manogi i le vau faatasi ma penu, ona ave lea faala. Pe lua i le tolu aso mūgāla lelei ma ua mago lelei penu faatasi ma fugalaau manogi ona sauni loa lea e tatau le lolo.

E tatau le lolo i le fala e lalaga i le 'afa poo le fala e lalaga i le fau. O le fala e su'i e tusa o le futu ma le 'afa le lautele ae sefulu futu le umi. Fofola lea o le fala ae faatumu i penu o le lolo. Tā'ai loa lea ma nonoa i nonoa o loo pipii i le fala. Nonoa foi lea o pito o le fala i ona foi nonoa, tautau loa lea i se laau e fua le maualuga ia gata i le lua futu mai le 'ele'ele le pito i lalo o le fala. Tui ai lea o se laau malosi ma le mamā ae milo ese toalua. E tafe mai le suauu ae talitali atu ese apa telē. E milo ma tatau ia uma penu o le lolo, ona ave loa lea ua utu ma teu mo se faamoemoe poo le faatau atu foi.

O le Totōina o le Togāniu. O le mea tāua i le toganiu o le totō na o niu lapopo'a ma mafiafia o latou aano. E lelei le alu o le tautiga e totō ai niu a'o niu e te fiafia i ai i le lumana'i, ae leaga le alu o le taimi e fai ai le toganiu, tausi i tausaga e tele ae fua laiti, toe manifinifi o latou aano.

Iloilo niu fua lapopo'a i lou fanua, ona faamili lea se'ia lava ma a tatupu loa tusa o le futu i le lua futu ona e sauni loa lea e fai lau toganiu.

Fua ia sasa'o laina. Ia fua laina sasa'o ma tu'i la'au i le 30' le va o niu i le laina, ae 30' fo'i le va o laina ta'itasi. A'o tu'i ma fua le va i laina ma va o niu, ae amata ona 'eli pu niu i le futu le maulalo o lua. A'o le'i uma ona 'eli o pu o niu, faasolo mai le totōoga o niu. Totō na o niu lelei ma fua lapopo'a toe fuifui.

Tolu mea e filifili ai niu lelei e totō. Ia mafiafia aano o popo, ia lapopo'a fua o niu, ma ia taufuifui. Ia faamamā fataamilo lalo o niu, ae sasa le vai niu.

Faatata'a ai povi. Afai e mana'o le faifaatoagā niu e tuu i ai ni povi, ona mua'i totō lea i vao lelei e a'ai ai povi. Fesili i le Vaega o Faatoaga mo se fesoasoani i ni vao lelei, ma o le taimi fo'i lenā e si'o loa i le uaea.

Taimi e tuu i ai povi. Faatalitali se'i ola lelei vao e a'ai ai povi ona tuu loa lea i ai ni povi. O le tulafono o povi, e tasi le eka e ola lelei ai le povi e tasi. O lona uiga afai e sefulu au povi, e sefulu fo'i eka o lou fanua, ona fai lea o ni poloka se lua. Faatata'a uma lea i le poloka e tasi ma fesuia'i i poloka e lua.

'Aua le tuu umi i le poloka e tasi. E leaga le tuu umi i se poloka auā e vave ai ona pepē le vao. E lē lelei le tasi o le poloka, tusa lava pe tutusa le fuainumera o povi ma le aofa'i o eka auā o le a 'ai pe ai lava le vao, peita'i a lua pe tolu ni pa, o le a faigofie ona ola lelei o le vao pe a fesuia'i.

O le Tala i le Faia'oga ma le popo paū po. Sa i ai se faia'oga i lo'u nuu na faatonu se tama a'oga e aumai le popo faatoa paū ae o le po, pe tusa ua ta le 9 i le po. Ona faatonu lea e poilua le popo. Ua usita'i le tama a'oga ma vetelua le popo, ae leai se aano poo se sua ae na o alualutoto. Sa mama'i tigaina le faia'oga ma le tama a'oga, ae na vave ona togafitia e fai vai Samoa ma toe manuia ai. E lē salā upu mai anamua.

Upu faaaloalo na maua mai i le Niu

O le aso ma le filiga o le aso foi ma le mata'inatila, poo le aso ma le filiga 'afa, o le aso ma le mata'igatila. O le alagaupu e fai i le filiga 'afa a toeaiina e fili ma matamata i le sami poo folau ane ni sa poo alia i le vasa. Ona tuu lea o le filigā 'afa ae fai le matamataga i vaafaila. Ona maua ai lea o le alagaupu: O le aso ma le filiga o le aso foi ma le mata'igatila. Tai uiga faatasi ma le upu. O le aso ma le mea e fai ai o le aso foi ma le mea e tupu ai. E sau foi le aso ma ona faiva, o le aso foi ma ona lelei, o le aso foi ma ona leaga.

E leai se niu e falala fua e falala lava ona o le matagi. O le niu e falala i soo se itu, ae matele lava ina falala aga'i i le sami. O le manatu o tagata, e ala ona falala le niu ona o le matagi. O le uiga fo'i lea o le alagaupu, e iai lava le mafua'aga i soo se mea. E leai se mea e tupu fua, e leai fo'i se niu e falala fua.

'Aua le tufia le popo e paū po; e masalomia le popo e paū i le po, faapea o le popo e toli e aitu. E i ai nisi ua lavevea ai i lo latou tufia o popo e pauū i le po. Auā o le atoaga o le alagaupu e faapea: E i ai le pese masani. Ua uma ona ou fai atu e 'aua le tufia le popo e paū po, e ui ina lololo ma suamalie, ae o le popo a satani e. 'Aua le tofotofo i mea e sa ona fai, auā e suamalie i le gutu ae oona i le manava.

Ia paū tonu le fuiniu i lona lapalapa. O fuiniu e tofu ma le lapalapa e tatau foi ona paū tonu le fuiniu i lona lava lapalapa. E faatatau i se tautalaga a se tagata ua le paū tonu i le tagata e tatau ona aafia ae ua faasaga ese le tautalaga.

Se'i mua'i totō le niu i le tuaoi. O le niu sa faaaogā ma o loo faaaogā pea i aso nei e faailoga ai tuaoi o fanua. Upu e fai i lauga. Se'i mua'i totō le niu i le tuaoi. O lona uiga se'i muamua ona tapui paia o le aso. Ona faapea lea ua uma ona totō le niu i le tuaoi e pei ona saunoa i ai lē ua fai ma taitai o le faatasiga. E lē o se niu ae o tuaoi tagata ma mamalu 'ese'ese ua aofia i se faatasiga.

E togi le moa ae 'u'u le 'afa. O le 'afa e 'u'u e le tagata ae togi le moa e faatau ma isi moa, ae maise o moa aivao. Faatatau i le tagata e foa'i se mea ae manumanu, pe tu'u se isi vaega.

Se'i sisi ma faatū le la o le savili. O le la e lalaga i le 'afa e faatatau i ai le la o le savili. A sou loa le vasa ona faalogo lea i le tautai ua faapea mai. Se'i faatu le la o le savili. E fai i le la fala le isi alagauupu.

E po le fala ma ta le la 'afa. O le tapua'iga latou te po le la fala pe a malū ae ta le la 'afa pe a sousou le vasa.

O le aotelega e faapea. "A agi le fisaga sisi le la fala, a lutaluta ma sousou le vasa faatu le la 'afa".

Aua le faapei o se popo tafea. E faatatau i le tagata e le mau i se mea e tasi ae maumausolo pei se popo tafea.

O le vailolo poo le su'iga. O le igoa faaaloalo e ave i le niu, ae maise o niu e ta'i ai faatamalii.

O isi upu na maua mai le niu

Popo fua ua matua. **Niu** fua ua mamata. **Musu'i** fua e le'i mamata ae ua malili. **Aile** fua e malili o loo laiti **Niumamata** o le niu ua lelei mo le taumafa. **Niusami** o le niu ua amata ona liu popo. **Niumalili** o le niu paūgofie. **Taume** o le ufi o le fuiniu. **Fuiniu** o lc fuifui o niu. **Aulosoloso** o le 'au e fuifui ai niu. **Launiu** o le lau niu mata. **Aulama** o le launiu mago. **Tuaniu** o le 'au o launiu taitasi. **Lapalapa** o le 'au o le launiu. **Laupola** o le lau e ato ai fale. **Polavai** o le pola e fola ai fale. **Tapa'au** o le ta'u a Manu'a i le polavai. **Polasisi** o pola e sisi e puipui ai fale. **Taualuga** o launiu e lalaga faapolavai e pito i luga o fale ina ua uma ona ato. **Ipuniu/ipupopo** o ipu o le niu poo le popo. **Pulu** o le vaega i fafo o le popo. **Muia'a** o le vaega tuaiti o le pulu e fili ai 'afa. **Laua'a** o le ufi o le lapalapa o le niu. **Penu** o popo ua uma ona valu. **Peepe'e** o le sua o le popo ina ua uma ona tatau. **O'o** o le amataga o le tatupu o le popo. **Niutotō** o le niu ua oso le tatupu ua fetaui i le totō. **Niulalau** o le popo ua tupu tele. **Iofi** o le vaega o le lapalapa e i'o ai maa vevela o le umu.

O se a'oa'oga. Ia malamalama tupulaga i le tele o aogā o le niu i le olaga o tagata Samoa, e le gata i le faaogā i mea taumafa, ae sa aogā e su'e ai le tamaoaiga ma ato ai fale i laupola ma isi lava aogā e tele. Ia malamalama foi i upu e maua mai le niu ma o latou uiga faaaloalo.

O Fesili. 1. Faamatala le alagaupu "e leai se niu e falala fua" ae o le a le uiga? 2. Faamatala se uiga loloto o le alagaupu "ia paū tonu le fui niu i lona lapalapa". 3. Aiseā e faatusa ai le teine i le aile, ae o le tama i le popo? 4. Faamatala ni aogā se tolu o le niu. 5. O a ni mea tāua se tolu e fai i ai le filifiliga o le niu poo le popo e tatau ona totō? Faamatala le faiga o le samilolo. 6. Faamatala nisi aogā' o le niu e lē o tau'a i lenei tusi 7. O a mea e faaaogā ai 'afa fili? O ai foi e faia lea galuega? 8. O le a le uiga o le alagaupu E togi le moa ae uu le 'afa? 9. O le a le la e sisi i le sou? 10. O le a le igoa o le mea pa'epa'e o loo i totonu o le popo ua tatupu? 11. O a igoa o faguu poo u'u a Samoa?

Fesoasoani mo le Faia'oga. Faata'ita'i le lalagaina o mea ta'alo 'ese'ese e fai i le launiu. A'oa'o le lalagana o pulou ma ituaiga ato 'ese'ese. Fai se tauvaga i le o'aina o le popo, ma sali mo puaa. Faamalamalama i tamaiti vaega eseese o le niu ma isi upu na maua mai ai.

O le Tāua o le Ta'amu

O le taamū e telē lona 'i'o e tāi tofu ai lava le aiga i le taamū e tasi. O le mea ai lea e lē afaina tele i le afā. Ua 'ai 'ulu tuana'i taisi, o le muimui lea a le taamu, ina ua faagalogalo lana tautua, a'o mafatia le atunu'u ina ua lavea le talo i le lega. O lea fo'i la ua maua mai le talo Palau ma le mau talo ua ta'atele nei, ae ua le 'amana'ia si taamu. Ona faapea lea o taamu, fai pea lava si au amio ae ou te lavea'i lava ia te oe i taimi o faigata.

Ituaiga taamu. E tele ituaiga taamu, ae o le taamu Niukini e numera muamua, sosoo ai ma le taamu Toga, le taamu samasama, o le lauo'o, o le laufola, o le fui, taamu faitama, o le apegatala, o le apemagauli, o le fiasega ma isi lava mau taamu e tele.

Taamu mageso/feū. E fai lava sina mageso o le taamu pe a lē lelei ona fisi le pa'u. E i ai le mea i totonu o le taamu e mafua ai ona feū, ma o lea mea e ta'u faaperetania o le "acrylic crystal". A soona fetogia'i foi o le isi lena mea e fea'i ai. Fai mai e iloga lava tagata e lelei a latou fisi taamu, ae talitonu le Tusitala o le tulali o le naifi ma le lē uma ona fisi 'ese le pa'u i tua e pogai ai ona feū o taamu.

O le Totōina o le Togā Taamu. Fai muamua se lafo, ma sue mai ni fa taamu, poo taamu totō. E le tau o fanua laulelei ae ola foi taamu i fanua gaoā, e auau 'ese maa ona su'e lava lea e le oso le vaimaa ma totō ai loa taamu. O le lima i le ono futu le vaitaamu. O le lua tausaga o le taimi lena ua amata ona lelei ai taamu i le taumafa, ae le faatapulaā le umi e tuu ai.

Upu faaaaloalo e fai i le Taamu

E itiiti lava fili o le taamu e lē afaina i le lega, ma le anufe pei o le talo, vagana le fili masani lea o le isumu. E leai ni alagaupu e maua mai lenei taumafa o le taamu, e oo foi i lona faaaogaina vagana le faausi taamu e fai ai pe afai ua oge i le talo. Peita'i e i ai muagagana e fai i le lau o le taamu.

Ua mao sala lau taamu a le nuu. O le muagagana e fai i le nuu o Aopo i le ituotane i le motu o Savaii. A vaaia loa ni faauli pei o le a to ni uaga, ona sala lea o lau taamu e faatali ai suatimu mo le taumafa auā e faa-le-lava ni vai taumafa i lea afioaga.

Lau taamu tafea. O le igoa o le toga a le Malietoa.

Faatafefea o lau taamu. O le faiva o le afio'aga o Luatuanuu. E fola lau taamu i le moana. O le faiva e mailei ai le i'asa/laumei. E ta'u lea faiva o le faatafefea lautaamu. E iloagofie ua i ai se laumei i lalo o le lautaamu ona ua migoi le lautaamu, ona pu'e ola lea o le i'a.

Toe ta le pulou ua to timuga. O le lau taamu foi e fai ma faamalu pe a to timuga, ae vaai ne'i afaina lou tino i sua o le 'au auā e fai lava si ona mageso.

Taufi suavai. O le lau taamu foi e taufi ai suavai ma e leai se tau e sili ona malu e pei o le lau o le taamu. E ui la ina leai ni alagaupu e fai i le 'i'o o le taamu ae i ai upu aogā o le lau i le gagana ma aganuu a Samoa.

O isi upu na maua mai le taamu

Fātaamu o le 'au o le lau o le taamu poo le tiapula o le taamu. **Taamu feū** o le taamu e feū pe a taumafa. **Fuālama** o fua o taamu e le'i i ai ni lau. **Fuātaamu** o le tama'i taamu ua lelei e totō.

.

O se Aoaoga. Ina ia iloa e tupulaga lenei matā a'i a le atunuu ma lona foi tāua i le soifua o le atunuu, ae maise o taimi o afā ma oge e mafua mai faama'i e afaina ai isi taumafa e pei ona afaina le talo i le "lega".

O Fesili. 1. O le a le eseesega o le taamu ma le talo? 2. Faamata o le a le mafuaaga e alai ona feū taamu? 3. O ai le nuu i Savaii e faatali a latou vai i lau taamu pe a to uaga? 4. Lisi mai ituaiga taamu o loo i le tusi ma nisi ituaiga taamu e le o tusia i le tusi?

Fesoasoani i le Faiaoga. Ia tofu mai tamaiti ma taamu tōtō ma faamalamalama i ai ituaiga 'ese'ese o taamu.

O le Tāua o le Koko

O le isi lea laau sa tamaoaiga ai le atunuu mai koko na faatau atu i atunuu i fafo. O le koko o le laau na maua mai i atunuu i fafo ae maise o atunuu i Amerika i Saute, e pei o Parasili (Brazil) ma Atenitina. Ina ua mae'a le taua lona lua o le lalolagi na malosi ai tele atina'e o koko i Samoa.

O le koko o le laau e ola lelei i laufanua gaoā ona o le laau e malosi lona a'a autū poo le "tap root," e matuā mausalī lana tupu i le gaoā. E le taumate o le mafua'aga lea na malosi ai atina'e o le koko i le itu Asau ma faasolo mai ai i Gaga'emalae. O le koko e fua i fuata pe ta'i tolu i le tausaga. E oso foi ona fua i soo se vaega o le laau mai le tafu'e se'i oo i tama'i lala. Ona o le malosi o atina'e i atunuu tetele e pei ona ta'ua ua vaivai ai le koko mai Samoa e tauva i maketi i fafo. O lea tulaga sa vaaia ai ma le faanoanoa le tele o faatoaga koko ua tafi 'ese ae fai ai togafa'i ma isi atina'e.

Peita'i o loo aogā pea le koko i le taumafa i totonu lava o le atunuu. O loo faatau atu i le Maketi i Apia ma le tele o faleoloa koko ua mae'a ona tu'i faamalū, ua faapena foi ma koko mago lelei faala. Sa i ai faatoaga tetele a le Esetete Tausi a le Malo, ma o faatoaga ia sa faavae mai i le taimi O Siamani se'i oo mai i le taimi na pulea ai e Niusila, ae faai'u i le pulea e le Malo Tutoatasi o Samoa. Sa i ai foi faatoaga koko tetele a Ekalesia ma le 'au fai oloa e pei o Molesi ma Nelesoni. O ia faatoaga ua tafi 'ese uma ae fai ai pa povi.

E leai se aganuu na mafua mai le Koko. O le aogā ole koko sa saili ai le tamaoaiga o le atunuu. A potopoto se saofaiga e mana'omia lava se koko totoo ma le suamalie. Ua fai foi koko alaisa, kokoesi ma kokokopai.

O le fautuaga, tausi pea ni koko i lou fanua auā e aogā i taumafa e pei ona ta'ua i luga. Pau le mea e fai o le teu lelei lala koko, aua le tauuluulu tele ae faavalavala. Ave'ese koko mamago ma mama'i. A leai ni koko i lou fanua saili mai ni fatu koko mai koko e fua lelei ma lapopo'a ae maise o le ituaiga o le Lafi Fitu. Suasua le palapala poo vaima'a ma faapaū i ai ni fatu se lua pe tolu a tutupu a'e ona faasao lea se koko se tasi e ola malosi ma lauusiusi.

A tau koko pula ia tuu i se paelo e mua'i faapala ona faatoā fufulu ai lea. E ala ona faapala e alu esegofie ai le vavale ae tulai mai na o le fatu koko, ave lea faala se'i mago lelei, faapa'u loa ma tu'i ia malū ia usi lelei palu loa i le vai ua puna ma faasuka, tofo loa ma taumafa okaoka! Afai e tele lau tauga koko faasoa i ou tuaoi, poo le faatau foi i le maketi saili ai pili o le fanau. E leaga le faapa'u mata e oona ai au koko, ma maimau ai au suka ona o le oona o koko mata.

O nisi ua faatataa povi i toga koko, ae maimau ai fua o koko. O koko e fua mai lava i le tafu'e e oo i lala, o lea e maimau ai fuga ma fua ona o le ologia i tino o povi, ma 'ai foi e povi o fua o koko.

Ua i ai nisi ua afaina le soifua ona ua tu'i koko i ma'a e fai i pulu (lead). E manaia le mamafa ma malū gofie ai koko, ae alu ese ai ma se vaega o le pulu ma fefiloi faatasi ma koko ae le iloa. E le gata ina afaina ai le tagata e ana le maa(pulu) tu'i koko, ae afaina ai foi ma latou e faataua au koko tu'i auā e lē mafai ona iloa o lo'o i ai le mea oona i lau koko sa tu'i.

Upu e maua mai le koko

Koko ole laau e fua mai ai le koko lea e fai ai koko taumafa. **Fuatakoko** faasino i le piriota e fua ai koko. **Pa'ukoko** o le pa'u o le fua o le koko. **Tanoatu'i koko** e tu'i ai koko ia malū. **Ma'atu'ikoko** o le ma'a molemole e tu'i ai koko. **Faapa'ukoko** o koko o loo tunu i luga o le afi.

O le Tāua o le Esi

E ui ina o se laau ua leva i le atunuu, ae le o se laau na tupuga faatasi ma le aganuu. O le esi e aumai mai fafo, ma ua lava foi lona aogā i taumafa a le atunuu. E te lē tigaina e totō ae tupu fua lava, pau le mea e fai o le faamamā o se laufanua ona vaai le i le totogo a'e o le tele o esi. Poo le taumafa fua poo le supoesi oute aogā tele e faamalie lou fia taumafa i mea a'i suamalie.

E tele vaitamini e maua i le esi e aogā i le soifua maloloina. O le vaitamini A ma le E, ae lē taumate o lo'o i ai ma nisi minarale e lelei ai le tino molemole ma le mata pepe. O esi moto a tipi i le sua povi masima e tiga le fefeu ae vave ona malū.

Faasao se esi tane se tasi e faafofoā fua o le esi fafine. O le esi tane e papa'e ona fua, ae o le esi fafine le esi lea e taumafa. Ua masani ona ave'ese esi papa'e ona e lē aina ae galo o le fua papa'e o loo i ai le poleni e fofoa ai le esi fafine.

Esi Tane ma le Esi Fafine i le Esi e Tasi. Ua i ai i Samoa ituaiga esi fou ua maua i le esi e tasi le esi tane fua papa'e ma le esi fafine lea e faaaoga e taumafa. O le fua pa'epa'e e magumagu ma paū ae ui ina paū ae ua ma'ea ona aogā lona poleni e fofoa ai le esi taumafa. E te lē toe popole e faasao se esi tane auā ua faatasi le tane ma le fafine i le esi e tasi. Su'e mai le Ofisa o Faatoaga poo Alafua poo le Land Grant ni au esi faapena.

O le Faiga o le Supoesi. E filifili lelei esi ua pula vaivai ae lē pala. Faa'afa le 'ulo i le vai ma tunu faapuna. Fufulu mamā muamua le tino o le esi. Fasi lua, ave'ese fatu ma 'au o fatu, ona sali lea i se apa. A uma loa ona sali o esi ma ua puna fo'i ma le vai, ona sasa'a loa lea o esi i le 'ulo ma faapuna pea se'ia malū lelei.

Afai loa ua malū esi, avatu lea o se la'au e tu'i pe tata fo'i aga'i i le tino o le 'ulo e faamalū lelei ai esi. 'Ao puna pea le 'ulo esi, lulū i ai se masoā. A'o lulū le masoā 'aua le mapu le sa'eu ne'i to'a faatasi masoā pe to'a fo'i i le taele o le 'ulo. E manaia fo'i se koko samoa ae palu i ai. A tofo atu loa ua toto'o lelei sasaa lea i ai sina peepee ae vaai ne'i lololo tele. Afai loa ua fetaui lelei le esi, le koko le masoa ma le peepee ona ave loa lea ma asu atu i tagata.

O le Aogā o le Esi mo le Soifua Maloloina. O le esi o le isi lea fualaau e tele lona aogā mo le tino o le tagata, e maua ai vaitamini eseese ae maise o le vitamini A ma le C. O le vaitamini A e aogā e malosi ma lamolemole ai le pa'u ma le laulu, ae o le vaitamini C e aogā mo isi vaega o le tino ae maise o le tetee i le flu ma siama ae vave ai ona lelei ni manu'aga o le tino.

Faausi esi ma le loloi esi. O faausi esi o loo faamatala faatasi ma le faausi talo. Silasila i le vaega o le tāua o le talo. O le loloi esi e fisi tipa o esi pula ae lē pula tele tuu i luga o le laufa'i lalagi ave i ai se peepee ona afīfī lea pei o le faiga o le taisi ona tao lea i luga o maa. E aogā tele le loloi esi mo toeaiina ma loomatutua. Afai foi e le avea i ai se peepee, ona loiloi lea i le peepee ma taumafa.

O se A'oa'oga. Ina ia malamalama le au faitau i le aogā o le esi ma le koko mo le soifua o tagata.

O Fesili. 1. Faapefea ona e iloa esi tane ma esi fafine? 2. O a ni mea aogā oi le esi mo le tino o le tagata? 3. Pe faapefea ona e iloa esi o loo i ai le tane ma le fafine? 4. Aisea e sasa ai fee i lau o le esi ae le'i faafaiai'a? 5. O a mea taalo a tamaiti e fai i vaega o le esi? 6. Aisea ua le toe faatau atu ai koko a le atunuu i maketi i fafo? 7. O le a le igoa o le aa autū o le koko, ae oa foi ituaiga laufanua e ola lelei ai?

Fesoasoani i le Faia'oga. Ave lau vasega i se togaesi ma faamatala le esi tane ma le esi fafine ma le esi o iai le tane ma le fafine. Ave foi i se toga koko se'i latou iloa ai le laau sa maua ai tupe mai maketi i fafo.

O le Tāua o le Manioka

E lē faitauina 'au i mea 'ai aano masani a le atunu'u ae ua tele fo'i si 'ou aogā i le faiga o mea 'ai e pei o mea nei. O le piasua, o le masoa e faatotoo ai soo se taumafa e pei o supoesi, o vaisalo, o suafa'i. E fai foi faiai vatia a mu lelei ona lamulamu fua lava lea e pei se panikeke. E malō ma sikifi lau kola pe a uma ona masoā. Palupalu sina masoā ma tuu i lau supo, oka! fiafia tele ai tamā ma tinā matutua. O aogā eseese na o le manioka.

O le Gaosiga ma le Foina o le Masoā. Afai ua matua le togā manioka, ona 'eli loa lea. E fofo'e le pa'u ona olo lea i se lapa. Sa masani ona fō i paopao pe a telē le togāmanioka. Afai e lē telē le togāmanioka ona fō lea i se tapu poo se tanoa. E fau ni laau i luga o le paopao poo le futu le maualuga ona aumai lea o se atigi taga ua sala augutu ona faatautau lea o le taga i lalo ae taofi augutu i laau ia na fau. Ona tuu lea o manioka ia na olo i totonu o le taga, sae mai ma se pito launiu, aveese tuaniu ae tuu faatasi ma masoā i le taga asu lea i ai o vai ae fofō e se isi ae sisina le vai ma le masoā i le paopao.

O le Toloina o le Niu o le Piasua. Faaaogā le sua o popo e sui ai le niu o le piasua. A uma loa ona tatau le peepee ona ave fo'i lea i ai o ni maa a'asa e tolo ai. Lulu le suka i luga o le ma'a po'o ma'a ma asuasu i ai le peepee ma faatafe i le niu. Ia fai ma tofo afai loa ua lelei le vela poo le usi o le niu, ma ua fetaui foi le suka susunu, ona sasa'a loa lea i le tanoa faatasi ma le piasua ona seu faatasi lea ia fetaui ma ave loa asu atu i tagata.

O le Faiga o le Piasua. E palu muamua le masoa i le tanoa. E iloilo i le tua o le lima le fetaui o le masoa ma le vai. A malosi le masoa ua malō le piasua. Afai loa ua fetaui le masoa ona aumai loa lea o maa aasa molemole ma tuu i le tanoa ma sa'eu mālie i se lapalapa. Ia fesuia'i maa pe a malili maa muamua, ia faaeteete ne'i mu le umeke. Afai loa ua vela le masoa ona tipi loa lea i se lapalapa. Sasaa mai i ai le niu ma sa'eu ia fetaui ona asu loa ma taumafa.

O le Faiga o le Faiaivatia. O le faiaivatia e fai i le masoā ma le peepe'e. E palu le masoā ia fetaui ma le peepe'e. E iloa le fetaui i le tua o le lima ua to'a ai le masoā. Afai loa ua fetaui ona asu foi lea i laufa'i lau lelei ua uma ona lalagi, afifī ma tapeleni i ni lauti ma nonoa. Ia tao fo'i i lalo e pei o faiai valuvalu.

O le Totōina o le Togā Manioka. Filifili se fanua e malū le palapala e 'i'o lelei ai manioka. Faamalū ma fai pu'e tusa e sefulu futu le va. O fasi manioka totō e tusa o le futu, sunu'i ni fasi manioka se tolu pe fa i le pu'e solisoli ia tau lelei manioka i le palapala. E lē tau velea togāmanioka pe a ola auā e le toe ola se vao pe a ola manioka. E iloagofie ua matua manioka pe a aliali mai i luga 'i'o. E leai ni alagaupu poo ni upu tauā o le aganuu e fai i le manioka.

O le Tāua o le Umala

E ui lava e fou le oo mai o le umala i Samoa ae ua lava fo'i si ona aogā. E 'ese foi nai a'u aga e le pei o isi laau totō. E lē na'o le pu'e e maua ai o'u 'i'o, ae maua foi 'i'o pe a sosolo fo'i i luga o le ele'ele ma tu'utu'u ifo aa ma maua ai fo'i isi umala ua lelei i le taumafa. E suamalie lo'u aano, e tele vaitamini e maua ai. Talu ai le maulalo o la'u sosolo e lē afaina tele i matagi poo afa malolosi. E lavea'i le umala i taimi e utiuti ai mea ai aano. Na o le fa lava masina ma maua o'u 'i'o, o le taimi foi lenā e tatau ai ona 'eli auā a tu'u umi ua ai o'u 'i'o e isumu ulavavale. E aogā fo'i moemoe e tuu i sua povi, ma sua moa e muliga foi si alii o kapisi.

O le Faiga o Pu'e Umala. Sua le palapala faamalū ma fai pu'e ona aumai lea o si'usi'u umala poo lala umala ta'i futu le uumi ma sunu'i i pu'e tai tolu i le fa masina matua le togā umala. A oo loa i le fa poo le lima masina ona eli uma lea, auā a toe tuu ua faauma loa e iole lou tautigā. E vela gofie 'i'o o le umala, e mafai foi ona faavela ma le pa'u i le suavai, ae tuu i luga o tau nei muvale ona faigata lea ona fofo'e. Ae lelei fo'i le saka ma le pa'u a vela ona fofo'e lea ma taumafa e pei o pateta, a le o lenā foi, ave ese muamua pa'u ona saka lea ma faalifu pei o talo. O le aano o le umala e suamalie ma e mafai foi ona tuu i ai se pata poo se sosi suamalie ma taumafa pei o le tiseti. E leai ni alagaupu e fai i le umala.

Upu maua mai le Manioka ma le Umala

Masoa o le sua o le ‘i’o o le manioka. **Lapa** o le apa talatala e olo ai ‘i’o o le manioka. **Faiaivatia** o le faiai e fai i le masoa ma le peepee.

O se A’oa’oga. Ina ia malamalama le aufaitau i le aogā o le manioka ma le umala i le soifua o tagata Samoa.

O Fesili. 1. O a ni aogā se tolu o le manioka i le soifua o tagata Samoa? 2. Faamatala le faiga poo le tologa o le piasua? 3. Faapefea ona maua le masoā mai le manioka? 4. Faapefea ona fai le faia’i vatia? 5. Saili poo ai atunuu e latou te taumafaina manioka e pei ona taumafa e Samoa le talo? 6. O le a le vaega e totō o le umala? 7. E fia masina ae matua le umala? 8. Saili poo a atunuu e fai le umala ma a latou taumafa autu. 9. Lisi mai nisi aogā o le manioka poo le masoā foi.

Fesoasoani i le Faia’oga. Ave lau vasega i se toga manioka ma faamatala ia latou iloa foliga, a le o lena faatonu tamaiti e tofu mai ma fasi manioka soo se ituaiga. Saili mai ni atigi paelo ma faapupu lalo, faatumu i le palapala, ona faa ola ai lea o ni manioka.

O le Tāua o le Masoā Samoa

O le Masoā Samoa e eseese ona foliga ma le manioka lea ua lauiloa i le atunuu. O ona ‘i’o e pei o le pateta. E tupu maulalo pei o le talo e faapena foi ona fāmasoā e felefele mai le tafu’e, e lanu meamata vaivai pei o le seleī palagi. E lapotopoto ona lau e lanu meamata vaivai foi. E ola lelei i laueleele lata i le sami, ae maise o laueleele e fefiloi ai le oneone ma le palapala.

E lē taumafaina lona ‘i’o e pei ona taumafa o le pateta ona e oona lona sua. E aogā le ‘i’o e faapipii ai lau’a i le eleiga o siapo. E lē faavelaina ona olo ai lea o siapo ma faapipii.

E lelei lona ‘i’o e maua ai masoā pe a olo ma fo pei ona olo ma fo manioka masani. E faaaogā foi lona masoā i taumafa pei o isi masoā. E sili atu ona manaia piasua e fai i le masoā Samoa.

O le Tāua o le Nonu

Lau o le nonu e fofo ulu ma tino. O le nonu o se laau sa tele ina faaaogā e fofō ai ulu tiga ae maise o le tetee atu i le mūmū poo le tua’ula fo’i. O le lau e fufui i le vai ma lomi ai le ulu ma lagona ai le malū, e tu’i foi ma palu i le suavai auli ma taumafa loa.

E aoga fua papa'e. O fua papae o le nonu e fofo ai fuālilia o mata.

E aogā pa'u o le nonu mo manavatata e vavalu ma palu i se vaiauli ona tunu lea ma inu.

O le Vai Nonu. O le aogā e sili ona tāua i ona po nei o le sua o le nonu. E faapala nonu ua matua lelei. Tau mai ma fufulu ona utu lea i se fagu e telē le tapuni, ia faamau lelei le tapuni ona tuu lea i se mea e la lelei. Afai loa ua pala ma vaaia le sua i le fagu ona sasa'a lea ma tatau, faapuna mo se 10 minute faama'alili ma tu'u aisa ma taumafa. Ia lua ni sipuni tetele i le taeao ma le afiafi ao le'i faia se taumafataga.

Taumafa fua ua pala. Sa masani ē matutua ona taumafa nonu pula lelei pe a faaletonu le laualo. I su'esu'ega a alii popoto ua aliali mai le aogā o le sua o le nonu e tete'e atu i le suka, toto maualuga ma ua manatu foi nisi e fesoasoani tele e tete'e i le kanesa.

Upu faaaloalo e fai i le Nonu

E 'a'e i le ti ae ifo i le nonu. O loo faamatala i upu faaaloalo o le ti.

Nonu a togi, togi, e luga pe lalo, lalo? O le taaloga fetalia'i a tamaiti, o le pese masani. A faafesag'i loa ni 'au i le malae i se po masina ona vaala'au mai lea o le isi 'au: "Nonu a togi". Tali le i si 'au: "Togi". Toe vala'au "Luga pe lalo". Ona togi mai lea o nonu, e faitau pe fia nonu e maua, afai e maua uma ona manumalo lea o le 'au lea na su'eina nonu.

O le Tāua o le Ti

O le ti le isi laau e tau lē amanai'a e le toatele ae tele foi lona sao i le aganuu e pei o lenei: E fai ai titi e sisiva ai i faafiafiaga. Ua saesae foi lau ma fili ma fai ai ula, e fai foi ula a sogaimiti ma sai le ulu pe a fai taufolo. E aogā lau e tapeleni ai soo se faiai ae maise o faiai fua, a afifī ai foi se i'a poo se fuamoa ae tunu i se afi malala e manogi tele i gasegase o tagata matutua.

O le aogā o le ti i tagata mama'i. O le lauti e fofō ai ulu e puipui mai le mūmū ma le tuaula, e palu foi i le suavai auli ma inu e tatafi ai le laualo.

O le aogā o le 'i'o o le ti. Sa fai umuti i aso anamua pe a tupu se oge i le atunuu. E o taulele'a i le vaomatua ma 'eli mai 'i'o o ti vao ona fai ai lea o umuti. E matuā la'u le fafie auā e matua telē lava le mea e ta'u o le umuti. E ta'itoafa taulele'a malolosi latou te sasa'ea le umuti ona o le telē tele ma le aasa. E faapitoa foi le taule'ale'a o se tagata toa e pito i totonu auā o isi taimi a faaletonu le au sasa'e umu o le ta'imua e muamua paū i luga o ma'a a'asa. O le la'au foi e sasa'e ai le umuti o se ogala'au telē lava. E lafo atoatoa 'ato ti i totonu o le umu, ona taufi lea ma tanu ia malu mo le lua pe tolu aso. A fu'e ona ave lea i le maota o tapuai ai matai ma faasoa ai i aiga taitasi o le nuu, ae fai loa le taumafataga a matai tapuai i se isi vaega. O le vaega tele o ti e totoe e fai fata faasolo mai i fata i luga e oo i fata i lalo.

"Ua fata luga ua fata lalo". O le alagaupu e faaaogā i lauga faamavae, pe afai ua malie le malaga i faaaloaloga ma le tausiga o se malaga. Se ua fata luga ua fata lalo i au faaaloaloga.

Sa fai ai ti anamua. Talu ai le suamalie o le 'i'o o le ti o lea na fai ai ti anamua, ma e oo mai ti a papalagi ua leva ona inu ti tagata Samoa i le sua o le 'i'o o le ti. O tufa'aga a aiga e tautau ma auaua'i i mea ai i taimi o le malosi o le oge. Afai e uma vaega na fata ae ua malosi pea le oge ona alu lea o le avea'i a matai pe a potopoto e ao mai tauga a aiga ma fai ai le otai.

Faiga o le otai. O le otai e ta'e popo sasami i le tanoa ona valu lea i ai a'ano o niu sasami faatasi ma le sua. Ona tipitipi nini'i lea o ti ma lafo i le tanoa faatasi ma le sua ma a'ano, ona seu lea ia matala lelei ona asu loa lea i matai. O se taumafa e sili le manaia le manogi ma le suamalie. O le ti e le gata ina suamalie ae manaia foi lona manogi e pei o le manogi o le vanila. toe enaena lona sua.

Upu faaaloalo e fai i le Ti

E 'ae i le ti ae ifo i le nonu, e faatatau i se faamoemoe poo se galuega faifai umi. O lea ua tatou taunuu mai i le siu'i o le faamoemoe, auā sa a'e i ti ae ifo i nonu ae o lea ua i'u ma le manuia.

Auā ua lē pa ti te'evao ae ua pati fataloto o le pa ti te'evao o le pa o ti e totō faataamilo i le maumaga e tete'e ai le vao, ae o le pati fataloto o le pa o ti e si'o ai se vaega ola lelei o le maumaga e faaolioli mo le matai o le aiga. Ua lē pa ti te'evao auā na o se pa e tete'e ai le vao, ae ua tatou pa ti fataloto o le pa e puipuia mea lelei.

Ua fata luga ua fata lalo o le alagaupu e fai i fata o ti e faaolioli mo faaumiumi o le oge. Alagaupu e faatatau i se faaaloalo ua tele nauā ua fata luga fata lalo.

O le Otai o le taumafa e fai i le 'i'o o le ti faatasi ma penu o niu sasami ma le suaniu. O le otai e galo ai le fia ai.

E tele foi ituaiga ti. O le ti 'ula, ti lanumemata lautetele, ti lanumeamata lauiti poo le ti vao, ti mūmū lauiti, ti mūmū lau tetele, atoa foi ma ti mūmū tusitusi.

O le Tāua o le Mosooi

O le Fugalaau a Amerika Samoa. O le Mosooi foi ua fai ma fugalaau a le Malo o Amerika Samoa. Ua i ai foi le aso e faamanatu o le aso o le "Mosooi" i lea tausaga ma lea tausaga.

Su'i ai la'ei. O le isi lea laau aogā e fai ai la'ei i lona lau pe a tuu i totonu o tau o le umu ma su'i ai la'ei o taupou.

E su'i ai ula ma faasolo i lona fuga manogi ua ta'u o 'ulamosooi.

Faamanogi ai lolo. O le fuga o le mosooi e tuu i lolo e faamanogi ai. E faamanogi ai foi lolo faala.

O le fua e aai ai lupe. O lona fua foi e aai ai lupe, ma e iloa ai foi le tai o palolo pe a taufuifui ona fua ma ona fuga manogi.

Ta ai paopao i le ogalaau. O se laau e ola gofie toe tupu sa'o e ta ai paopao i lona ogalaau auā e māmā toe ta ma vage gofie.

O le Tāua o le Teuila

O le Fugalaau a le Malo o Samoa. O le teuila o le fualaau ua faatulafono e le Malo Tutoatasi o Samoa o le fualaau a le atunuu. O lea foi ua faamanatu ai i tausaga taitasi le aso e ta'u o le "Teuila" i le vaiaso mulimuli o Aokuso i tausaga taitasi. Ua avea o se aso o fiafiaga ua pei lava o le aso o le Fu'a.

E su'i ai 'ula. O le fua o le teuila e fai ai teu ma su'i ai 'ula ma faasolo e ta'u o 'ulateuila.

Lau o le Teuila. O le lau e tapeleni ai soo se faiai.

Ose A'oa'oga. E faamanatu i ē faitau i lenei tusi le aogā ma le tāua o le nonu, le ti, le mosooi ma le teuila i le soifuaga o le atunuu.

Fesili. 1. O le a se gase gase e aogā i ai le fua o le nonu? 2. O le a le uiga o le alagaupu: a'e i ti ae ifo i nonu? 3. O le a le mea a'i e fai i le ti vela? 4. Faamatala pe aiseā e faapuna ai le sua o le nonu ae le'i taumafaina? 5. O le a le mafua'aga na fai ai umuti a le atunuu? 6. Faamatala le faiga o le otai. 7. O le a le gasegase e fofo i lau ti ma lau nonu? 8. Aiseā ua lē toe faia ai ni umuti i nei aso? 9. E te talitonu na muamua inu ti tagata Samoa ae le'i oo mai papalagi ma a latou lauti? 10. Faamatala le faiga o le vai nonu ma sona aoga i le tino. 11. Faamatala le 'ese'esega o le pa ti teevao ma le pa ti fataloto, ae o le a le mafua'aga ae o le a foi lona uiga i le aganuu? 12. O le a le tāua o le mosooi i le soifuga o tagata Samoa. 13. O le a le fugalalau a le Malo Tutoatasi o Samoa.

Fesoasoani i le Faia'oga. Aami se taulasea e talanoa i le vasega i le aogā o le nonu ma le ti i tino o tagata. Lisi upu fou. Faatauva poo ai e tele upu na te iloa o latou uiga.

MATAUPU E TOLU

ANOAFALE E MAFUA MAI MEAOLA

O le Tāua o le Pua'a

E i ai igoa ua faaigoa ai le pua'a, o le manufata, o le meaituaolō, poo le alafā. Ua tāua tele le puaa i le soifuaga o tagata Samoa. E fai ai meaa'i, e ave ai faaaloaloga e pei o suata'i, e faatau atu e maua ai tupe.

Na faapefea ona maua puaa i Samoa? E tusa ma tala na tuu taliga mai i tua'ā ua mavae, na aumai mai le atunuu o Fiti. O tama Samoa sa i Fiti na la aumaia le uluai puaa i Samoa. Sa i ai se auso Samoa sa i Fiti, sa i le au aiga o le Tuifiti. Sa manana'o tama e o mai i Samoa, ona fai lea o le la faanoi, ma sa talia e le Tuifiti. Sa talosaga foi tama i le Tuifiti e fia o mai ma aumai se puaa i Samoa. Sa talia fo'i e le Tuifiti ae sa se puaa ola. Ona fai loa lea o le umu a tama mo le la faaoso i Samoa. Sa fai le suavai ma faavai ai, poo le tao fo'i o le puaa o le faaoso o tama. Taluai le naunau o tama ina ia o mai i Samoa ma se puaa ola o lea na fai ai le la togafiti. Ina ua fu'e le umu na tao ai le puaa, sa ave 'ese le lavai ae fafao i ai i totonu se tamai puaa ola ona toe fafao lea o le lavai ma pei lava e leai se puaa ola o i ai. O le puaa muamua lea na oo mai i Samoa. O lenei tala na mafua mai ai se alagaupu e faapea.

Pisikoa Pelesi fafaga puaa a lona aiga Samoa

"Ia natia i fatu alavai." O lona uiga o le puaa ola na nanā i le lavai o le puaa vela. Afai ua i ai se sese, ia natia i fatu alavai. O le fatu alavai e faatusa i maa e tuu i le lavai o le puaa. O le sa'o lea o le tala e pei ona i ai i le tele o tusi faa Samoa. Ae le taumate e lua ni puaa na nanā mai e tama, auā e tatau ona i ai le po'a ma le puaa fafine. A lē o lea fo'i e mafai fo'i ona faapea, ose puaa ua petitō na nanā mai e tama. O lona uiga na vave ona tatala i fafo le puaa poo puaa ola ina ua tuua Fiti, ina ia oo mai i Samoa o ola pea. Ae o le tala a Dr. E Schultz o loo tusia i le tusi: *Samoan Proverbial Expressions numera 207* e faapea, i se tasi aso na alu ai se alii Samoa i le atunuu o Fiti i se vaa taumua lua. Sa ia faavela se puaa ma lē lavaia ae fafao i ai se taanoa ua petito ma aumai i Samoa.

Ae fai mai foi Tagata Fiti o puaa na mua'i maua i Samoa ona salalau atu ai lea i Fiti ma Toga. O fea lava le tala e sa'o o le mea sili ua maua puaa i Samoa, ma sa faatāuaina i le aganuu, lea ua maua ai le manufata e fai ma suata'i i faaaloaloga i tamalii. Ae le gata foi i lea ae ua maua ai foi si pa'u mu. Ua avea meaituaolō poo puaa ma se vaega tāua o le soifuaga o le atunuu. Ao le'i oo mai manu papalagi, ma oloa tuu paelo ma tuu apa, o puaa lava sa tua i ai i faalavelave. Ua oo lava i aso nei a leai se puaa poo sina tama'i mea vilivili i se fiafia, e mata faa'u'ū tagata ma lē atoatoa le fiafia. O nisi foi taimi e muamua fesili tagata pe maua ai se 'size two' poo pua'a lelei i le taumafa.

O le Sauniga o le Puaa mo le Suavai. E tapē muamua le puaa, ona tolo lea i luga o le umu. Afai loa ua mamā lelei fulufulu ma ave'ese atigi vae ona faatiau loa lea. E fai se tipiga i le puimanava o le puaa tusa o le ono inisi sikuea le telē o le tipi. O le mea na tipi e ta'u o le alo a tamaita'i. Ia tao faalelei mo tamaita'i o le aiga. A uma loa le tipiga o le alo ona faasipa lea o le puaa ae auaua'i mai i fafo le taufale e iai le puta o loo pipi'i ai le atepili, le gaau, o le fifi, ae faai'u i le pito gaau o loo i ai le tagavai o le puaa. A mae'a mai i fafo le taufale ona auaua'i mai lea o totoga o le puaa. O le māmā, o fatuga'o, o le fatu. Afai o se puaa lapo'a ona sae lea o le lautua o loo i ai mea e tele o le ga'o ma anogase. Ona tipitipi lea o lautua ma fai ai 'ofu.

O le 'ofu o le faafaleolo o le 'ofu a le alii. E faailoga lelei le ofu o le fatu o le ofu a le alii poo le sa'o o le aiga Afai loa ua mae'a ona fai o ofu, ona aumai loa lea o ni maa aasa tuu i totonu, o maa i tua ma maa i luma ona lavai loa lea, ia lavai ia ma'ona lelei le puaa. E tele ituaiga lavai ae o le lavai sili o lau mago, ma lau o le o'a. Fufulu lelei le tino, ia alu 'ese le toto ma le palapala. A tao, ia tao faafaō, vaai vae ia pipi'o lelei e pei e moe. Afai e aasa le umu fola muamua ni fasi lalamago e afei ai ne'i mu vale le puaa, faamafiafia i lalo o le auvae, auā o le mea ga'oa e mu gofie. Lalaga se laupolapola e ave ai le puaa pe a fu'e le suavai. Afai e telē tele ia fau se fata e fata ai. Manatua o le ulu e u i luma pe a folafola le puaa, poo le manu o le lafu, poo le manufata.

Faiga o le Pa Puaa. O le masani anamua sa tofu le nuu ma le sauauli poo le pa puaa faitele i tua o le aai. I totonu o le sauauli e tataa faatasi puaa a le nuu, ae ua maitau lava e le aiga a latou puaa. E tofu le aiga ma le mea e fafaga ai a latou puaa, ua masani lava la puaa a le aiga ona ō i le mea e i ai le latou fagaga pe a oo i le taimi e fafaga ai latou, o le taeao lea ma le afiafi. O se faalogona malie leo o tagata pe a tauvalaau a latou puaa. O le valaau masani o le. Sau sau, piki piki, o valaau lava na e lua e logo i ai puaa. Tiga le tele o leo tauvalaau e lē ō fua isi puaa i fagaga a isi aiga, ae faatali se'i sau le latou foi valaau. E moni ai le upu e faalogo mamoe i le leo o leoleo mamoe, e faalogo fo'i puaa i le leo o le tausi puaa, poo leo o tagata o le latou aiga.

Fautuaga mo aiga taitasi. Talu ai le utiuti o fanua o lea ua fai ai pa puaa a tagata taitoatasi. O ia pa pua'a ua ave i ai le upu faaaloalo o le lo'ilo'i. O ia pa ua vaevae i potu. O le potu o le po'a, ae faasolo i ai aumatua, o le potu e faamalosi ai aumatua ina ua vavae mai i a latou toloai. O ni potu se lua e faasolo i ai aumatua e fananau ai, ma nisi potu se lua e tataa ai tamai puaa pe a vavae ese mai i ō latou tinā. O lona uiga e ono i le fitu potu e manaomia.

Fatuaga mo le tele ma le laititi o le lafu. Ona o le taugata o mea a'i e lē tatau ai ona soona faatelē le lafu puaa. Mo aiga taitasi ua lava le tolu poo le fa o aumatua ma le po'a e tasi. Ia faasolo lelei le taimi e fananau ai aumatua ina ia fanau le isi ae toe itiiti vavae le toloai a le isi aumatua. O le i si lua o aumatua o loo taa le isi i le po'a, ae o loo malōlō le isi faatoa vavae lana toloai. Ia lava le taimi e malōlō ai aumatua ma toe faalelei le tino ae lei toe faataa i le po'a. E lē malolosi toloai a puaa pe a vave ona tuu i le po'a a'o pae'e le tino ae maise lea faatoā vavae ese le toloa'i. O tama'i puaa ia faasolo e fai ai taumafa poo le faatau atu foi.

Pua'a e faasao. Faatoā faasao taanoa e sui ai aumatua ina ua matua tele se aumatua ma ua le lelei ana toloai. Ia iloilo faalelei foi taanoa e faasao mai toloai a aumatua fai toloai lelei. 'Aua le faasao se po'a mai lau fagaga, ae su'e mai i isi fagaga, ina ia le maua le tulaga o le "inbreed" poo le feusuai puaa e aiga faatasi e aga'i ina tino laiti ma lē lelei ai lau fagaga.

Fai ni paipa e feinu ai. O puaa i totonu o pa e lē o maua avanoa e feinu ai i vai timu poo vai lepa, ua tatau ai ona i ai ni vai inu i totonu o potu taitasi. O loo i ai gutu paipa e mafai ona feinu ai lava puaa ma toe mau, e lē maimau ai le suavai.

O Faama'i o Puaa

Manava tata. O le faama'i e maua gofie ai tama'i puaa o le manava tata, e mafua lea ina ua lē lelei le suasusu o le aumatua pe ua mafu ma leaga mea a'i. O le togafiti o le vavae ese ma le aumatua ae faasusu i susu mai faleoloa, afai foi o iai se isi aumatua toloa'i ona faasusu ai lea. Vaai faalelei ia faamasani muamua le aumatua i tama'i puaa ese. Siaki lelei meaa'i ia ave i ai na o meaa'i lelei ma fou. O popo e mamai gofie ai manava o tama'i puaa ona o le lololo.

Faama'i o le tino papala ma poua ae maise o tama'i puaa. E mafua lea tulaga i utufiti o loo nonofo i tino o puaa. Ia fufui pe faataele tama'i puaa i le vai ua i ai le vailaau o le "Malathion 50" ma le suavai auli. Ia fufui faatolu ta'i vaiaso poo le sefulu aso le va o fuiga. Fana tino o puaa lapopo'a i se fana (sprayer) i le vailaau lava lea e tasi, ia matua'i taele atoa le tino, ma fana ai foi le pa puaa. Ia tausisi ia atoa le tolu, auā e mafai ona liu utufiti ma lē toe mamate pe a lē atoa fuiga e tolu.

Sui le lanu o puaa. O puaa lanu papa'e e maua gofie i le faama'i o tino papala. O le mea lea e tatau ai ona fafaga na o puaa lanu 'ena'ena faafulusu'i, ma isi lanu. E lelei foi le lanu uliuli ae pau le mea e vevela le lanu uliuli. O le isi lea togafiti e tea ai le po'ua o tino o puaa o le faate'a ese o le lanu pa'epa'e ona o le lanu pa'e pa'e e maua gofie tino i le utufiti, ae o lanu enaena, faafulusu'i poo le uliuli e le fiafia i ai manu laiti poo utfiti. O le isi togafiti o le faaaogā o suauu lafoa'i mai faletaavale, ona fufui ai lea o ni atigi taga ma tautau solo i le pa puaa. E fiafia puaa e olo ai tino, ae mamate ai utufiti.

O le faama'i fou o le "Leptospyrosis". E fou le faama'i ae ua afaina ai tagata ma o le faama'i e mafua mai i "bacteria" o loo ulu i le toto o puaa ma auala atu ai i feau vai, tulou ma afaina ai isi tagata atoa ma isi meaola. O loo saili se togafiti o lenei faama'i. A o le fautuaga i le 'au faifaatoaga ia talosaga le Vaega o Faatoaga ina ia saili pe o maua lau fagaga i lea faama'i.

Fautuaga i mea e fai pe a maua i le faama'i

1. Afai ua maua ai lau sai puaa i le faama'i, ia amata loa ona faaaoga puaa i meaa'i ae 'aua le faatau atu ae faate'a ese uma puaa o loo i ai, ona faamalolo lea mo se tausaga ona faatoā toe amata ai lea.

2. Saili mai foi i le Vaega o Faatoaga ae maise o le Foma'i manu ni vailaau e fufulu mamā ai lau pa puaa.

3. Ia fai ni seevae (boots) ma ni alofi lima pa'u pe a galue i totonu o le sai puaa.

4. 'Aua le faia ni fagaga i luga o vaitafe pe lata foi i le sami, poo fale auā e pei ona ta'ua e afaina ai isi meaola e oo lava i i'a o le sami, poo tagata auau.

5. Ia faavela lelei puaa ae le'i taumafaina.

Upu faaaloalo na maua mai le pua'a

Ia natia i fatulavai. Ua mae'a ona faamatala i luga le uiga ma le mafua'aga o lea alagaupu. Ona pau lea o le alagaupu e a'afia ai puaa.

Alafa/Manufata o igoa faaaloalo e ave i puaa tetele.

Manuolelafu o le igoa faaaloalo o puaa laiti.

O isi upu na maua mai puaa

Puaa o le igoa lautele e ave i lea ituaiga meaola. **Aumatua** o le puaa fafine ua fanau. **Taanoa** o le puaa fafine e le'i fanau. **Po'a** o le puaa tane o loo fananau ai puaa. **Tama'ipo'a** o puaa tane laiti. **Fofo/launiu** o le ave'ese o fua o le puaa po'a. **Toloa'i** o fanau laiti a le aumatua. **Tualā** o le vaega oga totonu i le tua o le puaa mo le aliisili. 'O'o o le vaega e feagai ma ivi 'aso'aso mo isi alii. **Alagavae** o le vae i tua o le puaa. **Alagalima** o le vae i luma o le puaa. **Ivimuliulu** o le vaega e feagai ma le ua o le puaa. **Nofoi** o le vaega i le nofoi o le puaa. **Lavai** o laumea e faatumu ai le manava o le puaa. **Muaisu/muagutu** o le isu ma le gutu o le puaa. **Ofu o le faafaleolo** o le ofu o le fatu mo le aliisili.

Vaega tāua o le pua'a. A pena le puaa, ia pena muamua alaga, ona faafao lea ae vaevae faalelei le tuala, le 'o'o, le ivimuliulu, ma le nofoi. O le tuala, e faafeagai lelei ma le mea sa tipi i le alo o le puaa. O le 'o'o e soso'o ai aga'i i le ulu ia fetaui lelei ma ivi 'aso'aso, ona totoe ai lea o le ivi muliulu, le nofoi ma le ulu.

E faapea ona faasoa le puaa atoa. O le tualā e ave ma inati o le faifeau, a leai o le meafono lena a le alii o le nuu. Ona sosoo lea ma le 'ō'ō mo isi tamalii. O alaga o meafono na a tulafale, e amata mai alaga vae sosoo ma alaga lima. E pito i ai le ivi muliulu, ae seaseā faainati se isi i le nofoi. O le ulu o le puaa, o le tuuga lava lena o taulele'a ae maise i latou na penā le puaa. O nisi nuu o Tutuila e le tāua tuala ma 'o'o ae na o alaga.

E faapea ona faasoa o vaega taitasi o le puaa. A faaivi le tuala, e ave'ese muamua lautamanu, poo pito o le tuala. Ona totoe ai lea o le ivi. A faasoa le ivi, tipi tonu i tafatafa o le ivitu ona maua ai lea o le itu malosi ma le itu vaivai. O le itu malosi e ave i le alii ae o isi e ave i ai le itu vaivai. A faasoa foi le 'o'o e ave le itu malosi i le alii ae o isi e ave pe faasoa i ai le itu vaivai. A faasoa le alaga vae e ave'ese muamua le vasasui o le tuuga lena o alii. O le vasasui o le anogase lena i le va o ivi o le alaga. Pito lea i ai le ponaivi malosi ae mulimuli le ivi o le tapuvae. O alaga lima e tāua le ivifoe, soso'o lea ma isi vaega o le alaga ae mulimuli i le ivi o le tapuvae.

O se Aoa'oga. Ia malamalama tupulaga i puaa ma lona aogā i le aganuu, faapea taumafa. O le pua'a o se manu tāua e fai ai faalavelave o le atunuu. Faatoā oo mai manupapalagi ma paelo ae o manufata lava sa tua i ai Samoa i faalavelave.

O Fesili. 1. Vaevae ma faaigoa mai vaega o le puaa? 2. E moni e le manaomia e puaa le vai? 3. O le a le uiga o le alagaupu: Ia natia i fatu alavai? 4. Aiseā e mana'omia ai le su'e mai o po'a mai i isi faatoaga. 5. O le a le faama'i mata'utia lea ua maua ai puaa ma afaina ai tagata? 6. O a igoa faaaloalo e fai i le puaa, atoa foi ma nisi igoa e lē faaaloalo? 7. Faasoa mai vaega o le puaa ina ua uma ona penapena. 8. Aiseā e lelei ai lanu enaena, faafulusu'i i lo le lanu pa'epa'e? 9. Faasoa le alagalima ma le alagavae, le 'o'o, ma le tuala. 10. O le a le vaega o le puaa e u i tagata pe a ta'i ai se sua?

Fesoasoani i le Faiaoga. Fai se aso e asiasi ai le vasega i se faatoaga puaa, poo le Malo poo faatoaga tua. Ia muamua faafesoota'i le faifaatoaga ina ia i ai se isi e faamatala le fagaga i le vasega. Fai se suavai e faavai ai se size 2 ona faailoa ai lea o le tele o mea na talanoaina. Talosaga le pulea'oga mo se avanoa faapitoa mo le faatinoina o le galuega.

O le Tāua o le Moa

O igoa ua faaigoa ai le moa: O le taa i le paepae, o le faailoa ao, taailetulutulu, solitofaga, moe i falaefu, ma le moe piilima. O le puaa ma le moa ona pau ia o manu tausi a Samoa. E iloga le aiga tamaoaiga o tele le fagaga puaa ma tele le lafu moa. O le a lē faamatalaina le gaseseina o le moa auā o se mea ua iloa gofie e tagata. Ae o le a faamatala na o le moa tunu pa'u poo le moe piilima: O le moa tunupa'u sa ave ai sua taute a le atunuu, ae ina ua oo mai le Talalelei ua ave ai taumafataga a faifeau i a latou asiasiga. A uma ona futi o le moa ona ave 'ese lea o le gaau poo le taufale. E tuu ai pea vae ma le ulu o le moa. O le auvae e sasae ese ma faatautau ai pea le ulu. Ona gagau lea o vae taitasi i luga a'e o le tapuvae, ona ave lea i tua ua taai ma le apa'au. A uma loa ona taai o vae taitasi ona foliga mai lea ua piilima le moa, pe ua moe piilima. E tunu pa'u i le afi malala, a vela ona afifi lea i se laufai laulelei pe a uma ona lalagi ma ave ai loa le sua taute poo le taumafataga a le alii poo le faifeau.

O le vaevaeina o le moa. Vavae faatasi le vae, soo se vae faatasi ma le nofoi. O le mea tāua lenā o le moa. O le isi vae e sosoo ai, ae mulimuli tau'au e lua, ma le vaava'a. O le nofoi o le mea tāua lenā, ma sa ave lava na o le nofoi i le alii, ae o aso ia e le'i maua gofie moa. Ae talu ai ua maua gofie moa o lea ua ave ai le vae faatasi ma le nofoi, e ave atoa ae le avea taitasi, auā e tatau ona fasi faatasi. Ia tautuanā ma i latou e faia feau a alii, ia 'aua ne'i ave na o vae ae tuu e o'e le nofoi. Ia e faaeteete ne'i fesiligia o'e. Ae afai e te faia e pei ona tusia e iloa ai e tagata e te poto e fai feau a alii.

O le Lafumoa, poo le Fagagamoa. O moa a Samoa e taaloa, ae iloa lava e le aiga a latou moa, e masani foi moa i le mea ma le taimi e fafaga ai, atoa foi ma le leo o le tagata o le latou aiga. E valu penu ma tauvalaau: "tutu tutu." E iai foi le pese e fai i le valu o penu ma tutu o moa: "Valuvalu au penu tutu au moa valaau le save'ū ai ua le iloa". O le muagagana masani. E iloagofie lava le moa lata e tele ana penu auā e ai lava ia i lalo o le matātuai poo le ausaalo. Ae i ai si ona faalavelave o le moa lava lena e muamua pu'e mo se faalavelave. E lelei ona filifili ni toa se lua, ae leaga le soona tele o toa e sesegi ai moa i le tau soo. E lelei le fai o se fale e tuufua ai moa, o lea fale e fai lona fola. Ia maualuga le fola 'aua ne'i sao i ai taifau. O fuamoa o moa Samoa e manaia ma manogi auā e fou. A lava meaa'i a moa e mafai e le moa ona tuu se fuamoa se tasi i le aso. O le gaosiga o le fuamoa i le tino o le moa e faalagolago i le lava o meaa'i. E tatau foi ona i ai se vai e feinu ai moa. Tuu se apa vai i se mea paolo e faamasani moa ona feinu ai. E tuufua lava moa tusa pe leai se toa o tataa ai, pau lava le mea tāua o le lava o mea a'i ma i ai ma le vai. Seiloga e feusua'i le toa ma le matuamoa ona faatoa maua lea o fuamoa e fofoa.

Faama'i o Moa. E faa lē tele ni faama'i e afaina ai moa, na o le uafālō ma le faama'i mata. E pei lava o le igoa o le faama'i. E falō le ua o le moa pei a mole. O le faama'i mata e mafua i anufe e afaina ai mata ona te'i lea ua pauū mai luga o laau e momoe ai. Pau le mea e togafiti ai ia faama'i o le mamā o le mea e fafaga ai moa, ma ia i ai se vai mamā e feinu ai.

Upu faaaloalo e fai i Moa

Togi le moa ae 'u'u le afa. O le taa'aloga e fai e tupulaga e pu'e ai toa 'aivao i le vaomatua. E faalata se toa se'i lata lelei. E iloa ua lata lelei pe a mafai ona vivini a'o 'u'u i le lima. E nonoa vae e lua i lalo ifo o tala o le toa, ona tata'i lea i tua ma nonoa faatasi i se V e tusa o le lua futu. Nonoa se 'afa 'umi mai le V pe tolu sefulu futu. A oo loa le tagata i le mea o masani ona lagona ai le vivini o moa 'aivao, e le 'umi ae sau loa se moa 'aivao ua fia tau ma le toa fanua. Ona togi lea o le toa fanua e faata'a ae 'u'u le 'afa. O le mafuaaga lea o le alagaupu: Togi le moa ae 'u'u le 'afa. E le 'umi ona tau ae lavelavea le moa 'aivao i le 'afa o le toa fanua ona faigofie ai lea ona pu'e.

'Aua le togi le moa ae 'u'u le 'afa. E mafai ona faaliliu le alagaupu, pe afai o se tagata e foai se mea, ae o loo mana'o e fia maua ai se taui.

A ē fia faatau moa lafo ane sau 'afa. O upu o le pese masani i faa'agatama o le kirikiti. Ua fuli e le fatupese le alagaupu ma ua togi le 'afa ae le o le moa E faapea lava le uiga o le gagana, e fefulisa'i le faiga o upu.

O le faailoa ao. Ona o le moa e vivini ae le'i ao. Vivini i le itula e fa, toe vivini i le itula e lima ma faalau sosoo ai lava se'i ao. O uiga ia o moa sa faamoemoe i ai e laga ai ni malaga, ni faatautaiga, ni galuega i faatoaga ma soo se isi lava galuega o le aso fou.

E faafiti faatolu Peteru a'o le'i vivini moa. O le fetalaiga lea a Iesu ia Peteru.

O le taailepaepae. Ona o le masani a le moa e ta'ata'a lava i paepae o fale. O lea ua ave i ai lea upu faaaloalo o le taailepaepae.

O le solitofaga. Ona e tiga le tausi lelei o ni tofaga o se aiga ae lē taofia ai le moa ona savalivali i luga.

O le moepiilima. O le faiga o le moa pe a tunu pa'u e afe i tua vae ma ta'ai faatasi ma tau'au ona foliga lea ua piilima le moa.

E lavea fua lava le moa o le taa fale. E faatusa i le tagata e alu fua i se mea sa lē tatau ona alu i ai ma afaina mai ai.

O nisi o muagagana e fai i le moa. Faatoa vivini le moa ina ua mālō; o le moa magumagu; e lē o se toa ae o le ofaofa toa. E i ai le pese e masani tamaiti pe a fai taaaloga: Sina? ‘oe, Sina? ‘oe; na ou sau nei fai mai a Sina e avatu se moa e fai ai le ‘eleiga. Tali, a mea foi le matou vaa na sau Papa ae lele i moa? Fetalia’i lea: Faapepe ā ‘iā i ā. Toe faapepe ā ‘iā i ā toe faapepe ā ‘iā i ā. Galigali ‘ofe ‘ofe o f ē, e te lulu e te moa lou sopesopē, o lau kariota ē! O lau kariota ē! O le isi pese. E te moamoa lulu, e te niuniu pulu. O matematega a le tagata Samoa ma le tagata Toga. E avatu le moa ae aumai le popo. E avatu le moa e le Samoa o le lulu, ae aumai le popo e le Toga na o pulu. Ua ‘ivi ai lava sia mea.

O se Aoaoga. Ia silafia e le au faitau le tāua o le moa i le soifua o tagata Samoa. Ia iloa foi vaega tāua o le moa ma upu faaaloalo na maua mai le moa.

O Fesili. 1. E fia fua o le moa e tuu i le aso? 2. Aiseā na faafiti ai Peteru ia Iesu? 3. Faamatala le faiga o le moa e tunu piilima. 4. Vaevae le moa ma faavasega mai amata mai le vaega sili ona tāua. 5. Aiseā e lē mana’omia ai le tele o toa ae tau o le lua pe tolu? 6. Aisea e faaigoa ai le moa o le faailoa ao, o le taailepaepae, o le solitofaga? 7. O le a le uiga o le upu e togia lava le moa o le taafale? 8. Faamatala se isi ona uiga? 9. O le a le uiga o le alagaupu: E togi le moa ae uu le afa? 10. Faamatala faama’i o moa ma ni togafiti e toe lelei ai. 11. E seiloga e i ai le toa faatoa tuufua le moa? O le a sou manatu?

Fesoasoani mo le Faia’oga. Fai se tauvaga a le vasega poo ai e tele ana ata o moa na te maua mai tusi ata. Su’e mai se toa ma se matuamoa e fesoasoani i le faamatalaga o le tala i moa. Faatau se moa vela e a’oa’o ma faamatala i tamaiti vaega tāua ma le faasoaina o le moa.

MATAUPU E FA

ANOAFALE MAI MANU O LE VATEATEA

E i ai foi le sao o manu o le vateatea i le fausia o le gagana ma le aganuu a le atunuu. E tele manu o le vateatea sa tofu sao e auala i ta'aloga na faasilisili i finagalo o tupu ma tamalii o le atunuu. O seuga foi i tiaseu na mafua mai ai le tele o alagaupu o le gagana.

O le Tāua o le Lupe (Pacific pigeon)

Mafu o le Lupe

O le lupe o le manulele tāua e le gata i le tamaoaiga ai o le gagana i alagaupu ae o aganuu foi na mafua mai i seuga a le atunuu. E le gata i le lelei i le taumafa ae ose manu sa fai ma taaloga i le vao a tupu ma tamalii o le atunuu E tele nauā tala a le atunuu e fai i le lupe e le gata i tala ae o pese. O loo paepae i laufanua o le atunuu le tele o tia maa sa seu ai lupe, ma o ia tia seu e fai o latou 'ave e pei ni 'ave o le fetu. E pei ona lima 'ave o fetu e faapea foi 'ave o le tia seu, vagana nisi tia seu e sili atu i le lima 'ave, e pei o le tia seu i luga o le mauga i le motu o Manono. O ia ave e tofu ma le faleseu ae o ogatotonu o tia e i ai fale tapuai. E iloga faleseu e seu muamua, o le fale lea e lata i le tuasivi i le mea e masani ona ui mai ai lupe.

Upu ma alagaupu na maua mai le Lupe

E leai se meaola e tele i ai faamatalaga ma alagaupu e pei o le lupe. O le manu sa ogatotonu i taaloga a tupu ma tamalii o le atunuu o le ala foi lea e ao ona amata ona faamatala le lupe i alagaupu ma upu faaaloalo o le gagana.

"Alo ia e te seu i falemua ae ou seu i falevaai". I le va o alii seu i faleseu ma le fale tapuai e fetuuna'i ai le tofa poo ai e ulua'i seu, e alualu lava se felafolafoa'iga ona faapea lea o le isi aliiseu alo ia ina e seu i falemua ae ou seu i falevaai poo le fale tapuai. O le isi lea muagagana e masani ai faleupolu a'o fai se faatau poo ai e uluai lauga. Ona faapea lea o le isi failauga: Alo ia lau tofa i lo tatou aso ae sema so'u avanoa i se taimi.

E tofu foi le faleseu ma le alii seu ua i ai lana seu ma ana lupe o māunu e lua ua i ai foi le tula o ana lupe. O tula o laau faalava e tutu ai lupe o māunu. O māunu o lupe sa faalata ina ia lalata ma masani i le alii seu. O le tula e tu i fafo o le faleseu i le si'usi'u o le fetu ma e tu ai le tasi lupe ua lata lelei. O le lupe lea e mafai ona lele ae lē lele mamao, ae masani ona lele i luga ma sau tu i le tula poo le sau foi tu i le lima, ae maise o le taimi ua faaifo ai le seuga. Ona maua ai lea o le isi alagaupu, "o le lupe ua tulima tu tu i le tula". O lona uiga o le faamoemoe ua taunuu, lea ua tu lima tu i le tula. Afai foi e toatele le seuga ma tele lupe māunu ona i ai lea o le isi alagaupu. "Se ua malu māunu le fogatia."

"Ua lilogo le fogatia ua paū le tuavao". O le fogatia o le tiaseu, ae o le vaomatua o le tuavao. Afai loa ua mamalu le fogatia i aliiseu ma soāseu ona maua lea o le alagaupu. Ua liligo le fogatia ua paū le tuavao.

O le isi lupe māunu e faatu i le isi tula ae nonoa le vae ona 'u'u lea e le alii seu le pito 'afa ae nonoa le isi i le pito o le fale seu. A mana'o le alii seu e faatagi le māunu lea ona tosotoso lea o le 'afa, ona tagi lea o le lupe e pei o se lupe ua lavea, ona tosina mai loa lea i ai o lupe o le vao.

A felelei mai loa lupe ona sauni lea o le alii seu ma lana seu. O le seu o le tama'i upega e fafau i le pito o le seulupe o le upega e ta'u o le ga'a ae o le na'a i manatu o isi. 'Ao faatagi le lupe lea e nonoa le vae, ia faaeteete le alii seu ne'i aliali lona lima pe gaoioi foi le tula auā o le tulaga lea e toe felelei 'ese ai lupe.

"Ua atagia taga tafili". O le alagaupu e faatatau i le matei'a o se gaoioiga poo se togafiti, e ui ina e lei faatinoina ae ua iloa mamao atu o le togafiti. Afai ua faigata se finauga a failauga ona faapea lea o le isi. Se ua atagia taga tafili, o lona uiga ua masalomia o se togafiti.

Foliga o le faleseu. O le fale seu e faapu luga, e faatatau ia mafai e le alii seu ona tu i luga mai totonu o le fale ma seu ana lupe. E fai lona pulou faataumata i se fasi launiu pei o pulou o tagata tautai i le gataifale. O le pulou lea e tatui i ai isi lala laau ina ia lilo foliga o le alii seu. O le pulou lea e ta'u o le muniao, a lele mai lupe ona fetuuna'i solo lea o le pulou poo le muniao ina ia lilo foliga o le alii seu. O le fetu'una'iga lea o le muniao, e mafua mai ai le isi muagagana a failauga pe a uma se faatau ua maua se isi e lauga, ona faapea lea. **"Sa fetuuna'i nei muniao i le faatau paia ma ua i'u o a'u o le a faaleagatonua lo tatou taeao fesilasilafa'i"**.

O fale seu foi e teuteu i lau laau ia itu uma e fa o le fale mai lalo se'i oo i luga ona faaavanoa ai lea o luga e tulai ai le alii seu, e pei ona ta'ua i luga. E pei ona ta'ua muamua o le ogatotonu o le tiaseu e fau ai le faletapua'i, afai lava e toatele e tele foi fale tapua'i O nisi foi faletapua'i e paepae solo i autafa o tiaseu pe afai lava o le nuu atoa ua masi'i e tapuai le seuga.

Afai e masi'i se nuu e tapua'i le seuga, e ave le tele o taumafa i le vaomatua, auā e tele aso e fai ai le seuga. E matuā faavai mea i tuāolō ma isi lava taumafa auā le faiva i le vaomatua. Faapei ona tele o faleseu e faapea foi ona tele o tiaseu i totonu o se vaomatua, ae maise o luga o ni vanu, ma o le tulaga lea e mafua ai le isi alagaupu.

"E pipi'i tia ae mamao ala", o lona uiga e valalata tia ae mamao ala e fesoota'i ai tia ona o le vanuvanu. E ui ina valalata o tatou nuu ma afio'aga ae vamamao i le finagalo o le Silisiliese. E ui ina valalata ananafi ma le asō, e pipii tia ae mamao ala i le finagalo o le Atua. O isi foi faleseu e fau i luga o laau, ma ua fetaui tonu i ai lenei alagaupu, auā e a'e i luga toe ifo i lalo.

Ua matalupe le seuga. O se fiafiaaga ina ua vaaia se fuifui lupe. Ua faapena foi ona fiafia se faatasiga ua tele ni tagata ua faatasi mai.

O lupe sa vao ese'ese ae o lenei ua fuifui faatasi. O lupe sa eseese vaega o le vao na nonofo ai ae o lenei ua faatasia i totonu o le gaa a le aliiseu.

O le tia ua malumaunu. O le tiaseu sa leai se lupe sa tu ai ae o lenei ua malu ai fuifui lupe. O upu e fai ina ua aofia mamalu eseese i le taeao o le fesilafa'iga.

O le lupe na fa'ia mai le fuifui. Faatatau i se tasi na filifilia e aiga e fai ma lupe faalele i le Talalelei.

Ou te le seu tafilia le gaa e faigata le paia o Samoa. O le tagata e seu ae faaeteete e paia Samoa.

Ua faaifo le tuamafa filimalae. O le tuamafa o le lupe lapo'a o le taitai foi o lupe. O le mea e lele i ai le tuamafa e mulimuli ai isi lupe. A maua loa le tuamafa i le seu ona taunuu ai lea o le muagagana lenei. Ua ifo le tuamafa filimalae.

E ala ona filimalae ona e fai ma fili o alii seu ona o le seu gata o le tuamafa. O nisi igoa o le tuamafa o le leovao, o le matuaisu, o le olotu, ma maunu.

A mae'a se fetalaiga a sē o tuua poo se saunoaga ase alii matua ona faapea lea "ua faaifo le tuamafa filimalae i le fetalaiga poo le saunoaga.

E tele ma anoanoa'i upu ma alagaupu na mafua ona o seuga a alii i lenei lava manu o le vateatea o le lupe.

O isi upu na maua mai le taaloga o le seuga lupe

Matasā - o le lupe tauaso, **oopa** o le apata o apaau i luga e iloa ai e toe fo'i mai, pao o le taofiga o le lele a le lupe ina ua lavea i le maea, **palalū** o le leo o le lele a le lupe, **papatua** o le leo e fai i le lele aga'i i luga o le lupe, **sa'olele** o le lele saoloto o le lupe i le umi o le maea, **folalefau** ia mau lelei le fau, **faugatā** o le faigata ona usita'ia le fau, **faatafili** faasa'oloto e lele, **tafilisaunoa** faasaoloto e lele sei o mai lupe o le vao, **malie** lele maualuga, **numilefau** ua numi le fau, **faalafi** aumai le lupe i lalo, **faaifoga** o le lupe faatoā maua, **malelega** o le lele a le lupe lata, olo o le olo a le lupe, faaseu mataina o le togi o le upega ia iloa mai e le lupe, **pale** o le seu o le lupe ua le maua e le isi alii seu, **vaelupeina** ua le manuia le seuga, **motufau** ave 'ese ma le fau, **taufau** nonoa le fau, **futiopa** futi o fulu muli ma fulu o apaau, **sa'aga** o laau o le fana o manu, **tula** laau faalava, **'aufale** laau o le fale seu, **sululupe** o le sulu i le taimi o seuga. O nei upu o loo tusia i le tusi: "THE SAMOAN ISLAND VOLUME II'' BY DR. AUGUSTIN KRAMER. (liliu faa Samoa e le Tusitala).

O nei upu uma o loo faaaogā i le tele o lauga a failauga i aso nei, e pei o lenei. O le tatou aso ua va o lupe maua ae ua lē va o lupe sa'ā, O fanua nei e tafilisaunoa ma sa'olele ai lau fetalaiga. Ua mataina le seuga e pei o le upu e fai ia Ulumu ma Lefaoseu. E iai foi igoa sa faaigoa ai ituaiga lupe e pei o lenei.

Ituaiga lupe e maua i vaega o le Masina

Lupeoatoa. O lupe i le atoa o le masina.

Lupeofanoloa o lupe o le popololoa o le masina.

Lupe o pupula o le lupe o le taeao.

O lupe ia sa faafaigata ai ia Tupivao ona sau i le faatafa o le tupu o Taufau lona tinā, ma na i'u ai ina lē pale i le tofi. Na maua ai se isi alagupu ta'uta'ua: **"Ua tafea le uto a Taufau".** O lona uiga ua lē faapaleina lana tama o Tupuivao i le tofi o le tupu e suitulga ia te ia.

To i le vao mea fanafana. Talu ona oo mai i Samoa o auupega o laau malolosi, ua lē toe faia lenei faiva tāua a le atunuu. Ae le gata i lea sa taumafai fo'i misionare e taofi sēuga ona o le tele o aso sa taavao ai le atunuu i lenei lava taaloga. O lona uiga ua to i le vao pe ua le iloa i le togāvao lenei vaega tāua o le aganuu talu auupega malolosi o pulufana.

E faatatau foi i se lupe sa tausi ae ua sola i le togavao ua le iloa.

O le vaitausaga e lololo ai lupe. E iloga lava le vai tausaga ma aso e lololo ai lupe, o masina o Iuni seia oo i le faai'uga o Oketopa o le vaitaimi lea e lalata ma lololo ai lupe. O le vai tausaga foi lea na tatala ai le tafana o lupe. Talu afā malolosi o 'Ofa ma Valelia ma isi afā, ua lē iloga ni aso e faataga ai.

O laau e fiafia lupe e ofaga ma aai ai. O le mosooi, o le asi, o le auauli, o le filimoto, o le tavai, o le malili, o le mamala, o le atone, o le mamalava, o le maota ma le aoā. E aina foi e lupe laau tutupu maulalo pei o le to'ito'i, ma e aina foi e lupe lau o laau e aofia ai le auauli, a'amatie ma le ifi ae maise o moemoe o nei laau. O le tele foi o nei laau e le fua uma i se taimi e tasi ae fua faasolosolo ma e tofu foi fuaga ma lupe e maua ma lalata ai.

Faavela atoa lupe ma totoga. E lē aveesea totoga o le lupe ae faavela atoa, ma o le manogi lelei lenā o lupe.

Vaega tāua o le lupe. Ona o le laiti o tino o lupe o lea e lē o iai ni aganuu i vaega o le lupe, vagana vae e lua ma le nofoi o le vaega tāua lena, ae ave atoa pe a tele lupe.

O se A'oa'oga. Ina ia malamalama tagata faitau i tala i lenei manulele sa fai ma taaloga mata'iga a le atunuu i aso ua mavae. O se manu ua tele vaega o le gagana na maua mai ai ona o se manu tāua i taaloga ae tāua foi i taumafa.

O Fesili. 1. O le a le 'ese'esega o le fale seu ma le fale vaai? 2. Aiseā na lē maua ai e Tupuivao lona tofi? O le a le isi upu e fai i lea tulaga? 3. O le a le uiga o le alagaupu, e faleseu le ainā? 4. O le a le alagaupu na mafua mai i le tala ia Tupuivao? 5. Faamatala ituaiga lupe e tolu na naunau i ai Tupuivao? 6. O le a le lupe e ta'u o le tuamafa filimalae, ma aiseā foi ua faaigoa ai i lea igoa? 7. Lisi ni laau o le vaomatua e a'ai ai lupe i o latou fua ma lau. 8. O le a le uiga o le alagaupu e pipi'i tia a e mamao ala? 9. Ua se togi le lagatila ua faafaō i le tualima ua malo fai o le faiva. O ai lea e tautala ae o le a le uiga? 10. Aiseā ua mou atu ai lea faiva tāua a le atunuu o le seuga lupe? Faamatala pe toe mafai ona fai? 11. O le uiga o le muniao, ma e aiseā e faaaoga ai pe a fai faatau a faleupolu?

Fesoasoani i le Faiao'ga. Faamatala le tala ia Taufau ma Tupuivao ma faatino. Saili ni ata o ituaiga lupe eseese.

O le Tāua o le Pe'a (Samoan flying fox)

O le isi lea manulele e manatu nisi e lē o se manulele o se manu sa totolo pe mo'emo'e e pei o le isumu. E i ai le tala a tamaiti e fai i le faauōga a le pe'a ma le isumu. E lua ituaiga pe'a. O le pe'a Toga poo le Toganus poo le pe'a fanua. E lautetele apa'au ma e i ai lana ula enaena i le ua. O le pe'a Samoa, o le pe'a vao poo le Samoensis, e lauiti apa'au ma uliuli foliga. O le taulagape'a i le ata o pe'a Toga. E le faapea na o Toga o loo i ai nei pe'a, ae ona pau o igoa ua faa'ese'ese ai e tagata ituaiga o pe'a.

O le Tala i le Uō a le pe'a ma le isumu. E lele ane le pe'a ae valaau atu le isumu, e! ta fia lele e pei o oe. Se faamolemole lava pe mafai lava ona aumai ou apaau se'i faata'ita'i ai ona ou lele, ona toe avatu ai lea. Ua malie le pe'a ma tatala loa ona apaau ma avatu i le isumu. Ua vave lava ona faapipii apaau e le isumu ae ua faalavelave ona vae ma lona si'usi'u. Se'i taofi mai lava lo'u si'usi'u ma 'ou vae si 'ou uso foi. Ua tali atu le pe'a ua lelei ma lele loa le isumu.

Lele i luga, lele i lalo, ma ua logo mālie lava i tino o le isumu le agi malū o le savili, ua galo ai lava ma le tuugatala na fa ma le pe'a. Ua lele solo le isumu ma faatofa ai lava e le'i toe foi mai i le pe'a. Ma o le tala lenā e mafua mai ai le alagaupu: **"Faapei o le tala i le faigauō a le isumu ma le pe'a"**. Afai o se faauō ua faai'uputa ona faapea lea. Se e pei lava o le faauō a le isumu ma le pe'a.

O le tala masani lena ua silafia e le toatele, ae i ai le tala fou ua tusia e le Tusitala i le tusi: **"O le Uō a le Isumu ma le Pe'a ma isi Tala Pupu'u"**. Faitau i ai e 'ese foi lona malie i le faitau.

E i ai foi le i si tala e ta'u ai le pe'a. O le tala lea e lē o se pe'a se tasi ae o le fuifuipe'a. E ese le fuifuipe'a ese le taulagape'a auā o le taulagape'a o se laau e tumu i pe'a. Ona o pe'a e tautau mai i lalo o lea e ta'u ai o le tautaulaga poo le taulagape'a. A'o le fuifui pe'a o le tele o pe'a e felelei faatasi, o le upu foi lea e ave i soo se fuifui o ni manu se tele. E pei o le upu e fai i fuifui lupe. "Auā sa vao eseese ae o lenei ua fuifui faatasi".

"Ua tatou feiloai nei i magafetau soifua e pei o le fetalaiga e fai ia Leutogitupa'itea", ona o le feiloaiga a Leutogi ma ilamutu a lona aiga o ē na lavea'i ia te ia. O ilamutu o aitu vavalo poo tapuāfanua, auā sa tofu aiga tetele o le atunuu ma ilamutu poo tapuāfanua. Ona lē toe foi mai lea o pe'a i Samoa ae ua tumau ai pea i Toga, ma e vaaia nei tautaulaga pe'a i ni nofoaga faapitoa e pei o Kolovai i Togatapu.

E sa i le tulafono a le tupu ona fasi e se isi se pe'a mai nei nofoaga se'i vagana ua maua i tua atu o nofoaga faapitoa. E manatu foi tagata Toga o nei pe'a o loo i ai pea ni agaga (spirits) talu le mea na tupu i le faasaoina o le tamaita'i Samoa o Leutogitupa'itea. E lē fiafia Samoa e taumafa pe'a e pei o isi atunuu. E pei o le atu Maikolenisia (Micronesia). E fiafia tele e taumafa ia pe'a, ma o se taumafa tāua tele i ia atunuu. Masalo e faatusa le tāua o le pe'a i ia atunuu e faatusa i le tāua o le lupe i tagata Samoa. O nisi o taimi e lē aveesea le pa'u ae saka atoa ma fulufulu ma apaa'u ona taumafa lea e pei se supo. Ona o le mana'omia o pe'a ua seāseā toe vaaia ai ni pe'a i laufanua o nei atunuu.

O atunuu ia e aofia ai Guam, North Mariana, Palau, Mashall Islands ma isi atu motu laiti i lena vaega o le Pasefika. O tupulaga talavou i Samoa e masani ona latou tafana ia pe'a ma tunu ma 'ai. Sa auai le Tusitala i le tafana o pe'a ma 'ai ao tamaititi i le nuu na ou tuputupu 'ae ai. Sa i ai foi la'u fana meme'i e fai i pa'u i totonu o taavale (innertubing). O 'ulu i taimi o fuata ma le laau o le vavae (kapok) o laau ia sa masani ona tafana ai pe'a i taimi o fuata o ia laau. O le taimi foi lea e lololo ai pe'a.

O le aogā e sili ona tāua ai pe'a. O le faasalalau lea o fatu o laau ma faatutupu ai le tele o laau i laufanua o le atunuu. E fautua atu ai i tagata uma ae maise o tupulaga ina ia 'aua le soona sauā i lenei meaola aogā e le gata e aogā i le vaavaai o felelea'i i le vao matua ae na te faasalalau atu fatu laau i laueleele o loo laolao ma lē o ola ai ni laau.

O taimi o afā, e masani ona vaaia ai nei meaola o fetolofi solo e saili ni a latou meaai. 'Aua le fasia ae fai se galuega e fafaga ma faasao ai nei meaola aogā. O nisi sa fai ni fata ma ni laau faalalava e tautau ai apu ma nisi fualaau e o atu pe'a ma momoe ma aai ai i taimi ua tuana'i ni afā malolosi.

O aoa tetele o isi ia nofoaga e malu ai pe'a i taimi o afā, ona e seāseā pau'ū nei laau i afā. O lea e tāua ai le faasao o nei laau e le gata i le manaia i le vaai ae fai ma ofaga o pe'a ma le tele o manu felelei o le vateatea. O le isi mafua'aga na faatu ai le Vaega o Paka e le Malo o Amerika o le faasaoina o pe'a.

Upu faaaloalo na maua mai le Pe'a

Feiloai i magafetau ola e pei o le tala ia Leutogitupaitea. Faigauō a le isumu ma le pe'a e faatusa i ai ni faigauō ua te'i ua faai'uputa/faai'u faafuase'i. **O le pese e fai i le pe'a**. "Timu ma'ama'a faimalaga loa le pe'a su'e se laau e fua tele naunau. Mua ona taamilomilo ae mulimuli ona tautau upe vae tasi ae faaeto le laulau". E ta'u mai upu o le pese amio a le pe'a, e lē tu e pei o isi manu ae taupe ma faatautau mai i lalo.

O isi upu maua mai le Pe'a

Taulagape'a o le laau o tautauai pe'a. Fuifuipe'a o pe'a e tele o loo felelei pe o fuifui faatasi. **Tonumaipe'a** o le tasi o Ao o Savaii maua mai le laveaia o Leutogitupa'itea e fuifuipe'a mai Samoa.

O le Tāua o le Tava'e (Phaethon lepturus)

O le tava'e o se manu e iila ona fulu ma e mataina lana lele ona o lona fulu umī e toso atu i ona tua. O le fulu lea e mafua ai le tasi alagaupu e faapea.

Tama'i tava'e

"E mamae le tava'e i ona fulu". E faatusa i le tagata o loo i ai se mea e mitamita ai. I se tasi faaupuga e faapea. E faapei ona manumanu le tava'e i ona fulu e faapea foi le mamae i le tagata Samoa lona aiga, lona nuu, lona atunuu poo lana Ekalesia. Ia 'aua ne'i i ai se mea e tauvalea pe faalumaina ai. E tuufua le tava'e i luga o laau maualuluga, ae maise i luga o ni fue poo laupapa. E tasi lona fua e tuu i le taimi e tasi, ma a fofoa ma pepe le tama'i tava'e e foliga o se polo taufulufulua, ae a lapo'a ona liu lea o ona fulu 'i'ila i le tino atoa ma le fatafata ma tosi uli i pito i luga o apa'au. O fulu 'i'ila ia o le tava'e e faaaogā e tautai e fau ai pa ma matau fagota, auā poo le a le umi ona faaaogā e tumau pea le 'i'ila. O pa ia ma matau e fagota ai malau i le po masina i le faiva o le se'i malau poo le matau malau, auā e atagia le 'i'ila i le susulu o le masina.

E vaaia soo e le Tusitala tava'e e fuifuilua ma felele a'i i tafatafa o lona fale i Tafuna, Amerika Samoa. O manu ia a felelei e foliga o loo fai se la taaloga. E mataina le amio a ia manu, e toetoe a tutū i se laau, ae te'i lava ua toe felelei ese ae le'i pa'i vae i lalo. E felelei i luga a'e o tumutumu o laau, ae o isi taimi e te'i lava ua alamū i lalo o uluulu laau ma fai ai pea le la tuligā si'a pei ni tama'i vaalele papa'e ma fai nai o la leo 'a'a. E atamamai tele tava'e e fagogota i le moana sausau. E totofu i le sami mo ni gufee ma isi ituaiga i'a laiti. E fiafia foi e aai i le i'a lele (flying fish) poo le mālolo.

Tava'e-'ula *(Red tailed tropicbird)*. E i ai fo'i le tava'e ula e iloa gofie i le mūmū o le fulumuli, ae seāseā vaaia lea tava'e.

O le Tāua o le Manusina (Common white fairy tern)

O le manusina o le isi lea manu o le sami e aiga faatasi ma le tava'e ma le gogosina ae ese foi lana amio ma ona uiga. E vaaia soo ia manu lanu papa'emā o fuifui lua ma felelea'i i luga poo lalo ifo o auvae mauga, o lona uiga e nonofo ma tuufua i luga o laau i auvae mauga. E tuu se fua se tasi e pei lava o le tava'e ma nofonofo ai e faafofoa. A oo ina fofoa ona alu lea i le moana e fagota ai auā lana tama.

A maua ni i'a e lele ma i'a i lona gutu mo le tama'i manusina o loo faatali mai i lona ofaga. E tiga le tele o ni i'a i le gutu o le manusina ae le mafai ona paū, tiga foi le mamao o le mea o ofaga ai e lele mamao lava ma lana fagotaga auā si ana tama o loo faatali mai i lo la aiga.

"A taape le fua manusina ia tofu le manu ma si ana i'a". O le masani lea a le manusina ua leva ona maitaua e tautai Samoa na mafua ai le isi alagaupu i le amataga o le parakalafa. O lona uiga afai e māe'a le tauaofiaga ma ta'ape le fonotaga, ia tofu le tagata ma se tufa'aga aogā e alu ma ia i lona aiga.

O le Tāua o le Gogo uli (Sooty tern)

E i ai le gogouli e i ai foi le gogosina. Ua na o Rose atoll o loo ripotia mai ai le gogosina O le gogouli e uliuli le tino ma lona sope poo le ulu e efuefu pa'epa'e. O le gogo e nofo ma tuufua i luga o laau i le vao matua ma luga o papa maualuluga. E masani ona tuufua i luga o motu amu tuufua e pei o le Motu o Rosa (Rose Island). O le motu e leai ni laau auā o le motu e tupuga mai i amu ma le oneone. I luga o le oneone o lea motu e momoe ma tuufua ai gogo. E lē popole lava le gogo e fau lelei sona ofaga, na ona 'osi'osi pe sae'u lava o ni maa 'amu ma tuu ai loa lona fua lava e tasi ma tatao se'i oo i le taimi e fofoa ai.

E manatu la le Tusitala sa faapenā ona tuufua gogo i matafaga i oganuu gaogao ae le'i toatele le atunuu, ma sa tele ni matafaga sa gaogao ma leai ni tagata sa nonofo latalata i ai. Atonu o le mafua'aga lea o le alagaupu: "O le lafulafu a tamaseu gogo". O lenei alagaupu na mafua i le o atu o le 'au'auga poo le taelega a alo tamaita'i o Tuisamoa o Falealili e faamalū i le sami ae fetaia'i ma Laauli le alo o Malietoa Uitualagi o seu gogo i le matafaga. O Laauli ma lona uso o Fuaoletoelau na alu le la aumoega i tamaita'i nei o Gauifaleai ma Gatoaitele. Ua alu loa Fuaoletoelau i le fale ae alu Laauli seuseu gogo ma fetaia'i ai ma Gauifaleai.

Ona faapea lea o le tala a le tamaita'i: A'o lou ulu matua'i valavala, ona tali lea o Laauli: **"E valavala a tumanu"**. E faatusa i le valavala o taifa'i o le fa'i e igoa o le lautaemanu e le'i matua, ae ese foliga pe a matua le aufa'i. Toe fetaia'i mulimuli ane toe faapea foi a Gauifaleai. matua'i e palapalā ma auleaga, ona toe tali foi lea o Laauli:

"E lafulafu a tama seugogo". Talu ai e vali uli mata o tagata seugogo ina ia 'aua ne'i iloa e gogo foliga, o lea sa vali uli ai foliga o Laauli, ae iloa ane mulimuli e Gauifaleai e 'ese le aulelei o Laauli ina ua uma ona faamalū ma sui ona la'ei. Sa vave ona moo le tamaita'i o Gaufaleai ma mana'o vave e nonofo ma Laauli ona e le gata i le poto o ana upu ae ō gatasi ma si ona aulelei. Ia ua toe moo foi la o le a ae o le a le mea na taufaifai ai.

O le faai'uga o lea tala e faapea: Sa toe foi Laauli ma lona uso i Malie i lo latou aiga ae ua amanamana'i e Laauli le toe foi i Falealili ia Gauifaleai ma Gatoaitele. E malama atu le isi taeao ua leai le tama o Laauli i lo latou aiga ae ua usu seu i luga o le mauga e aga'i atu i Falealili auā a la tuugatala ma Gauifaleai. Na ala mai Fuaoletoelau lona uso taufeagai ua leai lona uso matua, ae ta'u e isi tagata: Se o Laauli na usupo atu lava aga'i i Falealili. Ona faapea loa lea o Fuaoletoelau.

"E lau o le fiso lau o le tolo, e ala e tasi le maugaiolo." Ua maua foi lea alagaupu i le saunoaga a le aloalii o Fuaoletoelau. Ua leai se afaina auā o Laauli lava o 'au foi lea. O lau o le fiso ma lau o le tolo e foliga tutusa ua faatusa i ai i la'ua ma lona uso o Laauli. E lē lau maua foi uso loto mamā e pei o Fuaoletoelau.

O le faai'uga o le tala na i'u ina nofolua le auso o Gauifaleai ma Gatoaitele ia Laauli, ma o le usuga lenei na maua ai ao tetele o Gatoaitele ma Tamasoalii ona o faamanuiaga a Malietoa Uitualagi i lona atalii ma le agalelei o nei tamait'i i le tausiga o Malietoa ina ua malomaloā lona faatafa gasegase, poo le **taomia o le falaefu ma le apulupulusia o tofaga**. O nei foi ao o loo alagaina pe a ailao sua ina ua uma ona folafola ona ailao lea faapea: Le Tuiatua e, le Tuiaana e, le Gatoaitele e, le Tamasoalii e, faafetai le pule.

Ua pafuga le 'a e pei o le upu e fai i le seuga gogo. O le alagaupu na mafua mai lava i lenei faiva o le seugagogo. E mafua mai le 'e'e o le gogo ina ua te'ia i le tagata. Poo le tali mai a le gogovao i le 'a a le gogo māunu.

O le Tāua o le Fua'o (Brown booby)

E i ai le isi ituaiga gogo e ta'u o le fua'o, o le manulele lea e fai si ona lapo'a i lo le gogo. O le manu lea o le afioaga o le Tamaita'i o le Ao ma le nuu o Vatia i Tutuila.

O le Tala i Fua'o. O fua'o e nonofo ma tuufua i luga o pola maa o loo i gatai o Vatia, ma o ia pola ma'a e tutu mai i totonu o le moana seiloga o vaa ae le mafai ona aau i ai se tagata. A oo i le taimi ua tuufua ai le fua'o ona alu lea o se vaa poo se tulula e momoli tagata i le pola se'i gagaifo le la, ona fe'a'ei lea i le pola ae le mafai ona a'ea le pola o malosi le la ona o le 'i'ila o le papa. A oo i luga ona tapu'e lea o manu i le ua ina ia 'aua nei 'e'ē ma lagā ai isi manu. E milo ua o manu ona fai lea o le tui manu pe fafao i se taga ona lafo ifo lea i lalo o loo faatali atu ai le tulula.

E faigata tele ona a'ea le pola seiloga lava o tagata ua masani ona latou faia lea faiva. O le faalavelave ua tāuāu ina mavae atu tagata totoa sa latou a'ea le pola. O le afioga ia Gaoteote Taumao'e o le isi lea toa sa masani ona a'ea le pola.

"Ia seu le manu ae taga'i i le galu". O le alagaupu e fai i le seuga o fua'o i luga o le papa. Ona o le faiva e lamatia i galu malolosi. Fai foi o le mana'o i le manu ae sili ai ona manumanu i le ola. Afai e lē a'e se isi ona faatagi lea o se fua'o ua lata ae o mai ai fua'o ae tauta lea ma maua ai. O lona uiga soo se fuafuaga poo se saunoaga ia taga'i i ni faigata poo nisi foi e ona afaina i sau tanoa poo se saunoaga.

O manu o le Foaga o le upu e fai i manu faatoa mafai ona felelei poo manu o le suiga fou. O manu ia e seāseā 'aafia i seuga manu ona e manumanu e faasao manu o le foaga e faamoemoe mo aso o lumana'i. O le isi foi lea tulaga e aliali mai ai sa fai faasao i aso ua mavae. E pei foi o le sa o popo pe afai ua faaletonu le uluniu o se alalafaga.

Upu faaaloalo e mafua mai le tava'e, manusina, gogo ma le fua'o

"A ta'ape le fua manusina ia lele le manu ma si ana i'a". O manu uma nei e auaiga faatasi. O nisi upu faaaloalo foi e a'afia faatasi ai e pei o le upu i le ulutala. O loo ta'u na o le manusina ae o le masani lea a le tava'e, le gogo ma le fua'o e felelei ma o latou faiva i o latou gutu e fafaga ai fanau o loo faatali mai i aiga poo ofaga.

E manumanu le tava'e i ona fulu. Talu ai le manumanu o le tava'e i lona fulu umi i le si'usi'u, e alu atu lava le tagata pu'e mai i lona ofaga ae le lele ona o le manumanu i lona fulu ne'i gau pe faaleagaina.

Ua maefulu le tava'e. Pe ua maeteuga le mafine. E faatatau i le tagata ua faamanaia tele ma teuteu tino.

Ua aliali le va'ava'a o le tava'e. Ona o le futi soo e tautai o fulu o le tava'e ua aliali ai lona fatafata, ma o se upu faifai pe faaulaula foi.

Ua pafuga le 'a e pei o le faiva o seuga gogo. O le 'a'a a gogo pe a te'ia i le tagata seu. Poo le tali mai foi a le gogo vao i le 'a a le gogo māunu. E faatusa i ai se mea ua tupu, ua faate'ia ni manatu ona o le mamalu o le tauaofiaga.

E valavala a tumanu, lafulafu a tama seugogo, lau o le fiso lau o le tolo o le ala e tasi le mauga i olo. O alagaupu na maua mai i le seugagogo a Laauli Malietoa (silasila i le tala i le ulutala "O le Tāua o le Gogo".

E manusina le soā le tanoa ma saunoaga. O le upu faaaloalo e tali atu ai i se saunoaga a se alii tele. E faatusa foi le sinasina o fulu o manusina i le sinasina o le ao o le tamalii, tusa lava pe lē ulu sinā.

E seu le manu ae taga'i i le galu. O le alaga upu lenei o loo 'ese'ese ai manatu. E talitonu le afio'aga i Vatia o le seuga fua'o i pola i gatai i le moana e mafua mai ai, auā e mafai lava ona seu i luga o le papa, pe a le a'e i le pola. E manatu nisi o le upu e mafua mai i seuga i motu o le atu Aleipata o Vini ma Tapaga. Masalo e taufai tonu uma lava manatu e lua auā e seu manu i Aleipata e seu foi manu i Vatia. O le uiga o le upu ia saunoa pe fetalai foi ma le faaeteete, silasila i mamalu ua aofia.

A'e i le Pola ne'i gase-Ne'i sosola o manu e. Upu poo le pese e fai i le pu'egā fua'o i luga o pola i gatai o Vatia i Tutuila.

Manu o le foaga o manu laiti e le'i ono fasi ae faasao mo aso oi luma.

O se A'oa'oga. Ina ia malamalama le aufaitau i le sao o nei manu o le vateatea i le gagana ma le aganuu a Samoa.

O Fesili. 1. O fea na faamoemoe i ai le seuga gogo a Laauli? 2. O fea na o i ai alo o Tuisamoa i le taimi na fetaui ai ma Laauli? 3. O le a le 'ese'esga o le gogosina ma le fua'o? 4. O le a le uiga o le saunoaga a Laauli: o le lafulafu a tama seugogo. 5. Faamatala le uiga o le alagaupu: Ua pafuga le 'a e pei o le faiva o seugagogo. 6. O le fea manu e faatatau i ai le upu: E mamae le manu i lona fulu ma o le fea fulu? 7. O le a se uiga o le alagaupu? 8. O fea le nuu e maua ai le fua'o, ae faapefea ona pu'e lea manu? 9. O a ni alagaupu e fai i le manusina, ao fea foi e nofo ai lea manu? 10. Aisea e fai ai faasao a nuu e pei ona faasao e Vatia manu o le foaga? 11. O ai e faatusa i ai manu o le foaga? 12. O le a le uiga o le upu ia seu le manu ae taga'i i le galu. Se upu taufaifai, faalumaluma, pe faa fautuga? 13. O le a sou manatu i le tali a Fuaoletoelau: O le lau o le fiso o le lau o le tolo o le ala tasi le mauga i olo? 14. E faapea sau tala pe ana o 'oe?

Fesoasoani i le Faia'oga. Saili mai se tamā matua poo se isi faia'oga matua e faamatala le manusina, le gogo, le fua'o ma faiva o seugagogo, ma le tava'e.

O le Segasegāmau'u (Gardinal honeyeater). O si tama'i manu e felelea'i solo i tafāfale, ma e fiafia e inu mea suamalie mai fuga o laau e pei o le suni, aute, mu seta, aloalotai ma isi laau e maua ai mea suamalie i o latou fua. O le sega tane e mumū lona tumua'i, ae uliuli le tino toe lapo'a i lo le sega fafine. O le sega fafine e le gata ina itiiti lona tino ae uliuli atoa le tino vagana sina lanu mumū itiiti i le tua. E manaia si ona leo e ii pe a feosofa'i solo i luga o fuga o laau.

O le Iao (Wattled honeyeater). E tutusa lelei masani ma amioga a le iao ma le segasega mauuu. O le ala foi lea e fetulina'i ai e le iao le sega ona e tutusa a la mea'ai. E fagufagu po e le iao manu o le vao i lana tagitagi fiafia ma feosofa'i solo mai lea fugalaau i lea fugalaau. E iloa foi ua po ona o le taimi lea e feoa'i ai lulu ma e iloa gofie ua o mai lulu i le afiafi po, pe a tagi le iao ma alu e tuli ia lulu. E 'ese'ese lava leo o le iao pe a tagi. E 'ese pe a oo i le taeao po, 'ese pe a inuinu i fuga o laau, 'ese foi pe a alu e tuli ia lulu i le afiafi po. O se manu e itiiti lona tino ae toa le loto, auā e tau ma soo se manu e pei o manu fou poo myna birds, faapea le lulu.

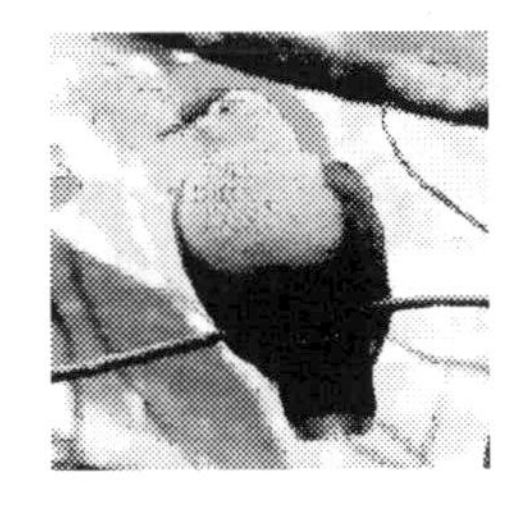

O le Manutagi (Purpled-capped fruit dove). O le isi lea manu e manaia tele ona foliga. E iloagofie lana tagi e pei e tauvalaau, toe pei e tagi 'u'u. O le ala foi lea e fai i ai le pese: "Le manutagi e, ua tagi taamilo pei o se ta mai o se logo faailo, ma'imau pe ana i ai se televise po 'o penei ua iloa atu lou tino. Amuia le lupe e fai ona apa'au pe ana o 'au ua ou lele atu ma toe sau, se'i ou asia le atu Fiti ma Makonai aue tagi e, ta fia alu atu e i ai". O le pese na fatu e se tasi e aualofa ai i aiga pele na ave faamalosi ona o le faama'i o le Lepela i le motu o Makonai i le atu motu o Fiti. O le amataga o le 1950's na amata ai ona toe foi mai tagata ina ua maua le fofo o le faama'i Lepela. O le isi lea sao o manufefelei i le gagana ma le aganuu, e faatusatusa i ai lagona o loto ma mafatiaga o le mafaufau. O le isi mea e maofa ai ona e tupu lenei faama'i e le'i taitai oo mai televise i Samoa, ae o lea na fai i ai moomooga o le fatupese.

O le Segavao (Blue-crowned lorikeet). Ona pau lea o le manu o laufanua o Samoa e foliga i le koke poo le "parrot". O se manu e manaia tele ona foliga, ma e nofo lava ia i luga o niu maualuluga ma laau e pei o gatae auā o ana mea'ai o fuga o le niu ma gatae ma isi laau faapena. Ua seāseā vaaia lenei manu, ae o le motu o Manu'a i Saua i Fitiuta na pu'e mai ai e Tavita Togia ata nei o le segavao.

O le Fuia (Samoan starling). E uliuli faaenaena lona tino, ma e mau i laau maualalo. E fiafia tele le fuia e ai i le esi ua pula ve'ave'a. E faalogoina lana tagi leotele pe a maua sana esi e 'ai, e pei o loo tauvalaau i isi fuia e o mai ua fai meaa'i. E 'ai foi i fua o le moso'oi ma fua o le nonu. Upu e fai i le fuia . "E faalata le fuia i le esi".

O le Tuli. (Wandering tattler). E mau i le matafaga ma 'ai tamai i'a ma tamai paa ma avi'i. O le isi ona nofoaga o laufanua laulelei e pei o malae tapolo. O lona lanu e faaefuefu tosi uliuli isi vaega o ona apaa'u. A lele le tuli e faalogo i lona leo e pei lava o ta'u lona lava igoa: tuli, tuli, tuli ma o le ala lea e faifai ai le tagata gugutu ma matananana o le tuli, auā o lana masani e alu ma tala'i ia lava.

O le Matuu. (Pacific reef heron). O le matuu e uliuli atoa le tino, uumi ona vae ma lona ua umī. E mau i luga o papa i luga o le sami ma matafaga. E 'ai i tamai 'ia ma 'ama'ama i luga o papa. O le Matuu o le manu o taua Taupauu ma Mulipola i le nuu o Salua, i Manono. O loo maua i le tala ia Lefanoga ma Lefanoga.

O le Manualii. (Purple swamphen). E lē ma iloa poo le a le mafua'aga o le igoa o le manu a alii, auā e lē lelei i le taumafa. O lona tino e uliuli iila ma lona sope mumū ae papa i lalo e lē pei o le sope o le toa. E lē mamao sana lele ae tele ina tamo'e i lalo e pei o le ve'a. E fiafia tele le manualii e 'ai aufa'i ua matua ae le'i pula. Ma o lana fa'i e vaaia soo o 'ai o le lautaemanu. O fa'i e tupu i le vaomatua, e le lelei i le taumafa, ae fai ona fatu. E manatu le au suesue o le lautaemanu o le ulua'i fa'i lea na tutupu mai ai le tele o fa'i ona e pau lea o le fa'i e fai fatu.

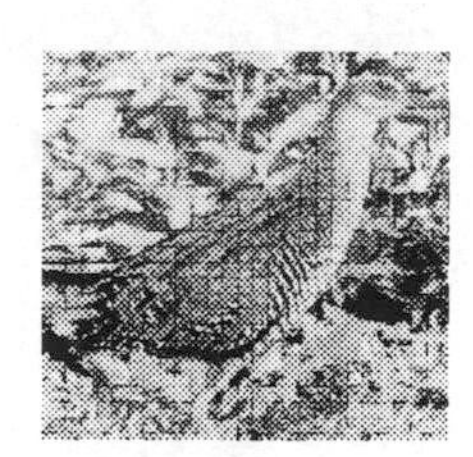

O le Ve'a. (Banded rail). O le ve'a o le isi lea manu o le laueleele auā e le mafai ona lele ae tamo'e televave pe a te'ia i tagata. E enaena lona tino ma tosi uliuli i apa'au. E fefefe tagata pe a tagi taamilo le ve'a i se fanua o se aiga auā e faailoa mai o le a iai se maliu i lenā aiga. O masalosaloga lava faaanamua o tagata.

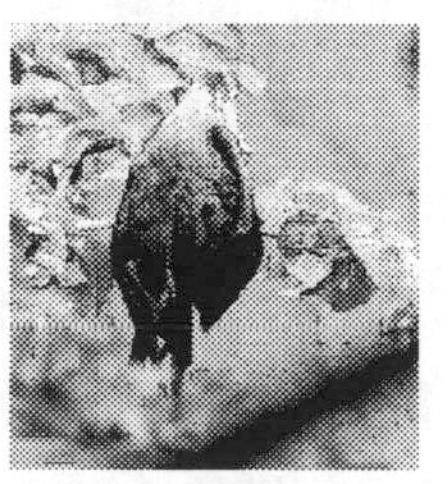

O le Atafa. (great frigatebird). (O le manu o le vateatea e seāseā vaaia o tu, ae felelea'i lava ia i le vanimonimo, ae ona pau lea o se ata ua iloa e tu foi le atafa i luga o laau. A vaaia loa ni atafa o felelea'i i le vanimonimo ona manatu lea o tagata ua lata mai ni matagi malolosi ma ni afā. E lē apata apaa'u ae faaloloa ma pei e faasee i le savili.

O le Manumā (Many colored fruit dove). E pei lava o le manumea, ae pa'epa'e lona ua ma tosi mumū i lona tua. E lanumeamata vaivai lona tino ae lanumeamata malolosi pito apa'au. E fiafia fo'i e ai i aufa'i e le'i pula. O lenei foi manu ua seāseā vaaia i nei aso. O le isi lea manu e manaia ona foliga. Ua seāseā va'aia talu afā o le 1987, 1990, ma le Valilia o le 1991. E mau i aoa maualuluga ma e seāseā va'aia i fanua alalo. O le faalavelave foi ua tau leai ni aoa ona ua a'afia atina'e o faatoaga. O le manuma fafine toeitititi tutusa ma le manu tagi.

O le Manumea. (Tooth-billed pigeon). O le isi lea manu ua seāseā vaaia i nei ona po. E enaena mūmū lona papatua ae iloagofie i le pi'o o lona laugutu aluga. E pei o le manualii e fiafia e 'ai fa'i ua matua ae le'i pula.

O le Toloa. (Pacific black duck). O le isi lenei manu ua tau le vaaia i nei aso. E masani ona mau i vaivai ma mea faataufusi. O lana masani e lele solo mai lea vaivai i lea vaivai ae masani lava ona alu ma fo'i mai i le auvai sa fanau ai. Ona o lana masani e toe foi mai lava i le vaivai na fofoa ai ua maua mai ai se alagaupu tāua a le atunuu e faapea. "E lele fua le toloa ae ma'au mai i le vaivai". E faatusa i le tagata Samoa e fealua'i i atunuu mamao ae momoo lava e toe fia foi mai i le atunuu na fanau ai. E uliuli faa'efu'efu lona tino, pei o le lapo'a o le kusi ma lona ua umī. E logologoā lona leo pe a lele ma tagi solo.

O le Tiotala. (White-colored kingfisher). O le tiotala na te faailoa o le a timu i lana felelea'i solo ma tagi. E masani ona iloa ai o le a pe le tai, auā e mua'i faatimutimu, ae le'i pe lelei le tai. O le taimi foi lea sa masani ona vaaia tagata seuseu ua taufai gasolo ma ofe i le aau. E vaaia soo lenei manu o ai manu nini'i e pei o le sē ma isi iniseti.

O se a'oa'oga. Ia iloa e fanau, ae maise oi latou o loo ola ma soifua i atunuu mamao manu o le laufanaua o Samoa ma upu o le gagana na maua ai.

O Fesili. 1. O le a le aogā o pe'a e ese mai mea ai? 2. O a ni alagaupu na mafua mai ona o pe'a? 3. O a manu e savalivali i le matafaga ma papa ma ai ia? 4. O le a le mea e ta'u ai taupega pe'a o le tautaulaga a pe'a? 5. O le a le mea e faatusa i ai le faigauo a le isumu ma le pe'a? 6. Na lavea'i faapefea e pe'a le tamaitai Samoa, ae o ai le suafa o le tamaita'i? 7. Aiseā ua faasa ona fasi pe'a i le atunuu o Toga? 8. E fia ituaiga pe'a ma o a foliga o ia ituaiga? 9. O le a le manu o le vanimonimo e iloa ai o le a afa, pe o matagai malolosi? 10. o le a le manu e ta'u mai o le a to timuga? 11. O le a le manu e seaseā lele ae tamo'e saoasaoa ma lafi i faapuloulou?

Fesoasoani mo le Faia'oga. Saili mai ni ata o pe'a ao felelei, ao tāupe i se taulaga pe'a. Ia lē na o ata o pe'a a'o isi foi manu.

MATAUPU E LIMA

ANOAFALE E MAFUA MAI LE GATAIFALE

O le Tāua o le Laumei

E ta'u e nisi alalafaga le laumei o le i'a sa, ma o le molimau a nisi tamā o le atunuu ona pau lea o le manu e ufiufi i le 'ietoga ma o le mea lea e ta'u ai o le I'a Sa. E tele auala e maua ai laumei, e maua i faiva, e maua i uta pe a 'ae le i'a e tuufua. E maua tele i le faiva o le "alele" a Manono, faapea foi le fola lau taamu i le vasa o le faiva e masani ai le afio'aga o Luatuanuu. O laumei e le se i'a ae o le manu e nofo i le sami i le tele o lona olaga, ma e mānava i le ea e pei o manu ola uma. Peitai, e lē ni meaola e mafanafana toto e pei o isi manu, ae e i le ituaiga o manu e faavasega o manu toto malūlū (reptiles) pei o i'amānu poo le tafolā, kolokokaila, lage ma isi manu faapena e nonofo i le sami ma vai ae manava i le 'ea.

O le Faiga o le Laumei pe a Faavela i le Suavai. E lē iloa e le toatele ona faavai, pe faavela le i'a, auā o nisi ua auaua'i mai le taufale mai le manava e pei o le puaa. O le faiga sa'o e faataliaga ona tipi lea o le ua, tulou ona auaua'i mai ai lea o le taufale o le i'a. O nisi foi e to mai le taufale mai tua poo le alavai o le i'a. E tatau ona toalua tagata e faia le galuega. E taofi e le toatasi ae tago le tagata oi le ulu i le tipi le tumu o le ua, ona tago lea o le lima tauagavale ua 'u'u mai le ga'au, ae o le lima taumatau ua tago i totonu ma talatala mai le ga'au nei masae ma leaga ai totonu o le laumei. Ona tosotoso lemū mai lea e le lima tauagavale ae talatala e le lima taumatau.

A uma ona aumai o le vaega tele o le ga'au i fafo, ona tago atu lea o le lima taumatau i totonu ua 'u'u mai le pito gaau i le muli, ae tago atu le isi lima i fafo ua oomi mai le muli ina ia faigofie ona se'i mai i totonu le pito ga'au ona aumai uma lava lea o le ga'au i fafo. Tu'u lea o le ga'au ae toe tago i totonu aumai le fatu ma le māmā. Ona 'ofu ai lea o le fatu ma ga'o ma sina toto. Nuti le mamā i se laufa'i ma fai foi le isi 'ofu. Ona fai ai foi lea o 'ofu o ga'o ma le toto. Afai lava o se i'a tele, e matuā tele lava ni 'ofu, pe oo lava i le selau ma ona tupu.

Ona aumai lea o ni ma'a a'asa se ono pe fitu, tuu i totonu o le laumei. A uma ona pupuni lea o le pu i se laumea, ma tao faafaō i luga o maa ae lē faataliagā e pei o faiga a nisi. A fu'e le suavai ona ave lea i luma o alii, faataliaga ae 'ave'ese muamua ia sagāmua ma sagāmuli ma le ulu. A mae'a ona tuu 'ese lea ae tago ave'ese atoa le alo o le i'a, poo le ufi puimanava. E 'ave'ese gofie lava i le faataamilomilo ai o le agaese i autafa o le ufi fatafata. Ona ave'ese muamua lea o maa, ae saesae le lautua o anogase ma ga'o.

O le tua o le i'a e tumu i le sua poo le suāpeau, afai lava o se i'a telē ma lololo, e tumu atoa le tua i le suāpeau ma ua gao'a atoa. Ona salusalu lea o motomoto mai le alo ma le tua o le i'a, saesae ma anogase ma togi i totonu o le suāpeau. A uma ona asu lea i le saofa'iga a matai. E te taga'i i le punonou o toeaiina ma mimiti le sua ua manogi ma lololo manaia. E lē tioa foi toeaiina, auā o se taumafa lea e sili ona manogi ma lele,i e sili atu i le puaa vilivili.

Faasoaga o le laumei. O le ulu, o le inati o le tupu, le faifeau poo le alii o le nuu. O le sagamua o le tuuga o tulafale, ae sii le sagamuli o le tuuga o tamaita'i, ae faasoa ofu mo le lautele. O le ofu o le fatu mo le alii o le nuu.

O se Tala i le Faiva o le "Alele" a Manono. E lua pe tolu ni tulula e o faatasi i le aloalo lololo e sau mai Falelatai e oo mai i Leulumoega. E tu le tagata i le taumua ma tata le laau i le fola o le taumua. A oso loa se laumei sa 'ai'ai i vaovao i le ilititai ona tuli loa lea poo le fea vaa e mauaina le i'a. A maua atu le i'a ona velo sa'o lea aga'i i lalo i le tao foeuamea, ae maulu i ai tagata e lava le manava e aumai i luga le laumei. O le taimi lava e velo ai o le taimi foi lenā e feosofi ai le au māulu e aumai i luga le 'ia.

Afai o se i'a tele pe toa fa taulele'a malolosi latou te aumaia se 'ia tele i luga. O nisi alele e sili atu ma le sefulu laumei e maua.O tala a le motu e faapea.e leai se isi poo se vaa e tofotofo faalavelave auā o le i'uga o le faifai'a o lena vaa. O aso nei ua lē o tulula ae o vaaafi ua alu ai Alele. Sa ou fia vaai i lenei faiva tautau'a. E tu le tagata i le taumua ma tu'itu'i faapa'o i se laau le fola o le taumua a'o alualu lemū le vaa, o le pa'o e oso ai se laumei. O le auau opeopea i le tafeaga o le au e masani foi laumei ona lalafi ai i lona paolo. O le taimi na tuli ai le ulua'i laumei o se taimi meeme'e o le mafaufau poo le a le mea o le a tupu.

Sa ou tulimata'i aga'i i lalō i le sami pe ou te vaaia se laumei ae sa ou lē iloa ona o le nefu o le tai. Ae ou te'i lava ua velo e le tautai le foe u'amea aga'i i lalo i le sami, ma sa ou fia iloa foi pe ou te iloa atu le tao ma le laumei, ae sa matuā nenefu mea uma i la'u vaai, na o le taimi na velo ai le tao na ou iloa atu le alu i lalo o le tao ae ou te le'i iloa pe na lavea le laumei pe leai. Na velo loa le foe u'amea, feosofi loa i le sami le au māulu, ma sa ou ofo i le ea a'e o taulele'a ma le 'ia telē ma le foe u'amea i le 'apa'apa o si mea. Sa ou ofo pe na faapefea ona iloa e le tautai le laumei, atoa ma le sa'o o lana velo i le sami lololo. O le fua faatatau o le lololo pe tusa o le 30 futu.

E mafai foi ona alu Alele i paopao tetele, ae fua i le agi o le To'elau. O tuā'au i le sami lololo e fai ai lea foi faiva. Na liliu loa le matagi i le To'elau, ma o le matagi lea e malū lelei ai le gataifale i le Lepuia'i i Manono. I le taimi o le faa auli sa vaaia loa le alii tautai le Tofa ia Vaī Samuelu ma lona soa tautai ua aga'i atu i tai i lo la paopao. Pe tusa o le lua itula ae toe vaaia ua aloalo mai ua tali goto le taumuli i le i'a matuā telē lava.

Fai mai le tautai o le i'a sa su'e aga'i i le mea e to'a i ai le auau o le tai. Sa maua le i'a o ola ma taumafai loa e nonoa ae ta'ita'i mai e le i'a lo la vaa i uta, ma o le masani lea a tautai, o le faaola pea o se i'a tele ae toso maia se vaa i uta. Peita'i e oo mai i le a'au ua mate le la i'a o le ala lea o le tau goto o le taumuli o le la vaa. O le faiga faapea e mafua mai ai le isi muagagana. **"E alu lava i le i'a tautai o le faalolo."** O lona uiga e pei ona usitai o le i'a i le tautai, e faapea foi ona lolo ni taofi i le finagalo o le Atua. O le uiga o le upu faalolo o le usita'i. E faapea foi pe afai o se pa i'a poo se lau ae maua i ai ni malie tetele, ona tatala lea o le pito o le pa, poo le faalau ae faaui ai se i'a tele, ae faatali mai le tautai e fasi mate pe a oo atu o le a sola.

O le Laumei a'e poo Laumei Tuufua. E maua foi laumei i uta i le matafaga pe a a'e se i'a e tautuufua, e muamua 'eli e le laumei se lua ona tuu ai lea o fua mai le itu e tasi ae faatali le isi itu se'i matua ona tuu foi lea i le isi itu o se nuu. E sili ma le 100 fua e tuu i le tuugāfua e tasi. A uma loa ona tuu fua ma toe tanutanu, ona 'eli'eli solo lea o le isi vaega o le oneone e faasese ai tagata ina ia lē maua ona fua.

O le uila 'emo o le faailo o le a'e o se laumei. Ao 'ou itiiti i lo matou nuu sa ou vaaia ni matai se toalua o le la masani la te mata'i le 'emo'emo mai o le uila i gatai i le tau goto ifo o le la, ona faatalitali lea se'i ta le iva i le po ona tutu lea o se la moli matagi ma aga'i i le itu o le nuu ua ta'u mai e le uila ua i ai se i'a o loo a'e ai. Ua faatatau tonu lava i le taimi e sau ai le i'a i uta. O le taimi foi lea o a matou īgave'a i le malae o lo matou nuu, ma e lē umi ae foi mai nei matai ma ta'u i taulele'a e ō nisi e aumai le i'a o loo faataliaga i se vaega o le matafaga. E lē umi se taimi ae foi mai taulele'a o tausoa mai se laumei matuā telē lava.

O le laumei e le mafai ona faō pe a faataliaga. Ona matou iloa foi lea o taeao e potopoto ai matai e faatali le faavaiga o le i'a auā le saofaiga a matai o le nuu. O le taimi na tao ai le i'a sa ou iloa ai o loo moto fua o le isi itu, ma e vaelua lelei itu e lua o le 'ia i le taumatau ma le agavale. E i ai taimi e misi ai e matai ia e toalua le 'emo mai o le uila 'emo'emo ma lē asia ai le taimi e sau ai le laumei e tuufua. O taimi ia matou te maua soo ai i le matafaga tologa laumei aga'i i uta ma tologa aga'i i tai, ona matou iloa lea ua foi le laumei ina ua uma ona tuu ona fua.

Ona matou taututuu lea poo ai na te mua'i maua fua o le laumei, auā e pei ona ta'ua muamua e poto tele le laumei e nanā ona fua, i le tasua solo o le oneone e faasesē ai tagata. Ae ui lava ina poto si alii e nanā ona fua ae matou te maua lava. O fua laumei e lapotopoto e pei o le lapo'a o le polo pigi polo (ping ball) ma e i ai le mea e 'omo i le fua o le laumei e lē mafai ona aluese lea 'omo seiloga e inu le aano ona feula lea faaputa faatoā alu ese ai lea o le 'omo. O fua foi o laumei e lē ni atigi e pei o atigi fuamoa ae vaivai pei se 'afu'afu. E lē malō foi le aano pei o fuamoa ae suavaia. A uma ona saka ona fai lea o sina pu laititi ae inuinu mai ai. Oka o le manaia ia.

Ose A'oa'oga. Ina ia iloa e tupulaga le i'a e ta'u o le "i'a sa" ma lona tāua i le soifua o tagata.

O Fesili. 1. O le a le mea e ta'u o le suapeau? 2. O le a le mea e tao faafaō ai laumei? 3. E i ai se tala ua e iloa e ta'u ai le laumei? Faamatala. 4. O le a le mea ua faa sa ai e le tulafono ona toe fasia se laumei? 5. Se i'a poo se manu le laumei, ma o le a le mea e faamaonia ai lau tali? 6. Pe moni e faatalitali mai le tinā o laumei i le taimi e fofoa ma ai ana tama pe a oo atu i le sami?

Fesoasoani mo le Faia'oga. Faafesoota'i le Vaega o Faigafaiva e o mai nisi e faamatala le aogā o le laumei, aumai ni a latou ata poo se video e matamata ai le vasega.

O le Tāua o le Malie

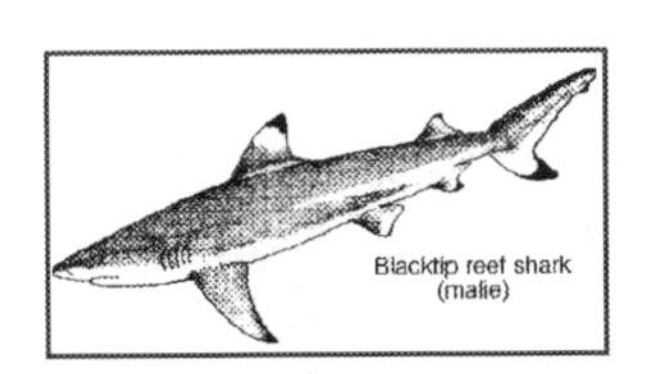

O le malie o le i'a sauā lea o loo i le sami. E maua malie i le matau ma se afa malosi, ae maunu i taufale o puaa, poo aano o manu poo i'a foi. E maua fo'i i veloveloga i le aau, o malie laiti sa maua i le tili saina a le Tusitala. A tatao upega, sa masani ona maua ai tama'i malie. Sa masani ona alu faiva o le Tusitala ma taulele'a o lona aiga i le aau o le malae vaalele i Tutuila, ma afai lava e lelei le tai e 'afa le aau ua tutumu ni taga suka se lua, ona tatao lea i maa ae alu pea le faiva i le isi afa o le aau.

A toe foi e vaaia ni tama'i malie ua taamilo solo i tafatafa o taga i'a, auā ua aga'i ina loloto le tai. E masani ona maua se lua ae le mafai ona lē maua se tasi. 'Ao savalivali atu i le i si aso o le a a'e ma liliu le savaliga aga'i i uta faatatau tonu i le ulu o le malae vaalele, ae vaaia loa se malie o aga'i mai uta, ae feagai lelei lava ma le mea o loo savavali atu ai. E tusa o le luasefulu futu ae amata loa ona liliu ese i lo le mea sa aga'i mai i ai.

O le mea e sili ai e le'i te'i ae sa liliu mālie ma agai atu pea i le isi vaega o le aau. E tusa o le tolu laa lemū ae palasi loa ma le tili ma maua atu tusa o le futu i luma o le isu o si alii. E tolu nai ana oso ae amata loa ona taai le tino. Sa faigofie loa ona pu'e si ona s'ius'iu ma taataa'i i le tili, ae laga mai isi o le au faiva ma talatala le tili ao isi ua sasa le atigipoo o si alii ma mate ai. Sa ta'ai ai pea i le tili ma amoga mai i le fale o taataai pea i le tili. E fai lava sina telē o si alii pe tusa o le lima futu si ona umi.

Ave'ese o le namu malie. Sa tau le fiafia tagata e taumafa i le malie ona o le manogi, poo le sauna poo le namu lalao'a lea e masani ona ta'u e tagata o le namu malie. 'Aua e te toe popole ae ave lau fasi malie, poo se tama'i malie ma faataavale i luga o le afi, poo luga o le umu, ona tafitafi 'ese lea o le oneone mai le pa'u i se iofi poo se fasi laau. Afai e alu 'ese le oneone ua uma foi iinā le sauna poo le namu malie. Vaevae loa ma faiai. Oka! se mea ina ā manaia ua leai se sauna masani lea sa lē fiafia ai tagata e taumafa i le malie.

O le Faiva o le Lepaga Malie. O lepaga malie poo le tiuga malie e faaaogā ai tulula poo fautasi ma e tusa o le aumaga atoa a se nuu e o ai i le faiva lenei o le lepaga. E fai foi i vaaalo, ae e le'i vaaia e le Tusitala, ae na o lepaga na alu i fautasi sa ou molimauina. E matuā tapena meaa'i auā e lē na o se tasi se aso ae pe lua pō o alu pea lenei faiva. E tapena le suavai ma faavai ai se puaa ma afai e fu'e le umu ona ave lea o meaa'i faatasi ma valusaga, ma paufa'i atoa foi ma totoga ma le taufale o le puaa, ua ave i luma o le fale o i ai le tapuaiga a matai.

'Ao le'i avatua le suavai a taulele'a, ae muamua atu le tautai ma le maea sele malie ma faatali'oli'o le matāsele i luma o le fale. Ona avatu lea o ato ma tuu uma i totonu o le li'o o le matasele malie, e lē na o le umu a'o mea uma ua saunia mo le faiva. Ona liliu mai lea o se matai poo le tuua o le nuu ua aumai le faamalō i aumaga faatasi ma le tautai atoa foi ma le faamanuia auā le faamoemoe. A mae'a loa le fetalaiga a le tuua ona vavae lea o se vaega o mea'ai ua taumamafa uma ai le tapuaiga, le tautai ma le aufaiva.

O sa ma tapu o le faiva. E sa ona taumafa e se isi soo se vaega o le puaa, e ave uma mea e oo i mea na tapena ai le suavai, e pei o valusaga ma penu, pa'ufai ma le taufale o le puaa e ave uma i le vaa.

Taule'ale'a tofotofo na 'ai e le Malie. O le taulea'le'a sa ia aina le tapuvae o le puaa. Sa fai lava i ai taulele'a matutua e sa ae osi alii sa faa le talitonu i le tapu o le faiva pe sa ia fia tofotofo pe moni le tapu. Ua alu nei le vaa ma ua taunuu i le ogasami masani. Ua maua nei le ulua'i malie ma sa sasa ma manatu uma tagata ua mate le malie. Ua taatia nei le i'a i le liu o le vaa ae savali atu loa si alii fia tofotofo. Na oo atu loa i tafatafa o le gutu o le malie ae liliu atu loa le ulu o le malie ma ave atoa le atevae o si taule'ale'a. Na a'e ai lava le faiva i lenā taimi ae tili mai le manu'a o si alii i uta. Sa iloa ai lava i inā e aua le tofotofo i sa masani o faiva auā e taunuu ai le isi alagaupu. "E lē salā upu mai anamua".

Ua mae'a mea uma. Ona faaee loa lea o le vaa ua uma ona tapena i ai mea uma o le faiva, o le **sele**, o lulu ipu poo **tuiipu** poo ipu ua tui i laau e i ai se maga e tali mai ai ipu, o le sasa malie poo le **paletua** ae 'aua foi nei galo se **tata** o le vaa ma ni **aga'ese**. Ona alu loa lea o le fautasi, ae ua tumu le apitagalu i fafine ma tamaiti ma faamavae atu ma loto tatalo ia manuia le faatautaiga. Ae ua tumau pea matai i lo latou fale tapua'i se'i oo lava i le taimi poo le aso e a'e mai ai le lepaga. A oo loa le vaa i le ogasami ua iloa lelei e le tautai e tele ai malie ona faalepa loa lea o le vaa ae faatalitali mo le po e o mai ai malie. **O le uiga lea o le igoa o le faiva lepaga auā e fai a'o lepa le vaa**. A toa'i loa se i'a e muamua taamilomilo, ma o le taimi lea ua lē mapu le lūlū o tuiipu i le taumua ma le taumuli, ae ua nofo foi le tautai i le ogatotonu o le vaa ma sauni lana matāsele. O le itu taumatau o le vaa e tata'i mai ai le i'a ma o iina e sele ai. A uma loa ona taamilo o le i'a i le vaa ona sau loa lea ua pipii mai i le vaa, ma e oo mai loa i le mea o i ai le tautai, ma maulu i le pu o le sele ona fua lea e le tautai e pasi loa le ulu ona sele tonu lea i le mea e i ai le gogo.

O le **ainiu** poo le faapona poo le matasele foi e taofi e le tautai ona toso lea o le maea ae momoli e le tautai le ainiu o le maea ia mau lelei pe a sele le malie, ona maua lea o le isi muagagana.

"Ia momoli le ainiu o le maea". O lona uiga ia momoli lelei le feau ia tau lelei le faamoemoe.

"Ia api le i'a" o lona uiga ia momoli le ainiu pe sele ma taofi loa le i'a. Afai e sele pe faapulou le i'a e sele lima e le tautai ma taofi ma ia vave faaea i luga le ulu ae sasa loa i le paletua poo le sasa malie. Afai e tofu i lalo le ulu o le i'a ona faigata lea ona taofi.

"Ua faafagamea le i'a". O lona uiga o lea upu ua faataa le i'a pe afai o se i'a telē. E tau ina momoli le ainiu ona faataa lea o le i'a se'i vaivai ona toso mai lea ua fasi.

E tele ao ma po o Lepaga. E le vave a'e le faiva seiloga e tele ni malie auā le tapuaiga o loo faatalitali ma faamoemoe ia a'e manuia le faatautaiga. O lepaga sa masani ona ou vaai i ai a'o o'u tuputupu a'e i lo matou nuu, e sili atu i le sefulu ni malie e maua i se lepaga e tasi.

O le faletele o le matou aiga sa masani ona tapua'i ai lo matou nuu. Ma o lo matou fale foi na la'u mai i ai malie o le faiva ma faulala'i ai i luga o le paepae o le fale. Sa faasolo o'u mafaufauga a'o o'u vaavaai ma matamata latalata i nei i'a sauā o le sami ae o lea ua taatitia ua leai se ola o toe i ai. Ua taatitia nei ae etoeto e ulī o latou gutu taufe'ai, ae o lago ua mumu solo i luga o nai alii faafia ulavavale. Mate ai la'ia auā ua le gata ua taatitia ua leai se ola o toe i ai, ae ua taalo ai le soga'imiti ma le agaese poo le pelu ma'ai ma ua faasolo ona vaevae nai alii i tufa'aga eseese.

O le vaevaega o le malie. E tāua le si'usi'u ma o inati ia mo le alii o le nuu poo le faifeau, o le isi vaega e pito i ai mo isi matai, o le ogamanava mo tamaita'i ae o le ulu mo aumaga. O le ate e tāua fo'i ae tele ina fefefe tagata e taumafa ona ua i ai tagata sa onanā ai. Tipi sina fasi ate ona faa'ai lea e lago afai e pepē lago e oona, ae a leai ave e lalani i luga o le umu, tipi nini'i ma tatau i ai se peepe'e, ofu i se laufa'i ma tao i le umu oka! ua ova pe a taumafa. O le gogo, apaapa ma le si'usi'u e manaia e fai ai faiai. E tautau ma faaasu i luga tonu o le mea o i ai le ogaumu, a mautinoa loa ua mago ona ave lea faavai, a malū loa ona ave'ese lea ia pa'u. A taape lelei e foliga i lialia, tuu i laufa'i laulelei ma tuu i ai se peepee ua faamasima ma se aniani ma tao i le suavai, ma o se taumafa sili ona manaia.

O le faiga o le māunu o le lepaga. O le ogaulu ua mago lelei ma māmā e fisi faalapotopoto e pei o le lapo'a o le moli ai, ma o le uto lena e saisai i ai le maunu. O le uto e fai lona 'au e nonoa ai le afa ma tosotoso ai le maunu. E lē lamolemole le uto ae fai ona vaega faaomoomo ia goto ai le afa lea e saisai ai le maunu. E tutu'i foi se fao i le ulu o le uto e nonoa i ai le pito afa lea e saisai ai le maunu. E tipi se fasi puaa ona fofola lea faatamilomilo i le uto ae saisai mau i le afa. E ala ona saisai mau ina ia 'aua le maua i nifo o le malie le afa poo le maunu ae ia fiu le malie e tau gali ae taavalevale le uto.

O tui ipu e fai tui ipu i se laau e fai lona lave i lalo, ona tui ai lea o ipu popo e feūa'i tua o ipu ae tusa o le 4 futu le umi o le tui ipu. O tui ipu ia e faapa 'o i le sami e tosina mai ai malie.

O le 'afa poo le sele malie o le maea lea e fili i le afa, e lapo'a le mea e fai ai le matasele ona faasolo lava lea ina laititi aga'i i le si'usi'u. E i ai le pu e fai i le pito lapo'a o le afa, ma o le pu lea e momono ai le pito o le afa ma fai ai le matāsele i le vaega lapo'a o le afa. O le matāsele e faalaititi pe faalapo'a e fua i le laititi ma le telē o le malie.

O le taovaa ma le paletua. O le taovaa o le laau lea e soso'a i le gutu o le malie i le taimi e maua ai, ae sasa i le paletua poo le sasa malie.

Pese i le malie. E i ai le pese masani e fai i le malie e faapea. "Malie e, tagifā, malie e tagifa tautala uta si afa a iai se tautai sele loa le mea fea'i, mua ō ō ō, ooo ua vavala mai vavala mai ou foliga e ta fia tepa i le fetu ma masina a outou fepulafi mai i le vanimonimo o le lagi ae ou nofo nofo toatasi ma ou faanoa ma le tagi".

Upu faaaloalo e maua mai le Malie

E fai foi o le tiumalie ae o le tuumalie. O le upu e faatatau i le faasoa muamua i ē na o i le alofaga ina ia mua'i faamalilie le tigaina. **Fai foi o le 'ai malie ae o le tuumalie**. O le upu e fai i le taliuta e 'ai i malie o le tiuga ae ao foi ina faasoa se taui mo le mafatia. **E oso lava i'a o le fau**. O le upu e fai i le malie, e ui ina faigata ae i ai lava le taimi e maua ai i le matasele a le tautai. **O le i'a ua tōai faai'a o le po**. O le upu e fai i se malie ua tōai i le pouliuli poo le pogisa. Faatusa i se malaga ua taunuu faafuase'i ae le'i faamoemoe i ai. E faamalie atu ona ua tōai faai'a o le po le paia i aiga ma lenei faigamalaga. **O le i'a a tautai e alu i le faalolo**. E faatusa i le malie e tata'i lava i le mea e loto i ai le tautai. E ui i se manatu i lenei itu ae alu i le faalolo i le finagalo o le taitai. **"Ia momoli le ainiu o le maea"**. O lona uiga ia momoli lelei le feau ia tau lelei le faamoemoe. **"Ia api le i'a"** o lona uiga ia momoli le ainiu pe sele ma taofi loa le i'a. Afai e sele pe faapulou le i'a e sele lima e le tautai ma taofi ma ia vave faaea i luga le ulu ae sasa loa i le paletua poo le sasa malie. Afai e tofu i lalo le ulu o le i'a ona faigata lea ona taofi. **"Ua faafagamea le i'a"**. O lona uiga o lea upu ua faataa le i'a pe afai o se i'a tele. E tau ina momoli le ainiu ona faataa lea o le i'a se'i vaivai ona toso mai lea ua fasi.

O isi upu e mafua mai le malie

Tuiipu o le tui o ipu e faapa'o i le sami e tosina mai ai malie. **Palatua** o le laau malō ma mamafa e sasa ai malie. **Matasele** o le vaega o le maea e sele ai malie. **Gogomalie** o le apaapa o le malie lea e ei luga lata i le ulu. **Apaapa** o gogo i autafa o le malie. **Lialia** o mea pei ni lialia i gogo, apaapa ma le si'usi'u o le malie manaia tele pe a faiai.

O se Aoaoga. Ia malamalama tupulaga i lenei faiva sa fai e auga tamā sa iloa ai le totoa o le atunuu, ma metotia sa saili ai taumafa e oo lava i le fagotaina o fili o le moana sausau. Ia iloa foi vaega o le malie ma lona vaevaeina.

O Fesili. 1. O a vaa sa faaaogā i le faiva o le lepaga? 2. O le a le vaega sili ona tāua o le malie? 3. Faapefea ona ave ese le namu malie? 4. Aiseā ua le toe faia ai lenei faiva o le lepaga i nei aso? 5. O le a le isi igoa o le lepaga malie, aiseā foi e ta'u ai o le lepaga? 6. E te talitonu e iai atua o le sami ma atua o fagotaga a le atunuu? 7. O le a sou manatu i le sele lima o le malie feai e tuaā ua mavae? 8. Faamata e toe mafai ona fai e tupulaga i nei ona po lenei faiva o le lepaga?

Fesoasoani i le Faiaoga. Saili mai ni ata o malie e faaali ai i le vasega foliga o le malie. Fai se tauvaga tusi ata o le malie, poo ai e sili lana ata, tusi foi ata o le faiva o le lepaga.

O le Tāua o le Atu

Skipjack (atu)

O atu e maua i le faiva o le alofaga, ma o le faiva e fai i le moana sausau, ma ua iloga vaa o le faiva e ta'u o le "vaalo", ma o vaalo e i ai le nofoa lua ma le nofoa tolu ae o le tele lava o vaalo e na o le toalua o le tautai ma le foe mua. O le vaalo foi e i ai le ufi i le taumuli ua faapena foi le ufi o le taumua, ma ua ta'u ia ufi o le tau. E i ai le muagagana e faapea.

"O le foe e faaee i le tau", o lona uiga a faaee se foe i le tau o se foe e tafea gofie auā e leai se mea e talitalia mai ai. Ua faatusa se mea e le tumau o le foe e faaee i le tau auā e tafeagofie, ua faatusa foi i ai le soifua o le tagata o se foe e faaee i le tau i le finagalo o le Silisiliese.

O le ama o le va'aalo e iai le laau maga e ta'u o le **failā**. e faatu i le ama ae faamau i le iato o le taumua. E lē o se laau e mau lelei auā e tu ese mai le tino o le vaa e taia gofie foi i galu ma peau o le vasa. A tuu faatasi le foe faaee i le tau ma le faila e tu i le ama ona faapea lea o failauga.

"O le soifua o le tagata o le faila e tu i le ama ma le foe e faaee i le tau."

O le faila lea e faamau i ai le **ofeloa** poo le ofe autu o le vaa, ae taofi le muli o le ofe i le iato i le taumuli e i ai foi lona faamau. Ua faapena foi ona i ai le isi maga o le faila e faalagolago i ai le ofe laititi poo le **matila**. O ofe ia afai loa ua oo le va'aalo i le mea o i ai le igafo ona faatutu loa lea o ofe ia e lua i le taumuli i tua o le tautai ma o le tautai agavaa ua masani i le faiva na te mafai ona sisi faatasi ofe e lua i le taimi e tasi.

"Ua taufai mapu'e le matila ma le 'ofeloa". Ua taufai aai uma 'ofe o le matila ma le 'ofeloa. E mafai foi ona faapea. Ua taufai mapu'e le matila ma le 'ofeloa i au faaaloaloga.

E i ai le vaega o le vaa faapitoa e faatutu ai launiu poo 'ofe o le vaa ua ta'u o le futia ma le umele, o ia maea e lua o se vaega o le nofoa o le tautai e taufai aogā tele i le taimi e sisi ai atu.

O le futia o le maea e taofia le nofoa o le tautai e faamau aga'i i lalo o le puoso o le vaa.

O le umele o le 'afa lapotooto lea e mau i tua o le nofoa o le tautai e sulu i ai le muli poo le tu'au o le 'ofe o le vaa. A oo i le taimi e sisi ai atu e gaoioi faatasi le futia ma le umele. E a le futia e taofi le alu i luma ma le alu i tua ae a le umele e taofi le muli 'ofe. Ona maua lea o le muagagana e faapea.

"Ua o gatasi le futia ma le umele". O lona uiga ua o gatasi ni mea se lua e pei ona fuafuaina, ona faalautele lea faapea.

Tatou sii le faafetai i le Atua auā ua o gatasi le futia ma le umele i Lona Finagalo Paia. Ua ō gatasi le faamoemoe ma le finagalo alofa o le Atua.

E alausu ia alofaga i le taeao segisegi ina ia oo i le mea e i ai igafo a'o māmā le la, ae a oo loa i totonu o le igafo, ma ua faatutu le matila ma le 'ofeloa ona alo malosi lea na o le foemua ae sisi atu le tagata foemuli, o le tautai foi lea. E tatau ona malosi le tagata foemua auā e tatau ona ō faatasi atu poo le igafo ma le vaa, ae a vaivai le tagata foemua ona telegese lea o le vaa ae televave atu, ona vave lea ona goto i le moana atu ona toe alu foi lea o le vaalo e su'e se isi igafo.

E iloagofie mamao le igafo i manu ua taufai tapisi ai le sami. E ō manu e su'e le mafua poo i'a laiti a'o lae foi e su'e e atu auā o le latou foi lea mea a'i. A taunuu faatasi loa le fuifui manu, ma atu i le mea o i ai le mafua, ona tapisi mai lea o atu i le osofa'iga o le mafua ae o manu foi latou e totofu i lalo mo ni a latou foi mea'ai ona ta'u loa lea o lea vaega faatasi **o le igafo**.

E tofu vaega o le Masina ma atu e maua ai. Ua popoto tautai e maitau ituaiga atu i le latou vavaai i le sami ma taimi o le masina.

O atu ua pupula o atu e taa i le taeao po ae le'i malamalama lelei. Ua ala ona ta'u o atu o pupula auā e iila le sami i le feilafi o tino o atu. O atu foi ia e masani ona tataa latalata mai i tua'au. Ua tai uiga faatasi foi ma **atu o malama** o atu o le taeao po.

O atu o mitiloa ma atu o popololoa o atu ia o le popololoa o le masina.

O atu o atoa o atu ia e maua i le atoa o le masina.

O pa e fagota ai le atu e lē ma'ai o latou maga poo tala e faatatau lea ia sisi le atu ma a oo loa i le vaa ona mamulu ese lea o le atu mai le pa. O tua tonu o le tagata foemua e tatau ona paū tonu i ai atu pe a sisi e le tautai, ae a malosi le sisi a le tautai, ona paū lea o le atu i le itu agavale poo le ituiama. Ona maua foi lea o le isi alagaupu e faapea:

"E poto le tautai ae sesē le atu i ama" e faatatau i le naunau o le tautai ia tofu sa'o le atu i le vaa ae i ai lava le atu e sese i le itu i ama. O le i si ona uiga e poto lava le tagata ae e i ai lava le taimi e sesē ai.

E tasi lava le aso o alofaga ma afai e tele ni vaalo mai se nuu, ona gasolosolo faatasi mai lea i uta. O upu e fai i le a'e o le faatautaiga:

Ia faatili foe mo le 'ae, o le upu e fai i le a'e o le faatautaiga ia faatoetoe le malosi mo le foi i fanua.

Ua tau afolau nuu. O lona uiga ua iloa atu fale afolau o le nuu.

Ua ite fanua a lalo. O lona uiga ua ataata mai foliga o le nuu.

Ua sina le galu o lona uiga ua iloa atu le fatisisina o galu o le a'au.

Ua fatau mua ava o lona uiga ua lata i le ava le sa o le tautai.

Taimi o le aleaga. Afai e latalata loa i uta ona faatasitasi lea i se ogasami malū ua fai le aleaga. O le taimi lea e faitau ai le aofai o atu a vaa taitasi, ma fai ai le faasoa i vaa e leai ni i'a. O le aleaga foi o le taimi e fai ai se mea'ai ma fefaasoaa'i ni tala o le faatautaiga. E i ai se pese ua leva ona masani ai le atunuu e faapea: "Ua ou sau nei se'i tatou "aleaga" i si o'u nuu moni o Aleipata, o le taaloga ma faagatama o le talutalu fou o aso ia o le malamalama. O suli o le tupu lena ua filifilia le malelega a le Tuiatua ia Fagasoaia o ia lava ua tofia i le faiva o mana-ia nofo i Aleipata o le nuu matāgofie".

Ua ou tusia lea pese ona o le faaaogaina o le upu "aleaga", ma o lona uiga o se faatasiga e femulumulu a'i ai ni tagata mo se lelei. O le **"aleaga"** foi i luga o le vasa e fefaasoaa'i ai vaa e mau le faiva i vaa e le'i manuia le faatautaiga.

Faasoa tuafoe. O le faasoa i luga o le vasa e ta'u o le faasoa "tuafoe" auā e faaaoga le lau poo tua o le foe e faasoa ai atu, pe soo se i'a mai le isi vaa i le isi vaa.

Faasoa a le Taliuta. E 'ese foi le faasoa e ta'u o le faasoa a le taliuta. O le faasoa a le taliuta e fai sina mamafa i lo le faasoa i le tuafoe. Ona o le lauitiiti o le tuafoe, e laititi foi i'a e ofi ai, ona faapea lea o fetalaiga a faleupolu, ua e lē faasoa i le tuafoe, ae ua e faasoa i le faasoa a le taliuta, ua sasaa atoa lau faatamasoalii auā le fonotaga i le asō.

Upu Faaaloalo e fai i le Atu

O le atu e tasi e ta'u o le **atu tasi**, a lua atu ua ta'u o le atu lua e oo lava i le atu iva, ae a oo loa i le sefulu ua ta'u loa **o le atoa**. O le sefulu lua o atu e ta'u o le **atoa ma le lua**, sei oo lava i le sefulu iva o ta'u lava o le atoa ma le iva. A oo loa i le luasefulu ua ta'u o le **luagā aui**. Afai e luasefulu tasi ua ta'u o le **luagā aui ma le tasi**, ona faasolosolo atu ai lava lea se'i oo i le iva o le luagā aui ma le iva. O le tolusefulu o le **tolugā aui**, ma le fasefulu o le **fagā aui**.

A poipoi le atu mo se taumafatag a, ona ta'u lea o le **penapena**. E pei la o lea upu a matai: alu ane se taule'ale'a e penapena se atu mo alii. A penapena le atu o io i tua o io taulia na sosoo ai io alo. Ona pau lea o le taimi e taulia ai le ulu o le atu. E ave'ese uma le filauvi ma vaavaa poo pa'o o le ulu ae ave tau o le atigi ulu auā e manaia foi i le taumafa.

Faasologa o Ituaiga Atu. O atu laiti e ta'u o le **atu (skikjack)**, toeitiiti ane o le **faolua** poo le **'asi'asi (yellowfin)**, sosoo ai ma le **ga'ogo (bigeye)**. O le atu e sosoo ai o le **apakoa (Albacore)**.

O se A'oa'oga. Ina malamalama tupulaga i faiva i le gataifale sa masani ai tuaā ua mavae. Ia malamalama fanau i le vaevaeina ma ia popoto e faasoa vaega o le atu.

O Fesili: 1. Faapefea ona maua le mea e tau o le igafo? 2. O le fea o tagata i le vaalo o le tautai? faamatala. 3. O le a le uiga o le alagaupu "o le foe e faaee i le tau"? 4. Lisi ni upu fou ma sue mai o latou uiga. 5. O le aleaga, o le a le uiga, ae o fea e fai ai? O le a le isi faasoa ma o le fea e mamafa? 6. Aisea e sese ai le atu i ama? Fai sau fuaiupu e faaaoga ai lea muagagana. 7. Faamatala le uiga o le alagaupu ua taufai mapu'e le matila ma le ofeloa, ae o le a foi sona faauigaga? 8. Ua o gatasi le futia ma le umele. O le a sona uiga pe a faatatau i le olaga ua tatou i ai? 9. O le a le ta'u pe a luafulu atu, pe lualua foi? 10. O ai e faatatau i ai le upu o le taliuta? 11. O le a le faila, ae o le a lona aoga? 12. O le a le uiga o le muagagana: A sese le tautai ia poto le atu, o ai e faatatau i ai? 13. Faamatala le uiga o le alagaupu: "ua lele le manu ma si ana i'a"?

Fesoasoani mo le Faiaoga. Avatu se atu e vaevae vaega e le vasega. Fai le faasoa amata mai i vaega tāua.

O le Tāua o le Palolo (Polychaete worms)

O le palolo e lē o se i'a, ae o fuifui o fua e fofoa mai i meaola i a'au papa'u faatasi pe faalua i le tausaga. O Oketopa ma Novema o masina ia e faatalitali i ai tagata Samoa o le a tetele ai le palolo. E leai se aso faapitoa ae faitau aga'i i le masina. E faitau aso e fitu mai le atoa o le masina e o'o loa i le aso fitu ona amata loa lea ona asi. E 'ese'ese taimi e a'e ai le palolo, e muamua i sasa'e ae faai'u i motu i sisifo. O le 10pm i Manu'a, 1am i Tutuila ae 4am i Upolu ma Savaii.

Faailoilo o le Palolo. O faititili ma matagi malolosi, sousou o le sami o isi ia faailoilo o le palolo, ole taimi foi lea ua manogi poapoā ai le a'au. O fuga o moso'oi, lagaali, seasea ma gatae e fua ma fuifui i le taimi o le palolo. A malosi fuaga o la'au nei ona manatu lea o le a tetele le palolo. O le fuata foi e masani foi ona tetele i le taimi o le palolo.

Sauniuniga mo le o'o mai o le Palolo. E tele tapenaga mo le o'o mai o le Palolo. E lalaga ola tetele, ona afei lea i lau o papata lautetele, poo le su'i foi i ni atigitaga. E sauni foi mea tapalolo, faapea ni 'ula manogi. E masani ona tolu po e asi ai palolo: O le po muamua o le motusaga, lua o le salefu ma lona tolu o le atoaga poo le tetele. E ta i molī palolo i Manu'a ma Tutuila ma e ta i le gau atu o le tai, ae o le manifi o le tai ma ua susulu lelei le masina e ta ai palolo i Upolu ma Savaii.

Faasoa atu o le Palolo. Afai e tetele palolo ona fasoa lea ma tufa atu i isi aiga mamao ae maise o nai aiga i le taulaga. Sa masani ona sopo mai mauga tagata Safata aga'i i le taulaga i Apia e tufa palolo i o latou aiga. E matuā fiafia tele aiga i Apia i lenei agaga alofa mai aiga mamao. Afai e maua ni oloa e ave i aiga i tuā ona avane lea i lena lava taimi, ae afai e leai ona faapea lea. "Afai e uma ona tufa au palolo ona e sau lea e avatu se faamomoli mo outou i tuā". Fa'i foi o le fiafia o aiga ua maua palolo ae matua'i fiafia foi aiga ta palolo ua maua atu se suka, se falaoa mata, ni lavalava, ni filo, ni nila, ni vulu ae maise foi o mea 'ai suamalie o lole, o kuki ma ni masi.

Ua telē le suiga ua i ai i aso nei. Ua matua'i sui le olaga ua i ai nei. Ua galo le agaga o le faasoa ae ua malosi le faatau e maua ai tupe, ua tau leai foi se palolo mo le faifeau poo le sa'o o le aiga. Ua ta i paelo ma 'apa, ua soo se la'ei foi, ma ua tau leai ni 'ula manogi. E lē tioa ua tau leai ni palolo i mea na masani ona tetele ai.

O le Tāua o le Pusi

E maua pusi i faiva, toe maua foi i fagāpusi. E tele ituaiga pusi ae o le tafailautalo ma le pusi gatala o pusi tāua na i le aganuu. O isi pusi o le ogea, o le aiaiuga, o le i'aui ma isi pusi e mafai ona taumafa ae le taulia i le aganuu. E i ai foi le pusi gata, ae le aina toe fai ma fili o pusi, auā a ulu muamua i le fagapusi e le toe i ai se isi lava pusi e toe ulu i ai, ae a ulu atu o i ai i si pusi ona fai lea o tāuga ma masaesae ai le faga o le fagapusi.

Vaega tāua o le pusi O le ulu le vaega tāua o le pusi ma faasolosolo ai lava aga'i i le si'usi'u. E seāseā se pusi ona taumafa fua, ae o le faafai'ai lava le sini o le i'uga o si alii o pusi. A laulau atu loa se toona'i a se toeaina o le faiai pusi, o mata ua pupula toto'a poo le a le vaega o le pusi o le a aumai i lana laulau. O isi e taua'imisa pe a le oo atu i ai le faasoaga o le faiai pusi. E seāseā vaaia se pusi o 'a'au, ae maua atu lava o ogoogo mai le ulu i se pu ma o le mea e fai o le fana sa'o lava o le ulu o si alii, ona sau lea i fafo ma taataa'i lona tino i le matatao.

O le Faiga male Tataoga o Fagāpusi. Afai loa ua e fia taumafa tele i se faiaipusi, fau loa ni au fagāpusi. E fau i laupapa tasi i le tolu (1x3), fua le u'umi i le tasi ma le afa futu. Ona fua lea o ni laupapa soloatoa e tutu'i i ai, o le fua o ia laupapa e futu faatafafa le tasi ae laititi ifo teisi le isi laupapa O le laupapa futu faatafafa, e fai ai se pu ia ofi lelei ai le apa pilikati.

Tipi le apa pilikati faakoluse, ona lolo'u lea o pito'apa ma tutu'i i fafo o le pusa. O le isi pito o le apa e faaavanoa mo le ulu atu ai o pusi. Su'i se atigi taga faalapotopoto tusa ma le ono inisi le umi. Faaofi le pito i totonu o le apa i le isi pito o le taga ia ofi lelei. Nonoa ia mau le pito o le taga i le apa, ae o le isi pito o le taga ia su'i ai ni nonoa e faafeagai se lua. O nonoa ia e falō ma nonoa i itu e lua o le faga ma ua ta'u le taga lea o le tapui o le fagapusi. O le pu o le apa ma le taga o le auala lena i totonu o le fagapusi ma afai loa e ulu i totonu le pusi ona lē toe mafai lea ona sau i fafo, auā ua mapuni le taga i nonoa e lua A tutu'i laupapa o le faga faaavanoa le ogatotonu o le itu i luga e fai ma ufi o le fagāpusi. O le ufi lea e fesoloa'i ae faamau i ni fasi laupapa i itu e lua. A laga faga ua manuia o le faitotoa lea e ulu mai ai i fafo nai alii ulavavale ma sauni loa mo le faiaipusi.

Māunu o fagapusi. O fagāpusi e māunu i fee ma tuu'u. Afai e tunu fee ia tau ina lagilagi i le afi, avane lea o le ulu ua nini ai le tua o le faitotoa o le faga ia uliuli i le taelama o le fee. Ona tipitipi lea o le ulu ma 'ave ma tuu i nisi apa pilikati ua faapupu. Ona tu'i mau lea o le gutu o le apa ina ia 'aua le sao i ai pusi. Ia tofu le faga ma le apa māunu e faataavalevale lava i totonu o le fagāpusi. E tutusa lava le faiga o le māunu i fee ma le faiga o māunu e fai i tuu'u vagana tuu'u e leai ni o latou taelama ae nini pea faalalao'a le gutu o le faga ia manogi lelei mo nai alii o pusi.

O le tataoga o fagapusi. Afai e tatao le fagapusi ia faasaga le gutu o le faga aga'i i le mea o alu i ai le au poo le tafe ina ia alu atu ai le manogi i le tafe o le au. Ia fai sina faasipa laititi o le faasaga a le faga mai le malosi o le tafe ina ne'i su'egia le tapui o le faga poo le faitotoa ona toe sosola ai lea o pusi i fafo. Ia tatao ia mau lelei faga i lalo o tutumaa poo vaiamu ia tatao i ni maa mamafa ina ia 'aua le tafea. Ia tofu le faga ma le faailoilo e fai i le pulu popo. Nonoa le isi pito o le maea i le faga ma le pulu popo i le isi pito ma faatafetafea i luga o le sami.

Taimi e tatao ma laga ai fagapusi. E tatao fagapusi i le tai afiafi.ae laga i le vaveao a'o le'i malamalama. E usu po le tautai i lona paopao e laga ana fagāpusi, auā a oo mai le malamalama ona sosola lea o pusi. O faailoilo pulu e sue aga'i i ai. E toso a'e i luga i le maea ma e iloa gofie e le tautai le feoa'i o pusi ma le mamafa. Ae talofa e, pe a leai ni pusi feoa'i toe māmā le faga.

Taimi e laga ai fagapusi. O le taeao e sau ai le paopao o le matou aiga ma fagapusi, ua leva ona faatalitali atu le Tusitala ma le isi alii ma fasi laau e sasa ai nai alii. E a le taofagapusi e sasaa i lalo pusi mai le faga ae a ma'ua ma le isi alii e sasa pusi i luga o le oneone. O le taimi sili lea ona suamalie i nei gaoioiga atoa, auā o le taimi o le seleselega, ae maise lava o ni tafailautalo ma ni pusigatala lapopo'a. Ae sili ona oso o le ita o le sasa pusi pe a sasaa mai se faga na o se pusi gata ma o iina e matuā alu atoa i ai le malosi o le sasa pusi. A uma loa ona sasa o nai alii fu'e loa i le ato ma ave e silasila i ai le matai o le aiga. E seāseā ave ni pusi mata i le faifeau ae muamua faafaia'i. Manatua e ave'ese muamua le au'ona ae le'i afiafi ina i faiai.

Upu e maua mai i Pusi

Fagapusi o le pusa e maunu ai pusi. **Faailoilo** o le pulu e opeopea i luga ae nonoa i le fagapusi. **Tapui** o le taga e ulu atu ai le pusi ona mapuni lea ia 'aua le toe sao ai le pusi i fafo.

O le Tāua o le Fe'e

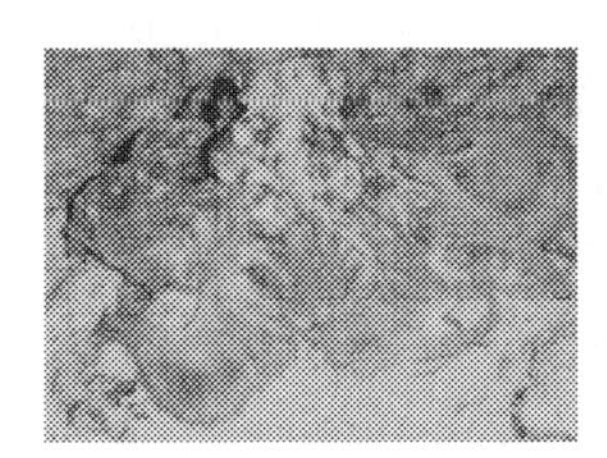

O le fee le isi taumafa tāua i le aganuu, ma ua tele foi tala ma faamatalaga e fai i le fee. E tāua le ulu o le fee ma e fai ese lava lona faia'i mo le alii, faasoa le tino ma 'ave e valu mo le lautele. O fee lapopo'a e sasa faatasi ma lau o le esi e malū ai, auā e iai "enzyme" poo le mageso i le lauesi e malū vaivai ai le fee. Ae ese lava foi si mageso o le fee ia. E salo e loomatutua le pa'u o le fee ae ave le anogase i tamaiti ona o le mageso o loo i le pa'u o le fee. E masani ona fai tala a loomatutua i a latou fanau tama: "Aua e te ai fee nei e tigaina pe a ta sau tatau poo sau pe'a". Sa masalosalo lava pe se mea moni, pe o le taumafai e 'aua le ai fee ne'i le tofu. Ia o manatu lava o tagata laiti, ia ae ou te lē iloa le moni auā o lea lava e le'i oo mai le āu i lo'u tino.

O maata'ife'e e faapitoa lona faiga. O maata'ife'e e faafoliga i le isumu ona o le ita o le fe'e i le isumu ona o le mea na fai e le isumu i lona ulu. E i ai lava maa faapitoa e fai ai maataifee, ma o ia maa e molemole toe mamafa e lapo'a luma ae laumiumi agai i tua e pei o foliga o le fuamoa.

A maua loa se maa ona iloilo lea o tua o ni pule se lua, o ia tua pule ua ave'ese le itu i lalo ae na o le itu i luga e faa aogā, ona vili lea o ni pu i pito o pule mo le fafaūga o le maataifee. Ona faapipii faatasi lea o ia tuāpule e lua i le maa e fafa le pito o le isi pule i le isi pule ae nonoa i se 'afa tuaiti mai pu ua vili i pito o pule. Ona tata'i lea i le alo o le maa ma nonoa i se fasi laau tuaiti. O le fasi laau lea e faaumi aga'i i le pito laititi o le maa tusa e tolu inisi aga'i i luma, ona saisai ai lea o ni fasi lainiu ma faafelefele i itu e lua o le fasi laau.

O le vaega lea o le ma'ata'ife'e e foliga i le 'ava a le isumu. E alu le toeaina i le maui atu o le tai i le taeao segisegi e taifee. E alu i lona paopao i le aloalo i le ogasami e na te iloa e tele ai fee. E oo atu loa i lea ogasami ona tuu lea i lalo o lana maataifee ma lulu faavaeluatai, ae lē pa'i tele i lalo. Afai lava o se maa osofia, e le pine ae pipii ai loa se fee, ona avane lea i luga fasi ma tuu i le vaa. E iloa ai lava le ita tele o le fee i le isumu, ona e tiga ona sisi a'e i luga ae le mafai lava ona sola. E ui ina leai ni ivi o le fee ae o ona ave e valu ua tele ina maliliu ai tagata pe a taataai ai ave o le fee ma lolomi i le loloto.

Tala i le Fee ma le Isumu: O le tala masani e faamatala faafagogo e matua i fanau e faapea: O le tafaoga a meaola e to'atolu; o le Tulī, o le Uga ma le Isumu ma o le latou tafaoga na alu i le vaafaila. Ua alu alu le vaa ua oo i le a'au ua osofia e le galu tele ma goto ai le vaa. Ona su'e lea o le mea e ola ai le meaola ia. Ua lele nei le Tuli auā e fai ona apa'au, ae o le uga ua goto i le a'au, o le isumu ua 'a'au aga'i i uta.O le goto a le uga e fai foi i ai le alagaupu. **Talofa ua goto uga lava i le loloto**.

Ua fetaia'i nei le isumu ma le fee; sau ia inā pipi'i mai i lo'u ulu ae ou momolia oe i uta, o le tala alofa lea a le fee i le isumu. Talofa i le isumu o loo tau manavanava mai i lana feausiga. Oi! Se faafetai alii fee i lou alofa ma ua lelei, oka matua'i lapo'a manaia lou ulu; o le tala lea a le isumu. Ua falō nei ave malolosi e valu o le fee ma 'a'au, ae o le isumu ua faalologo i le manaia o le asaasa o le sami i le saoasaoa o le 'a'au a le fee. Ua lagona le tiga o le manava o le isumu mai lana feausiga, ae ua manaia tele lana faalogologo i le 'a'au malosi a le fee.

Ona faatitipa ai lea o le isumu i le ulu lapo'a o si fee. Matua'i leaga le mea ua fai e le isumu e taui ai le agalelei o le fee. Faafetai alii fee, o le tala lea a le isumu ina ua tu'u o ia i le ele'ele matūtū. Ua faamavae nei le fee ma le isumu, ae le'i mamao ona alu atu o le fee ae faalogo mai i le pese a le isumu ma e faapea le pese: **"Si fee ē, si fee ē tago ia i lou ulu poo a ea na mea o i ai. A o si fee ua tilotilo mai ua lē malie lona loto i le mea ua fai"**. E tago atu le fee i lona ulu, oka se mala ina ā tetele. Ua fiu le fee e su'e le isumu, ae ua sola lafi i totonu o le pa'u ifi.

Ona amata mai ai lea ona ita o le fee i le isumu. O le mea lea ua fau ai le maata'ifee e faafoliga i le isumu, afai o se mamata'ifee e osofia e tele fee e maua. Masalo ana alu filemu lava le isumu e 'aua le pisa, atonu e 'a'au 'a'au lava le fee matafi ese le malapagā i lona ulu, ae ua tele mea o le tigaina o si fee e fai le galuega alofa, ae ua taui i le mea e sili atu ona maualalo ma matagā, toe taufonō ma ta'u isi fee le mataga o lana mea na fai. E pei lava o le upu e masani ai tamaiti, **e faifai ona toe tautala lea o le gutu**. O le mea lea e ta'u ua ai toe ta'u. Ia pe a o ai na iai i olaga o nei meaola

O le Tala i se tauvaga a isi Toeaiina. Sa fai se tauvaga a isi toeaiina poo ai e tele ana fee. Ona maua lea o le fee a le isi toeaina, ma na fiu e lulu e le'i toe maua lava se isi fee. Ae na o le sosoo o fee a le isi. E vaai atu loa le toeaina lea e tasi le fee o fasi mai se fee ale isi, tago loa foi i lana fee ma sasa.

Ua faapena lava i taimi uma e maua ai le fee a le toeaina mau fee. O isi foi taimi ua tago i lana fee lava lea e tasi toe sasa ia faapea ai le isi ua tele nauā ana fee. Ua te'i lava le toeaina maufee ua alu le paopao o le alii o feetasi. Ua lē ma iloa e le isi auā e tiga le valaau atu ae alu lava le paopao ma le fee e tasi. Ua a'e atu nei le toeaina ma le tele o fee ae ua laga atu nei lana fanau sa matamata atu i uta. "Tamā o le taimi lava e sasa ai sau fee e tago ai foi le isi alii ma sasa lana fee lava lea e tasi. E faapea lava a 'oe e tele ana fee ae ai ua pala vaivai si fee e tasi i le sasa soo".

Upu ma alagaupu e fai i le Fee

O le vaivai a le fee. E faatusa le malūlū ma le vaivai o le fee e faatusa i ai se isi e faatagāfaavaivai ae o se tagata malosi. **Femoumoua'i pei o se fee**. E fesuisuia'i foliga o le fee e faatusa i ai le tagata fesuisuia'i lana amio ma ona foliga, o se uiga e faigata ona iloa.

O isi upu maua mai le Fee

Maata'ifee o le faatusa o le isumu ae maua ai fee. **Taelama** o le sua uliuli o loo i le ulu o le fee. **Avevalu** o le valu o 'ave o le fee.

O le Tāua o le Fai

O le i'a o le fai e lautele ona 'apa'apa pei ni apa'au o le pe'a. E nofo i le ilittitai ma ta'atia lē gaoioi ai ae maise o le oneone ae sili ona fiafia i mea faataufusi. O nisi taimi e tanu se vaega o lona tino i le oneone poo le palapala, ae te'i lava ua oso pe a lata atu se tagata.

E lē taufea'i ae i ai lona foto poo le tui i le si'usi'u afai e fefe pe lavea foi i se tao o se tagtata ae oso ona fana mai lea o le tui, afai e lavea ai le tagata e faigata tele ona togafitia ma i'u ina maliu ai. Ua avea le amio lea a le fai ua mafua ai le isi alagaupu. **"Ua sola le fai ae tuu le foto"**. E faatatau i se tagata ua na faia se amio e leaga i se isi tagata, ae sola.

O le fai e lē o se i'a e mana'omia tele lona aano, ae pau lona tāua o lana auupega e afaina ai isi tagata. Sa faaaoga foi le foto o le fai e fai ma auupega e faamalaia ai isi tagata o e fai ma o latou fili. I tala faasolopito faapea sa faatu faalilolilo foto i tofaga o alii maualuluga ma lavea ai pe a tofa. O lona uiga e lē na o le taimi e fana ai e le fai lona foto ae mafai foi ona afaina ai se isi ae ua leva ona mate le fai.

O le Tāua o isi ‘Ia

O le a faamatala faatasi isi i’a: O i’a lapopo’a ua onofili i le launiu ua ta’u o le filiga, poo le laui’a, poo le i’a mai le moana. Afai e afifi faatasi i’a ona ta’u lea o le afī faapulou. E lē taulia uma ulu o i’a: O i’a e taulia ulu e i ai le malauli, filoa, malaī, ‘ata’ata, laea, anae, ulua, pusi, gatala, patagaloa, tamala, mu a’a, palu malau, matūlau, o le fee ma nisi i’a o loo i le sami ae le o iai i le lisi. O i’a e lē taulia ulu: O le atu e lē taulia le ulu ae o io. O io i tua e ave ma le alii, ae o tulafale io alo. O le ume e taulia le ogamanava mo le alii ae o le si’usi’u mo le tulafale ae lē taulia le atigipoo. Ua uma foi ona faamatala le malie e taulia le si’usi’u ae lē o le ulu. O i’a e lē taulia ae lelei i le ai: Tifitifi, sue, tautu, mutu, manini, tu’u’u, ise. O i’a ia afai e maua i se afī o se toona’i poo se meafono a se isi o le sala e feiloai ma lena tagata.

O isi ‘Ia Laiti ae fai i ai tala

O le sue. O le i’a e fai i ai le pese: **“Alu atu o le sue tutu lana faapusa, ua otegia e le ‘ama’ama ua sūsū aulama”**. O le sue o se i’a e pei e faavalevalea, e ‘au’au solo i tafatafa o tū ae a lavea i le matatao ona fefete lea. E ave’ese lona pa’u talatala ae a tunu afīafī i se lauti e manogi manaia i le taumafa. O le tala i le Sue o loo i le tusi a le Tusitala: **“Lē Tu Manu ae Tu Logologo”**.

O le tu’uu. O le i’a laititi ae uliuli ma mumū tusitusi lona tino. E ui ina uliuli ma laititi, ae fai mai le upu: **“E uliuli fua le tu’uu ae otagia”**. E maunu ai fagāpusi ona o le lalao’a.

O le sumu. O le isi i’a e lē tāua i le taumafa ae fai i ai le upu: **“Na o le sumu lava e nofo ma ‘ai lona ate”**. E malō lona pa’u e lanu uliuli ae mūmū lona gutu. O isi e papa’e tusitusi faalāvapua ma isi lava sumu lanu ‘ese’ese. A lavea le sumu i le matatao ae tuai ona tapē e nofo ma ai lona ate. E faatusa i ai le tagata pala’ai.

O le Tāua o Paa

E tele ituaiga paa o le paa limago, o le tutu, o le tupa, o le paa vaeuli o le ‘ama’ama male uū. E ui lava ina tele ituaiga paa ae o le paa limago e sili lona tāua.

Paa limago. E nofo i le togātogo ma lafi ai auā e tau le iloa ona o le palapalā o taufusi. A oo i le pō pe a pē le tai ona alu lea tafao i tai i le sami. O le tua o le paa e manaomia tele ae maise lava pe a o se paa momoga. E ui ina momoga le tua o le paa ae le avea na o le tua i se tagata, ae ave lava le paa atoa. O tu’e ma vae matua e fiafia i ai loomatutua ma tamaiti. A folafola se toonai poo se tāuga ua i ai se paa, ona faapea lea. O le toona’i foi lea a le tuua ua i ai le tu’e mai le tai.

O le Tāua o le Uū

O le uū e tupuga mai le uga ma e fai lona moega i vaimaa ma vaipapa e tu lalata i le sami, ona e inu sami. O lana mea 'ai o le popo ma o le mea e faigata ona talitonu ai tagata ona pe faapefea ona ave'ese pulu o popo, ma pe faapefea foi ona ta'e le atigi popo malō? A tonu e faigofie ona tali le ulua'i fesili i le ave'esea o pulu, auā e malosi vae matua o le uū e gali ma sae 'ese pulu. Ae fai lava sina faigata ona tali le fesili lona lua e uiga i le ta'e o le popo malō.

O le tele o tagata e le talitonu, ae maise o tagata mai fafo ma nisi foi i Samoa pe a faamatala i ai le tala a uma ona agi e le uū le limasefulu pasene o le pulu ona a'e lea i se niu ma faapaū ifo le popo i luga o se papa ma ta'e ai ona fai ai lea o lana tausiga. "Ata la'ia ma 'u'u lou fofoga ae o le mea moni". E tumu tafatafa o lua o uū i 'atigā pulu popo, ma ta'egā ipu popo. O le fesili tele: O ai na faia? e pau lava le tali osi alii lava o uū. E faigata tele ona maua pe lama ia uū, auā e fealua'i i le po ae moe i le ao. Afai e iloa o loo i ai se uū i se luapapa, ona tafu lea o se afi pulu ma faaasu mai i fafo. E le tau su'ea ni pulu auā e matuā tamaoaiga le lua o si alii i 'atigā pulu ma ta'egā ipu popo. Manaia tele pe ana tofu tunoa o aiga ma ni uū lalata na ona togi lava i ai o popo ae e te alu atu e valu ua uma ona o'a.

O le tala a la'u uō i le Uū

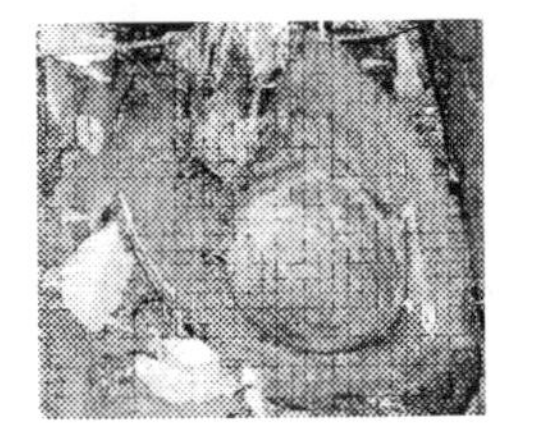

Sa alu le faiva tautū i luga o le papa a la'u uō. Ua fiu e sasau lana 'ofe e leai se mea e faalogoina o tau lavelavea ane i lana matau. Sa tau lagona se maluia e pei o lagona a nisi pe a faalogoina se mea o faamalumalu mai, ae maise lava pe afai na o ia i luga o le papa toe mamao ma fale o lona aiga.

Sa tepatepa solo pe i ai se mea na te vaaia. E tepa atu i tua o tūtū faasasao mai le uū i le gutu o si tama'i ana e i tua tonu o le mea na fagota ai. O nisi tagata ua tuu loa le 'ofe ae pu'e le uū ma fiafia loa ua maua le 'ai o lona faiva.

Peita'i sa to'a lelei la'u uō ma faapea atu i le uū: Oi a e nofonofo mai ea ae le se'i fesoasoani mai ua leai se i'a e maua. E uma atu loa lana tala ae 'ai loa le malauli muamua, malauli lona lua, lona tolu, lona fa, ma lona lima ona manatu loa ua lava lea. Ona ui mai loa lea faafetai i le uū ma alu i le fale. Afai e te talitonu i tapuāfanua ona faigofie lea ona e talitonu i lenei tala.

O le Tāua o Ulātai

O le ula o le isi lea matai 'ai a Samoa e maua mai le gataifale. E fagota i tua'au toe maua foi i luga o le a'au, ae maise o lalo a'au. E maua ula i faiva mata, ae tele lava ina maua i lama. A mananao i se lama e maua ai ula ona alu lea i le gau mai o le tai i le po, a o loo popololoa le masina.

O ula e nonofo i tua'au ae see mai i uta pe a amata ona gau le tai. A fai ni taliga malo ae i ai ni ula ua fiafia ma matagofie se nofo faatali a se afio'aga. A folafola foi ni laulautasi i malo ae i ai ni ula, ona faapea lea ua i ai foi ma tu'e poo ulatai e lau lua, pe luafulu. O le tele o tagata e faapea o le agani o le vaega sili lenā, ae leai. O le agani ma tu'e e ave i tinā ma tamaiti. O le tua o le mea tauā lenā o le ula o loo i ai momoga ma mea e fiafia i ai toeaiina. Afai ua ave atoa se ula i le toeina ona faigata lea i le tamā ona taumafa le agani ae o lae e tilotilo atu le loomatua, ae maise foi o le fanau laiti.

Upu faaaloalo e fai i Ulatai o Paa ma Uū

Se'i fono le paa ma ona vae e tāua i le paa ona vae e mua'i faamamā mai mea na fetolofa'i ai. E muamua fono ma ona vae pe iloilo ma faatulaga ona vae i le vave e oso ai. Se'i muai saili se tonu i le aiga potopoto ona faatoā maua ai lea o se tonu i le mea e ao ona fai.

E ā le uga e tausili ae tigaina ai fua le atigi e totolo le uga a tau atu lava o maa e totolo lava ma mafo'efoe'e ai le atigi e le popole i ai auā o le atigi mate. E faapena le tagata e mimita vale i mea a isi tagata ae lē popole pe leaga ai auā e le o sana mea.

E taa le tupa ae fai lona lua e faatusa i le tagata e i ai lona faasinomaga poo lona aiga. **E lafi le uū ae sau i fafo pe a asugia**. O le togafiti lea e faasau ai i fafo le uū o le tafu o se afi e faaasu ai ina ia sau ai i fafo. E sola le tagata amio leaga ae maua lava i le tulafono.

O le tupa e fai lona lua ae o le ula e see i tua. Ona o le ula e see i tua pe a fealua'i i le sami, o lea foi la e faatusa i ai le tagata ua alu solomuli le olaga. Ona faapea lea o muagagana, **o le tama ea ua alu solomuli le olaga e pei o le ulaseeitua**.

Sole, se ua pei oe o se tupa lou femoumoua'i. O le tupa o le isi lea meaola e i le ituaiga o paa e nofo i lua e eli i le palapala, ae maise o eleele e lata i mea faataufusi. E faigata tele ona maua e se tagata le tupa ona e vave ona maulu i lona lua pe a latalata atu le tagata. O aga ia a le tupa e fai ai le muagagana i le tagata femoumoua'i.

O le faitauga o pa'a ma ula ma uū. tasigatu'e=1, tu'egafulu=10, tu'egafulu ma le tasi=11, tu'elua=20.

O se A'oa'ogā. Ina ia malamalama tupulaga i isi taumafa mai le sami, ma le lauelele ma o latou aoga.

Fesili. 1. O le a le vaega e sili ona tāua o le ulātai? 2. O le a le vaega tāua o le fee? 3. O le a le taimi lelei e tatao ai fagapusi? 4. Aiseā e tāua ai ulu o i'a i tagata Samoa? 5. Lisi i'a e lē taulia o latou ulu. 6. Faapefea ona a'i e le uū le popo ae malō? Faamatala. 7. E te talitonu i le tala i le isumu ma le fee? 8. E fia 'ave o le fee? 9. O le a le mafua'aga o le maa ta'ifee? 10. Lisi mai ituaiga pusi ma faailoga mai pusi lelei ma pusi le lelei. 11. O le a le manu e tupu mai ai le Uū? 12. Faapefea ona o'a e le Uū le popo, ma faapefea foi ona ta'e? 13. Faavasega mai upu e fai i le faitauga o paa ma ula. 14. O a i'a e fai ai maunu o fagapusi? 15 Fai sou manatu i le maunu e le mafai e le pusi ona ai ae toe faafaiai ma taumafa e le tagata faapea foi le pusi. O le a se mea e faatusa i ai?

Fesoasoani i le Faiaoga. Ave lau vasega i le maketi o i'a ma faamatala ituaiga i'a eseese. E lelei foi le talosaga i se tagata faatau i'a e faamatala ituaiga i'a eseese. Ave le vasega i le aau pe a pe le tai e vaai ai i mea e nonofo ai i'a ma isi figota. Fai se tauvaga tusi ata e tusi mai e le vasega ituaiga i'a ese'ese atoa ma paa ma a latou mea ai.

O se fesoasoani atili i le Faia'oga. Talanoa ma le vasega ma faaaoga upu nei: Taimi o le aso ma le po: Taeao segisegi, o le taeao po poo le vaveao. Aoauli teatea, o le taimi e le'i taina le sefulu lua i le aoauli a'o susulu malosi le la. Tu tonu le la, taimi o le sefulu lua poo le la ua tu tonu i luga. Aoauli, o le taimi ua te'a le sefulu lua.. Gagaifo o le la, taimi ua vaivai le susulu o le la. Tauafiafi taimi o le afiafi o tafaoga. Afiafi popogi, taimi o le afiafi ua lata ina pogisa. Afiafipo, o le taimi ua pogisa. Vaeluapo o le taimi o le vaeluaga o le po ma ao. Tulua o po ma ao, ua tai uiga faatasi ma vaeluapo. Vaveao o le taimi ua lata ona ao. Ususeu o le usu o se tagata e seuseu e usupo. Nanei o le taimi faa afiafi poo le po foi. Analeila o se taimi e le'i mamao atu. Anafea ose taimi ua te'a e le'i mautinoa. O afea o se taimi i le lumana'i ae le'i mautinoa. Ua leva le po o le taimi ua lata i le vaeluaga o le po. Alapo o le ala e le'i malamalama. Anapo o le po ua te'a. Ananafi o le aso ua te'a. A taeao o le aso o lumna'i. Masina vaaia o le masina faatoa vaaia. Atoa le masina masina ua atoa lona tino. Masina popololoa o le masina ua le vaaia.

Upu e faaaoga pe a faatulima. O le faatulima o le ulua'i upu e fai atu i se isi e pei o lenei: Ua susu mai, upu e fai i le alii e faalagi i le susuga. Afio mai, upu e fai i le alii e faalagi i le afioga. Maliu mai, upu e fai i le tulafale. Paologia maia, upu e fai i soo se isi i le paolo o le afiafi. Sautia maia, upu e fai i le taeao segisegi. Lefulefua maia, upu e fai i le aoauli. Faamalo'ulo'u mai, upu faaaloalo i se isi maualuga ua afio pe susu mai. Faama'uma'u, upu e ave i se isi ua umi ona nofo i se tauaofiaga. Faasausauga, upu e ave i se evaevaga a matai i le po 'ao agi le sau.

O LE TOE MANATU

O le anoafale a le Atua o le tagata na Ia faia i lona lava faatusa. Na ia afio mai i le itu tagata e togiola lana anoafale na fai. O le anoafale a le matai poo le ulu o se aiga o lona auaiga. O lana faatofalaiga na te sauni ai mea e manuia ai le aiga. O maota ma laoa, o suafa ma tofi i laueleele ma fanua na te puipui ma faamamalu ma faamaualuga aua tupulaga lalovaoa o le aiga. A manuia le aiga ua manuia le anoafale. A faaletonu le tofa o le a faaletonu fo'i le anoafale o le aiga.

O le anoafale sili i agaga o matua Samoa o fanau. E moe i vai ala i 'ai, e pisia i vasā toe taia i ulula, e sautia foi i le vaoutuutu ma laumanu'ia e manu felelei le matua Samoa ona o le tau saili se pili o aoga a le fanau, ae o se pasese, ae o se lavalava, ma se seleni e faatau ai sana mea ai. E lavalava masaesae, nofo i fale laupola tutulu ae faasaosao le seleni e a'oga ai le tama le teine i le Aoga Maualuga, le Kolisi poo le Univesite aua se anoafale mo le lumana'i mo matua, mo aiga mo nuu mo le atunuu ae maise o le Talalelei. O le naunauta'iga foi lena o le Tusitala e tusitusi i laupepa ma vaitusi se faamanatu, se fagogo, se talatuu ae o se solo ma se pese aua ou alo ma sa'u fanau.

Ae paga, e tu manu ae lili'a, e taliu foi le tauta ae popole le tautai, e tamatalafi le agaiotupu ae ātu le taufale. Se taumafaiga faa le lava, se upu le tautamalii, se pati ua pa'opapa ma se gagana ua sala. Faafoi mai i le Tusitala, ona ua pau o se taumafaiga a le auauna vaivai, auā e poto le tautai ae sē le atu i ama.

Faamagalo se sesē o le auauna.

O lupe o le Foaga faaolioli mo so latou lumana'i a'o tauave le ta gagana ma le aganuu.

O le Tusitala ma lona Faletua ma lona 'Au Aiga.

"A'oa'o le tama e tusa ma ona ala a oo ina matua e lē toe te'a ese ai".

Taulaga i Apia - 1950's

About the Book

The Anoafale Tusi e Lua or Book II lists and describes in detail "measina" or important artifacts used in the performance of Samoan culture and traditions. It also describes the traditional ways of cultivating crops and their preparation. Cultural and traditional fishing methods and equipment are explained as is the classification system of various types of fish. Domestic livestock and their preparation are described, as well as hunting methods of wild birds. Samoans away from home and those born overseas will be delighted to read about the Samoan way of life as it was handed down from generation to generation. This book offers a bird's eye view of the many aspects of Samoan culture.

About the Author

Pemerika Tauiliili was raised and nurtured in the real traditional Samoan way of life. As a young adult he left that life in 1954 to join the United States Navy, and after a four year enlistment he entered the University of Hawaii, and graduated from there in 1964 with a Bachelor degree in Agricultural Economics. He later earned a Master's degree in Education Management from the San Diego State University. He has held various directorship positions in the American Samoan Government, has written widely, and in addition to unpublished writings he has authored and published two books for children: "Le Tu Manu ae Tu Logologo" in Samoan, and "The Rat and the Bat and other Short Stories", written in English and Samoan. He has written many songs in English and in Samoan, some of which are religious songs. He holds three high chief titles in the Samoan matai system.

Free Preview

Anoafale Book II contains vital information about the traditional Samoan way of life. It explains in detail the important artifacts "measina" used in the performance of culture and tradition of the Samoan people. The culture and custom involving food preparation, presentation, and production are well explained in detail. Games involve hunting in the wild like pigeon snaring, fishing in the deep for sharks, and other fishing methods are all parts of culture and tradition. It would be a book that would teach younger generation the values placed by our ancestors on how to live as Samoans.